琼 瑶
作 品 大 全 集

白狐

琼瑶 著

作家出版社

琼瑶，本名陈喆，作家、编剧、作词人、影视制作人。原籍湖南衡阳，1938年生于四川成都，1949年随父母由大陆赴台生活。16岁时以笔名心如发表小说《云影》，25岁时出版首部长篇小说《窗外》。多年来笔耕不辍，代表作包括《烟雨蒙蒙》《几度夕阳红》《彩云飞》《海鸥飞处》《心有千千结》《一帘幽梦》《在水一方》《我是一片云》《庭院深深》等。

多部作品先后改编成为电影及电视剧，琼瑶也因此步入影视产业。《六个梦》系列、《梅花三弄》系列、《还珠格格》系列等，影响至深，成为几代读者与观众共同的记忆。

琼瑶以流畅优美的文笔，编织了众多曲折动人的故事。其作品以对于梦的憧憬和爱的执着，与大众流行文化紧密结合，风靡半个多世纪，成为华文世界中极重要的文学经典。

我为爱而生，我为爱而写

文字里度过多少春夏秋冬

文字里留下多少青春浪漫

人世间虽然没有天长地久

故事里火花燃烧爱也依旧

　　　　　　　　复禄

目录

白狐

一

"少爷，再有三里路就是清安县的县境了，您要不要下轿子来歇一歇呢？"老家人葛升骑着小毛驴，绕到葛云鹏的轿子旁边，对坐在轿子里的云鹏说。

"天色已经暗下来了，不是吗？"云鹏看了看天空，轿子两边的帷幔都是掀开的，云鹏可以一览无余地看到四周的景致。他们这一行人正走到一条山间的隘道里，两边都是山，左边的陡而峻，遍是嵯峨的巨石和断壁悬崖，令人颇有惊心动魄之感。右边却是起伏的丘陵山脉，一望无尽的丛林，绵绵密密的苍松古槐，参天的千年巨木，看过去是深幽而暗密的。这时，暮色已在天边堆积起来了，正逐渐地、逐渐地向四周扩散，那丛林深处及山谷，都已昏暗模糊。几缕炊烟，在山谷中疏疏落落地升起，一只孤鹤，正向苍茫无际的云天飞去。整个郊原里，现出的是一份荒凉的景象。

"是的，天马上要黑了，"葛升说，"我已经吩咐点起火把来了，您轿子四角上的油纸灯，也该点着了。""那就别休息了，还是趁早赶到清安县去要紧。我看这一带荒凉得很，不知道清安县境里是不是也是这样。"

"据张师爷说，清安县的县城里是挺热闹的，至于县里其他地区，和这儿的景况也差不多。"

"那么，老百姓种些什么呢？"云鹏困惑地看看那峭壁悬崖，和那丛林巨木。"爷，您没听过靠山吃山、靠水吃水那句话吗？"葛升骑着驴子，扶着轿檐，一面前进一面说。

"哦？""这儿是山区，老百姓就要靠山吃饭哪！张师爷说，这里的庄稼人远没有猎户多呢！"

"能猎着什么？""可多着呢！熊啊，貂哇，老虎哇，鹿哇……都有。"

葛云鹏点点头，不再说了。环视四周，他心里不能不涌起一股难言的感慨。人家说十年窗下无人知，一举成名天下晓。他也算是一举成名了。在家乡，乡试夺了魁，会试又中了进士，虽不是鼎甲，却也进入了二甲。现在又放了清安县的知县，是个实缺。多少人羡慕无比，而云鹏呢？他对这知县实在没多大兴趣，他就不知道知县要做些什么。他今年还没满三十岁，看起来也只是个少年书生。在他，他宁愿和二三知己，游山玩水，吟诗作对，放浪江湖，游戏人生。但他却中了举，做了官，一切是形势使然。偏又派到这样一个穷乡僻壤的清安县，他觉得，这不像是做官，倒像是放逐呢！

天色更暗了，下人们燃起了火把，轿子四周也悬上了风灯，一行人在山野中向前赶着路，他们今晚必须赶到驿馆去歇宿，驿馆在十里铺，十里铺是个小镇的名字，进了清安县境还要走五里路才能到。据说，清安县的乡绅大户，以及县衙门里的师爷书记奴才等，都在十里铺设宴，等着要迎接新的县太爷呢！而云鹏因为一路贪看风景，耽搁的时间太多，现在已经晚了。火把的光芒在山凹中一闪一闪地摇晃着，风灯也在轿檐上晃荡。葛云鹏坐在轿中，下意识地看着窗外，天际，冒出了第一颗星，接着是第二颗、第三颗……整个天空都密布着星星了。山野里的风不大，声音却特别响，穿过丛林，穿过山凹，穿过峭壁巨石，发出不断的呼啸。幸好是夏季，风并不冷，但吹到人肌肤上，那感觉仍然是阴森森而凉飕飕的。月光把山石和树木的影子，夸张地斜投在地上，是一些巨大而狰狞的形象。云鹏有些不安，在这种深山中，如果地方上不安静，是难保不遇到强盗和土匪的，如果新官上任第一天就被抢了，那却不是很光荣的事。强盗土匪还罢了，假若有什么山魈鬼魅呢？云鹏知道这一带，关于鬼狐的传说最多。

正在胡思乱想着，忽然前面开道的人停了，接着，是一阵噼里啪啦的巨响，火光四射。云鹏吃了一惊，难道真遇到强人了吗？正惊疑间，葛升拢着驴子跑了过来，笑嘻嘻地说：

"爷，我们已经进了清安县境，所以在放爆竹呢！再下去没多久就可以到十里铺了。"

哦，原来是这么回事，云鹏放下了心，一行人继续向前走着，轿夫们穿着草鞋的脚迅速地踩过了那铺着石板的山路，石板与石板的隙缝间长满野草，不论行人践踏与摧残，只是自顾自地生长着。几点流萤，开始在草丛里与山崖边来往穿梭。云鹏斜靠在轿子里，虽然坐在软软的锦缎之中，仍然觉得两腿发麻。山风在山野里回旋，帘幔在风中扑打着轿檐，风灯摇晃，四野岑寂……云鹏忽然有"前不见古人，后不见来者，念天地之悠悠，独怆然而涕下"的感觉。

他似乎睡着了片刻，然后，忽然被一阵嘈杂的人声惊醒了。他坐正了身子，这才发现轿子已经停了，被放在地上。一时间，他以为已到了十里铺，再向外一看，才知道仍然在山野里，而四周都是火把，火光烛天。在火光中，是吆喝声、人声、叱骂声。"怎么了？发生了什么事？葛升！"云鹏喊着，一面掀开轿门前的帘子，钻出轿子来。

葛升急急地跑了过来。"爷，您不要惊慌，是一群猎人。"

"他们要干什么？为什么拦住轿子？"

"不是拦住轿子，他们追捕一只狐狸，一直追到这官道上来了，现在已经捉住了。"

"捉住了吗？""是的，老爷。""让我看看。"云鹏好奇地说，向那一群持着火把的猎人走去，大家急急地让出路来，猎人们知道这是新上任的县太爷，都纷纷屈膝跪接，高呼请安。云鹏很有兴味地看着这些他的治民，那一个个都是身强力壮的彪形大汉，腰上围着皮毛，肩上背着弓箭，一副威风凛凛的样子。在火把的照耀下，他们的脸孔都红红的，眼睛都亮晶晶的，云鹏闻到一阵浓郁的酒香，这才注意到，他们几乎每人都带着个酒葫芦。

人群既然让开了，云鹏就一眼看到了那被捆绑着的动物，那竟是只周身雪白的狐狸！这狐狸显然经过了一段长时间的奔跑和挣扎，如今在绳索的捆绑下，虽然已放弃了努力，但仍然在剧烈地喘息着。猎人们把它四只脚绑在一起，因此，它是躺在地下的，它那美丽的头颅微向后仰，一对乌溜溜的黑眼珠，带着股解事的、祈求的神情，默默地看着云鹏。

云鹏走了过去，蹲下身来，他仔细地注视着这个动物，狐狸，他看过的倒也不少，但从没看过这样全身雪白的。而且，这只白狐的毛光亮整齐，全身的弧度美好而修长，那条大大的尾巴，仍然在那儿不安地摆动着。一只漂亮的动物！云鹏由衷地赞美着，不由自主地用一种欣赏的眼光，看着那只白狐。那白狐蠕动了一下，随着云鹏的注视，它发出了一阵低低的悲鸣，那对亮晶晶的黑眼珠在火把的光芒下闪烁，一瞬不瞬地盯着云鹏。云鹏望着那对眼睛，那样深，那样黑，那样求助地、哀恳地凝视着，那几乎是一对"人"的眼睛！云鹏猛然觉得心里一动，怜悯之情油然而生。同时，他周围的人群忽然发出一阵惊呼，纷纷后退，像中邪似的看着那只白狐。云鹏奇怪地再看过去，于是，他看到那只狐狸的眼角，正慢慢地流出泪来。一个猎人搭起了弓箭，对那只白狐瞄准，准备要射杀它。云鹏跳起身来，及时阻止了那个猎人。张师爷走过来，对云鹏说："猎人们迷信，他们认为这只白狐是不祥之物，必须马上打死它。""慢着！"云鹏说，转向一个猎人，"你们猎了狐狸，通常是怎么处置？杀掉吗？""是的，爷。"它的肉能吃吗？"云鹏怀疑地问。

"肉不值钱，老爷。要的是它那张皮，可以值不少钱，尤其这种白狐狸。""这种白狐狸很多吗？"

"很少，老爷，这是我猎到的唯一一只呢！以前虽然也有白狐，总不是由头到尾纯白的。"

"这张皮能值多少钱？"

"总值个十两银子。""葛升！"云鹏喊。"是的，爷。"葛升应着。

"去取十五两银子来。"

"是的，爷。""我用十五两银子买了这只白狐，可好？"云鹏问那个猎人，"你们愿意卖吗？"那猎人"噗"的一声跪了下来，垂着头说：

"老爷喜欢，尽管拿去吧，小的们不敢收钱。"

"什么话！"云鹏拍拍那猎人的肩，"把银子收下吧，不要银子，你们靠什么生活呢？葛升，把银子交给他们！"

"不！小的们不敢！小的们不敢！"猎人们叩着头，诚惶诚恐地说。云鹏不自禁地微笑了起来，他知道，他有一群憨直而忠厚的子民，他已经开始喜欢起这个地方了。葛升拿着银子，看了看主人的脸色，他对那些猎人大声说："爷说给你们银子，就是给你们银子，怎可以拒绝不收呢？还不收下去，给爷谢恩！"

于是，那些战战兢兢的猎人不敢拒绝了，收了银子，他们跪在地下，齐声谢恩。云鹏笑嘻嘻地看着那只白狐：

"现在，这只狐狸是我的了？"

"是的，爷。"云鹏把手放在白狐的头顶上，摸了摸它那柔软的毛，对它祝福似的说："白狐啊！白狐啊！你生来稀罕，不同凡响，就该珍重自己啊，现在，好生去吧！森林辽阔，原野无边，小心不要再落网罗啊！"说完，他站起身来，对猎人们说：

"好了，解开它，让它自己去吧！"

猎人们面面相觑，没有表示任何意见，他们走上前去，三下两下就解开了那狐狸的绳索。除去拘束之后，那白狐立刻一翻身从地上站了起来。它摆了摆头，抖动了一下身上的毛，就昂首而立。星光下，它浑身的毛白得像雪，眼珠亮得像星，站在那儿，它有种难解的威严，漂亮而华贵。

"好畜生！"葛云鹏点点头，挥了挥手，"不要管它了，上轿吧！我们又耽误了不少时间了！"

他转过身子，上了轿。猎人们都俯首相送。他坐在轿中，拉开帘幔，对那些猎人挥手道别。轿子抬起来了，正要前行，忽然间，那只白狐跑了过来，拦在轿子前面。轿夫们呆住了，只愣愣地看着那只白狐，云鹏也奇怪地望着它。那白狐低着头，垂着尾巴，喉咙里发出柔和的、低低的鸣叫，似乎有满腹感激之情，却无从表达。然后，它绕着轿子行走，缓缓地，庄严地迈着步子，一直绕了三圈。月光之下，山野之中，这白狐的行动充满了某种奇异的、神秘的色彩。接着，它在轿前又停了下来，低低颔首，又仰起头，发出一声短暂的低啸，就扬起尾巴，像一阵旋风一般，卷进路边的丛林里去了。只一眨眼的工夫，它那白色的影子，已在丛林里消失无踪。

"君子有好生之德。"云鹏喃喃自语，"好好去吧！白狐。"

轿子向前移动了，一行人继续在暗夜的山野里，向前赶着路，山风清冷，星月模糊，远方，十里铺的灯火，已依稀可见了。

二

夏日的午后，总是倦怠而无聊的。云鹏坐在他的书房中，握着一卷元曲，不很专心地看着。他的小书童喜儿，在一边帮他扇扇子。上任已经半个月了，他已熟悉了这个朴实的小地方，老百姓安居乐业，民风恬淡而淳朴，很少纷争，也很少打斗。半月以来，他只解决了一两件家庭纠纷。县太爷的工作，是清闲而舒适的。这县城名叫杨家集，为什么叫杨家集，已经不可考，事实上城里姓杨的人家，比姓什么姓的都少，想当初，这儿必定是个赶集的市场。现在，这里也有上千户人家，而且，是个小小的皮货集散地。因为皮货多，外来的商贾行旅也很多，于是，酒馆、饭店都应时而生。再加上一些走江湖的戏班子，变戏法儿的，耍猴儿的……也常常到这儿来做生意，所以，这杨家集远比云鹏预料的要热闹得多。

县衙门在全城的中心地带，一栋气气派派的大房子，门口有两个大石狮子守着。知县府邸就在衙门后面，上起堂来倒十分简单。知县府是全城最讲究的房子了，前后三进，总有几十间屋子，雕梁画栋，中间还有个漂漂亮亮的大花园。

云鹏已把家眷接了来，夫人名叫弄玉，长得非常雅丽，而且温柔娴静。如果说云鹏还有什么美中不足的地方，就是弄玉生过两个孩子，都是女儿，一个叫秋儿，八岁，一个叫冬儿，六岁，从此，就没再生育过。因为没儿子，弄玉比谁都急，常常劝云鹏纳妾，但是，关于这一点，云鹏却固执无比，他常对弄玉说："生儿育女，本来就是碰运气。倒是夫妇恩爱，比什么都重要，我们本不相识，因父母之命而成亲，难得彼此有情，这是缘分。如果为了生儿子而纳妾，那个姨太太岂不成为生儿子的工具？这是糟蹋人的事，我不干！"

听出丈夫的意思，似乎碰到了知心合意的人，以"情"为出发点，则纳妾未尝不可。于是，弄玉买了好几个水葱一样的标致丫头，故意让她们侍候云鹏，挑灯倒茶，磨墨扇扇……但是，那云鹏偏不动心，反打发她们走，宁愿用小书童喜儿，弄玉也就无可奈何了。私下里，丫头们称云鹏"铁相公"，说他有铁一般的心肠，也有铁一般的定力，怎样如花似玉的人儿，他都不会动心。现在，这个"铁相公"就坐在书房中，百无聊赖地看着元曲，这时，他正看到一段文字，是：

香梦回，才褪红鸳被，重点檀唇胭脂腻，匆匆挽个抛家髻，这春愁怎替？那新词且寄！

一时间，他有些神思恍惚，合上书，他陷入一阵深深的冥想中。书童喜儿，在一边静悄悄地扇着扇子，不敢打扰他，看样子，主人是要睡着了。房里燃着一炉檀香，轻烟缭绕，香气弥漫。绿色的竹帘子低低地垂着，窗外有几枝翠竹，有只蝉儿，不知歇在哪根竹子上，正在知溜知溜地唱着歌。片刻，蝉声停了，屋里更静，却从那靠街的一扇窗子外，传来一阵婉转而轻柔的、女性的歌声。云鹏不由自主地精神一振，侧身倾听，那歌声凄楚悲凉，唱的是：

　　　荒凉凉高秋时序，冷萧萧清霜天气，
　　　怨嗷嗷西风雁声，啾唧唧四壁寒蛩语，
　　　方授衣，远怀愁几许？
　　　沾襟泪点空如雨，和泪缄封，凭谁将寄？

　　然后，歌声一变，唱的又是：

　　　野花如绣，野草如茵，
　　　无限伤心事，教人怎不断魂？……
　　　新鬼衔冤旧鬼呻，弊形成灰烬，
　　　唯有阴风吹野怜，惨雾愁烟起，
　　　白日易昏，剩水残山秋复春！
　　　……
　　　万里羁魂招不返，空落得泪沾巾，
　　　念骨肉颠连无告，只得将薄奠来陈，
　　　酹椒觞把哀情少伸，望尊魂来享殷勤！……

那歌声含悲带泪，唱唱停停，婉转凄切，令人鼻酸。而在歌声之中，又夹着许多嘈杂的人声和叹息声。云鹏不由自主地坐正了身子，对喜儿说：

"喜儿，你叫葛升到外面街上去看看，是谁在唱这样悲惨的曲子？有没有什么冤屈的事情？"

"是的，爷。"喜儿去了，云鹏仍然坐在那儿，听着那时断时续的歌声。越听，就越为之动容，歌女唱曲子并不稀奇，奇的是唱词的不俗和怆恻。片刻之后，葛升和喜儿一起来了。垂着手，葛升禀报着说："爷，外面有个唱曲儿的小姑娘，在那儿唱着曲子，要卖身葬父呢！""什么？卖身葬父？"云鹏惊奇地问。

"是呀，她说她跟着父亲走江湖，父亲拉琴，她唱曲儿，谁知到了咱们杨家集，她父亲一病而亡，现在停尸在旅邸中，无钱下葬，她愿卖身为奴，只求安葬她的父亲。"

"哦？"云鹏沉思着。那歌声仍然不断地飘了过来，现在，已唱得格外悲切：

家迢迢兮在天一方，悲沦落兮伤断肠，

流浪天涯兮步风霜，哀亲人兮不久长！……

云鹏皱了皱眉，抬起头来，看着葛升说：

"有人给她钱吗？""回禀爷，围观的人多，给钱的人少。"云鹏感慨地点点头。"葛升！""是的，爷！""你去把她带进来，我跟她谈谈。"

"是的，爷。"葛升鞠躬而退。喜儿走过来，依然打着扇子。一会儿，那歌声就停了，再一会儿，葛升已在门口大声回禀：

"唱曲儿的姑娘带来了，爷。"

云鹏抬起头来，顿时觉得眼前一亮，一个少女正从门口轻轻地、缓缓地走进来。她浑身缟素，从头到脚，一色的白，白衣、白裳、白腰带、白缎鞋，发髻上没有任何珠饰，只在鬓边簪着一朵小白花。这一色的素白不知怎的竟使云鹏心中陡地一动，联想起了什么与白色有关的东西来。但他立刻就摆脱了这种杂念，当然哪，人家刚刚丧父，热孝在身，不浑身缟素，又能怎的？那少女站在他面前，头垂得那样低，他只能看到她那小小的鼻头和那两排像扇子般的长睫毛。她低低裣衽，盈盈下拜，口齿清晰地说："小女子白吟霜叩见县太爷。"

云鹏心里又一动，坐正了身子，他说：

"不用多礼了，站起来吧，姑娘。你说你的名字叫什么？"

"我姓白，名叫吟霜，吟诗的吟，冰霜的霜。"

"好名字！"云鹏喃喃地说，盯着她，"你抬起头来吧！"

白吟霜顺从地抬起头来，两道如寒星般的眼光就直射向云鹏，那乌黑的眸子，那样深，那样黑，又那样明亮，那样晶莹，里面还盛满了凄楚、哀切与求助！这是一对似曾相识的眼睛呵！那种眼光，那份神情！恻恻然，盈盈然，楚楚然，动人心魄。云鹏费了大力，才能让自己的眼光，和她的眼光分开。然后，他注意到了她那份非凡的美。虽然脂粉不施，她的皮肤细腻如雪，再加上唇不点而红，眉不画而翠，更显得眉目分明。白吟霜，好一个名字，她有那份纯净，也有那份清雅！"你父亲过世了吗？"云鹏问。

"是的，爷。""如果我给你钱，让你安葬了父亲……"

"小女子愿为奴婢，粉身碎骨，在所不辞！"白吟霜立即跪了下来。"别忙！"云鹏摆了摆手。"我的意思，是问你葬了父亲之后，能够回家乡吗？你家里还有些什么人？"

"哦！"吟霜愕然地抬起头来，那对黑白分明的眼睛，一瞬不瞬地看着云鹏。"禀老爷，我母亲早已去世，家乡已无亲人，我跟着父亲，多年流浪在外，和家乡早已音信断绝。所以，求老爷恩典，若能安葬老父，并求老爷也收容了我。我愿留在老爷家，侍奉夫人小姐。我虽不娴熟针线工作，但可以慢慢学习。"云鹏凝视着那张雅致清丽的脸庞，沉吟久之。然后，他又问："我刚刚听到你唱歌，是谁教你唱的？"

"我父亲。""你父亲一直靠唱曲儿为生吗？"

"不是的，爷。我父亲以前也念过不少诗书，出身于读书人家，而且精通音律。只是门户衰落，穷不聊生，父亲也是个秀才，却在乡试中屡次遭黜，从此看淡了名利仕宦。家母去世以后，他才开始带着我走江湖的。"

云鹏点点头，不自禁地低叹了一声。听身世，也是个好人家的女儿，只是时运不济而已。看她那模样，也颇惹人怜爱，听她身世，又境遇堪怜。云鹏回过头去，对喜儿说：

"喜儿，带这位白姑娘进去，见见夫人，问夫人愿不愿意把她留下来做个伴儿。""是，爷。"喜儿应着。

"谢老爷大恩！"吟霜俯伏在地，再起来时，已泪盈于睫了。跟着喜儿，她低着头，退出了房间。云鹏动容地看着她盈盈退去。站在屋中，他有一刹那的神思恍惚，接着，他才发现老家人葛升仍然站在房里，正局促地望着他，欲言又止。

"葛升，你有什么话要说吗？"他问。

"奴才不敢说。""什么敢不敢说的！有话就直说吧，别吞吞吐吐的！你反对我留下这个白姑娘吗？""不，奴才不敢。""那么，是什么呢？""爷，"葛升慢吞吞地喊了一声，悄悄地抬起眼睛，看着主人，压低了声音，轻轻地说，"您不觉得，这个——这个——这个白姑娘，有点儿不寻常吗？"

"你是什么意思？"云鹏皱起了眉。

"是这样，爷，"葛升更加嗫嚅了，"您听说过——有关——有关狐狸报恩的事吗？""听说过，又怎样呢？"云鹏不安地叱责，"那都是些不能置信的道听途说而已！""可是——可是——"葛升结结巴巴地说，"这个白——白姑娘，她那双眼睛，可真像——真像您救了的那只白狐呵，偏——偏她又姓白，可真——可真凑巧呢！据我看啊，这白姑娘，会成为咱们家的福星哪！"

"别胡说！"云鹏呵斥着，"哪来这么些迷信！"他背着手，走到靠内院的窗前去。却一眼看到弄玉的贴身丫头采莲喜滋滋地跑了过来，笑嘻嘻地说：

"爷，夫人说，她喜欢白姑娘喜欢得不得了呢！她说，说什么也得留下来，她怎么也不放白姑娘回家去了呢！"

云鹏怔了一会儿，这白吟霜，她可真有人缘呵！想着葛升刚刚说的话，再想起半月前黑夜里那只白狐，他忽然有些心神恍惚起来，而在心神恍惚之余，他脑中浮起的，是白吟霜那对乌黑晶亮的眼睛。

三

于是，白吟霜在葛家留下来了。

由于云鹏体恤吟霜也是读书人之后，他不肯把她当作一个丫头。又由于弄玉的宠爱，于是，葛家上上下下都尊称她一声"白姑娘"，不敢怠慢她。弄玉拨了几间房子给她住，又派了两个丫头侍候她，她也俨然过起半主半客的小姐生涯来了。平日无事，她常教秋儿和冬儿读书认字，也陪伴弄玉做针线，偶尔，当云鹏高兴的时候，她也会在席前献唱一番。

至于葛家的下人们呢，自从吟霜进门，他们就盛传起"白狐报恩"的故事来了。本来，云鹏救白狐的事，是整个清安县，都传说不衰的。而这白吟霜，永远是一色的白衣白裳，走路轻悄无声，再加上见过那只白狐的人，做了更"确切"的"指认"。于是，吟霜是白狐所幻化的说法，就变成一项不移的事实了。下人们对于"鬼狐"，一向有份敬畏之心，因此，他们怕吟霜，也敬吟霜，碰到灾难和难题，也会去求吟霜"消灾解厄"。不过，他们虽在背后谈论吟霜是白狐，当吟霜的面，却谁也不敢提一个字。而吟霜呢？对于大家的议论，她也都知道，但却置若罔闻，好像根本没这回事，只是恬淡安详地过着日子。对云鹏夫妇，谦恭有礼，对秋儿、冬儿，爱护备至。但"白狐"故事传说不已，连弄玉也听到这些传说了。她曾笑着对云鹏说："古来笔记小说中，记载了不少关于狐妾的故事，你可知道吗？""别开玩笑。"云鹏正色说，"第一，吟霜是个活生生的人，不是一只狐狸。第二，我留吟霜，只因为她无家可归，如果转她的念头，那就成了'乘人之危'的小人了。我没有那种非分的企图，只想慢慢帮她物色一个合适的人，还是让她嫁过去，陪一份妆奁给她，让她好好地过日子。"

"我看，你还是慢慢来吧，"弄玉说，"吟霜常说，死也要死在咱们家呢！""她那是说傻话！""本来嘛，人家的命都是你救的呀！"

"你真相信她是只狐狸吗？"云鹏不耐地问。

"我希望她是。"弄玉笑吟吟地说。

"怎么？""如果她真想报恩，头一件事，就该让你有个儿子呀！"弄玉笑得含蓄，"我并不管他是不是狐狸太太生的！只要有个儿子就好！""胡说八道！"云鹏笑骂着，瞪着弄玉，他不能不怀疑，弄玉那样热心地留下吟霜，是不是一件别有动机的事？

但是，吟霜到底是人是狐呢？在葛家，却陆续发生了好几件奇妙的事情。首先，是弄玉的一个丫头，名叫香绮，只有十五岁，因为长得非常白净，而又善解人意，所以深得弄玉的喜爱。凡是弄玉的簪环首饰，都是香绮在管理。一天，弄玉要戴一个翡翠镯子，却遍寻不获，询问香绮，香绮也答不出来。于是，大家翻箱倒箧地寻找，只是找不出来。香绮因为是自己的责任，急得直哭，那镯子偏又值点钱，于是，丫头老妈子都脱不了干系，大家就都急了。一个老妈子张嫂提议，不妨下人们都打开自己的箱箧搜一搜，免得大家背黑锅。这样丫头老妈们就都开了箱子，镯子仍然没有寻着，但是却无巧不巧地在香绮的箱子角落里，翻出了那装镯子的荷包儿，镯子显然已脱了手，荷包却忘记了。监守自盗，弄玉气得脸发白，一迭声叫把香绮捆起来打。香绮却极口地声称冤枉，拿着绳子要上吊。正闹得不可开交，吟霜进来了，香绮一看到吟霜，就像看到救命菩萨似的，倒头就拜，边哭边拜地喊：

"白姑娘，只有你能救我，求你救我！你一定知道镯子哪儿去了！"吟霜弄明白了事情经过，沉吟片刻，她把弄玉拉到一边，悄声说："香绮是冤枉的，她没偷镯子，您真想抓到那偷镯子的人，夫人，我看，您把张妈捆起来问问看吧！"

弄玉将信将疑，却依言捆起了张妈，一问而得实。果然，镯子是张妈偷的，却把荷包塞进香绮的箱子里栽赃。

这件事发生之后，大家对吟霜更加敬畏了，也更加深信不疑她是白狐幻化的了。尤其香绮，简直把她当菩萨般崇拜着。老家人葛升，也在背后告诫下人们说：

"大家小心点儿吧，别再出乱子了！家里有个大仙呢，什么装神弄鬼的事逃得过大仙的眼睛呢！"

于是，从此家下人等，都兢兢业业，再也不敢惹是生非、偷鸡摸狗了。对于这件事，云鹏也颇为惊疑，私下里，他曾询问吟霜说："你怎么知道偷东西的是张妈？"

"其实很简单，爷。"吟霜笑容可掬，"您想，香绮是自幼儿卖到咱们家的丫头，父母亲人都已不可考，她又不缺吃的喝的，要偷镯子干吗？那张妈是咱们家在这儿雇用的人，在城里有她儿子媳妇一大家子人呢，一定有人接应，把镯子拿出去变卖。而且，我跟着爹跑江湖，怎么样的人都看过，很相信看相之说。香绮虽是个丫头，却长得五官端正，眉目清秀，那张妈神色仓皇，眼光刁猾，一看就不是善类。"

"但是，我们在这儿雇的老妈子也不止张妈一个，你怎能断定是张妈偷的呢？就靠看相吗？"

"当然不是，"吟霜笑着说，"只因为首先提议搜箱子的是她，我觉得，她好像胸有成竹，知道搜箱子的后果似的。"她垂下眼睫，有些羞涩地补了一句："本来嘛，这种事儿，总要靠点儿猜测的！"云鹏瞪视着她，沉吟地说：

"我看，你的猜测很有效呢，以后，我如果碰到疑难的案子，恐怕也要借重你的猜测呢！"

真的，没有多久，云鹏就借着吟霜的"猜测"，破了一件家庭纠纷的案子。这件案子的外表非常简单，犯罪动机和事实也很鲜明，假若没有云鹏的细心和吟霜的"猜测"，恐怕会造成一件永远无法昭雪的沉冤。案子是这样的：有一个在杨家集开皮货庄的商人，名叫朱实甫，由于多年辛苦经营，家里的财产也相当殷富。他家里原有原配孔氏，生了一个儿子，今年十二岁，小名叫兴儿，因为仅有这一个儿子，当然朱实甫将他视为珍宝，宠爱万分。家里一向也平安无事，但是今年初，朱实甫又娶了一个姨太太高氏，这高氏只有十八九岁，长得非常漂亮。朱实甫中年纳妾，姨太太又年轻标致，他当然很宠爱这姨太太。没几个月，姨太太怀了孕，从此天下就不太平。大概姨太太非常忌妒大妇孔氏的儿子兴儿，因此，兴儿常常哭哭啼啼地奔去找父亲，身上伤痕累累，一经询问，却是姨太太高氏所为。朱实甫心里虽然很不痛快，但是，实在喜爱高氏，迷恋之余，也不愿深究。于是，事情就发生了！这天下午，兴儿肚子饿，吵着要吃东西，孔氏就去厨房做合子给他吃，当时高氏也在厨房中帮忙。合子是一种北方的面食，是用两张烙饼，中间夹着韭菜肉丝，相当于馅饼一类的东西。兴儿吃了一半，忽然舌头觉得一阵刺痛，吐出嘴里的东西一看，竟有一根细针，贯穿在韭菜茎中，兴儿大叫"有人要杀我!"扑奔父亲。朱实甫查问之下，知道高氏也在厨房，不禁大怒，这次实在忍无可忍，所以绑了高氏到衙门里来见官。

云鹏看那高氏，颇有几分姿色，但是并不像个奸刁的妇人，一经询问，只是垂泪，再三叫：

"大老爷明察!"云鹏有些疑惑，心想姨太太要谋杀大妇之子，倒也可能，用针混于食物中，这谋杀方法未免太笨，但是乡愚之妇，也未必不可能。再询大妇孔氏，却是个朴拙木讷的乡下妇人，直挺挺地跪在堂上，已吓得脸色发白，无论怎么问她，她只是磕头。再问高氏，孔氏待她如何，高氏却极口称扬。再问孔氏，高氏是否有僭越之处，孔氏却叩着头说："妹子不是这样的人！"

问她喜欢高氏吗，她却又说喜欢。

云鹏失去了主意，只得把高氏押在牢中。一切罪证鲜明，高氏似乎难逃刑责。回到府邸，云鹏忽然灵机一动，请来吟霜，他把整个案子告诉吟霜，问她说：

"凭你的'猜测'，高氏是罪犯吗？"

吟霜沉思了半晌，说：

"这件案子可能正相反，我们只想到姨太太会猜忌大妇之子，又焉知道大妇不会猜忌姨太太之子呢？现在高氏得宠，又有了身孕，万一生子，必然更加得宠。或者，这是大妇自己做的，为了陷害姨太太。"

"我也这样想过，"云鹏说，"可是，那大妇孔氏，完全是个老实人，话都说不清楚，我实在无法相信她会如此刁猾。或者，你应该给她们看看相。"

"爷，"吟霜笑着说，"清官难断家务事哪！这样吧，我姑且试试看，明天您再审讯她们一次，我在帘子后面偷看一下。"

于是，第二天，云鹏再传来一干人，重审一次。吟霜在帘后偷窥。云鹏下堂后，吟霜笑吟吟地说：

"爷，您叫人把那孩子兴儿传来，让我和他谈谈，包管那罪犯就手到擒来了！""是吗？"云鹏怀疑地问，"你认为兴儿会知道一些端倪吗？""您不知道，爷。"吟霜仍然笑容可掬，似乎已胸有成竹，"孩子是世界上最敏感的动物，谁要害他，兴儿一定心里有数。"

云鹏扬了扬眉，此话颇为有理。他即刻令人传兴儿来，片刻之后，兴儿到了，葛升一直把他带入府邸，送到云鹏和吟霜的面前来。那孩子长得倒是一脸聪明相，一对骨碌碌的大眼睛，机灵灵地转着，不住好奇地东张西望。

"哎，你就是兴儿吗？"吟霜温柔地问，笑嘻嘻的。

"是的。""你爹疼你吗？娘也疼你吗？"

"是的。""姨娘呢？"孩子的大眼睛一转，撇了撇嘴。

"她是坏女人！她要杀我！"

吟霜的脸色陡地一沉，笑容尽敛，"啪"的一声，她重重地拍了一下桌子，大声地叫：

"来人哪，把这奸刁的坏孩子捆起来，给我烧一盆烙铁，我要把这张说谎的嘴给烧烂，看它还胡说八道，造谣生事不？"孩子吃了一惊，顿时吓得脸色发白，簌簌发抖，一面挣扎，一面极口地嚷着："我不了，我再也不敢了！"

"说！伤痕是你自己弄出来的吗？针也是你自己放到饼里去的吗？快说！""是……是……是我。"

"谁教你的？为什么？"

"是金嫂，她说姨娘生了弟弟，爹就不疼我了！"孩子哭着说。"金嫂是谁？""是我家的老用人。"案子就这样破了，一切都是老用人教唆着小主人做出来的，那老用人因为和高氏的丫头吵了架，衔恨在心，所以想出这样一条毒计，孔氏也完全不知情。而孔高二氏，私下交情还相当深笃呢！事后，云鹏对吟霜说：

"我实在服你了，你怎么会怀疑到孩子身上去的呢？"

"案子很明白呀，爷，"吟霜一味地笑着，"高氏真要除掉兴儿，不会那样笨，她显然是被陷害的，谁要陷害她呢？除了孔氏之外，就是兴儿了！"

"可是……可是……"云鹏仍然困惑着，"这只是你大胆的猜测而已，我还是不懂，你怎么会一下子就猜中是孩子干的。"吟霜笑了。"爷，你就当它是某种奇异的'感应'吧！"吟霜说，巧笑嫣然。云鹏望着她，不能不觉得一阵心旌摇荡。

这是吟霜参与云鹏审案的开始，以后，云鹏就经常倚赖吟霜的"猜测"和"感应"了。她的猜测总是那样迅速而又准确，永远使云鹏感到一份崭新的惊奇。有时，他也会想，或者，她真是那只白狐所幻化的了。

就这样，一两年的时光就过去了，吟霜孝服既满，却仍然酷爱白衣，依然是一色的白，只偶尔在大襟上绣点儿小花，却更加显得雅致和俏皮。这不变的白，更引起了多少的猜测和议论，接着，又一件事发生了。

这年冬天特别冷，一连下了好几天的雪，融雪的时候，气温尤其低，虽然屋里都生了火，却仍然抵御不住那股寒气。因此，灯节才过没多久，云鹏的小女儿冬儿就病倒了。

起先，大家都认为小孩子家，过年难免贪吃了点，天气冷，又受了寒，不过是停食外感之症，吃点药疏散疏散就好了。谁知几天之后，却发起高烧来，周身火烫，饮食不进。请了医生来，也不管用，诸药罔效，而高烧持续不退。全家都慌了，弄玉整日整夜地守在冬儿床边掉眼泪，眼看着冬儿消瘦了下去，三天之后，她已不会说话，昏迷不醒。全家都认为冬儿没有指望了。

这些日子，吟霜也不眠不休地侍候着，她一向疼爱冬儿，这时更急得失魂少魄。这晚，冬儿的情况更不对了，黄昏的时候，她已经抽了好几次筋，浑身都蜷缩得像只虾米一样。云鹏坐在床边，想到孩子还小，根本没享受过生命，就要撒手去了，不禁落下泪来。弄玉更哭得死去活来，搂着冬儿，心肝宝贝地叫个不停。整间屋里，一片凄凉景象，吟霜也忍不住泪如雨下了。就在大家都哭成一团的时候，忽然间，丫头香绮扑过去，一下子就跪在吟霜面前，倒地下拜，哭着喊：

"白姑娘，您救救咱们小姐吧！我知道，您是可以救她的！您救了咱们小姐，我供上您的长生牌位儿，每天给您焚香磕头！"一句话提醒了弄玉，她虽然从不深信吟霜是白狐的说法，可是，在一份母性的绝望之下，她如果能抓住任何一线希望，都不会放弃的。这时，她也转向了吟霜，求助地抓住了吟霜的衣襟，神经质地跟着香绮喊：

"是的，吟霜，你救救冬儿吧！发挥你的神力，救救冬儿吧！"吟霜的面孔雪白了，睁大了眼睛，她惊惶后退，嗫嚅着，口齿不清地说："这……这……这是怎么说呀！"

云鹏是唯一能保持理智的人，他知道这简直是给吟霜出难题，别说她不是狐仙，就算她真是狐仙，也不见得有起死回生之力，否则，她自己的父亲也不会病死旅邸了。站起身来，他想阻止弄玉，可是，弄玉已对着吟霜，"噗"的一声跪下去了，嘴里乱七八糟地哀求着：

"吟霜，好妹妹，你就看在云鹏的面子上，救救这孩子吧，我会一生一世报答你，永远不忘记你的大恩大德！吟霜，求求你……"吟霜的脸色更加灰白了，抓住弄玉的手腕，焦急地跺了跺脚说："夫人，你这是怎的？你快起来，你要折煞我了！"

"除非你答应救冬儿，否则我就不起来。"弄玉说。

"哎哎，"吟霜无奈地、痛苦地，而又焦急地看着弄玉，"夫人，你起来吧！让我看看冬儿去，说实话，我实在没有把握能救她呀！""只要你肯救，你一定能救的！"弄玉说，慌忙站起身来，让开身子。吟霜走到床边来，她俯身仔细地看着冬儿，把手压在冬儿的额上，试她的热度，再握起她的手来，诊了诊脉，然后，她把手探进冬儿的衣领里，摸了摸她的颈项。云鹏惊奇地看着她，难道她真是只狐狸？难道她真有办法救这个垂死的孩子？吟霜诊视完毕，她抬起头来，她的脸色仍然是苍白而毫无血色的，她的眼睛焦灼而紧张。

"我愿意尽我的能力，"她说，声音微微颤抖着，"可是……可是……如果我失败了，请你们原谅我。我……我真的是没有把握呢！""只要你肯救！"弄玉依然说，"好歹不会比死更糟，是不是？""你们能信任我吗？"吟霜问。

"是的，我们信任你。"弄玉慌忙回答。

"那么，"吟霜甩了一下头，下决心地说，"我必须请你们统统回避，我需要一夜的时间，你们把这孩子交给我！另外，吩咐厨房里的老妈子，整夜烧开水，全拎到这屋里来，越多越好，再给我几个大木桶。香绮，你留下来帮一下忙，现在，赶快去烧水吧！"她看了看云鹏和弄玉，"爷，夫人，你们请退吧,不妨在佛堂里点上一炷香,求神保佑吧!"

云鹏和弄玉退了出去,留下香绮帮忙,赶快吩咐烧开水送去。一会儿,香绮就也退出来了,她说,吟霜要她帮忙,把冬儿的衣服全部脱光,把床的四周全放上大桶大桶的开水,就把她赶出来了,而且紧闭了房门。这是忙碌、紧张而混乱的一夜。整夜不断地在烧开水,滚开的拎进去,冷的再拎出来。谁也不知道吟霜在屋里弄些什么花样。只有丫头香绮自作聪明地说:"传说狐狸修炼成仙,都有一粒仙丹在腹中,如果要救人一命,只得把仙丹吐出来给病人吃,这仙丹有奇效,吃的人会活命,但是失去了这颗仙丹,那狐仙会大伤元气,说不定会缩短寿命,或者成不了仙了。因为一粒仙丹,要修炼一千年呢!""别胡说吧!"云鹏叱责着,但他真的怀疑,不知吟霜在弄些什么。黎明的时候,冬儿的房门终于打开了,吟霜出现在房门口。大家都拥上前去,吟霜扶着门站在那儿,脸色灰白,力尽神疲,浑身的衣服都是濡湿的,虽是严寒的季节,她的额上却遍是汗珠,一绺濡湿的头发垂在额上。她看来确像香绮所说的,已大伤元气,扶着门,她有些摇摇欲坠,把额头无力地靠在手腕上,她疲倦地说:

"谢谢天,我想她已经没事了!"

说完,她就筋疲力尽地倒了下去,云鹏就近,不由自主地一把抱住了她,看着那苍白的面颊,他觉得心里一紧,说不出有多心疼。抱着她,把她送进了她屋里,叫丫头们好生侍候着,又一迭声地叫人炖参汤给她喝。管她是不是吐出了仙丹,她的样子确实需要好好地补一补。

回到冬儿的房间，一屋子蒸腾的热气，到处都是濡湿的毛巾和被单，但冬儿的床单棉被都已换了干燥的。冬儿仰卧着，高烧已退，呼吸平和，面色恬静，她正在沉沉熟睡中，一切病征，都已消失无踪。"你现在总相信了吧？"弄玉高兴地对他说。

"相信什么？"云鹏问。

"吟霜，她就是那只报恩的白狐。"

云鹏挑了挑眉毛，没有说话，默默地退出了房间。晚上，吟霜已经完全恢复了，她看来依然神采奕奕，站在云鹏面前，她笑嘻嘻地说："恭喜爷，只因为爷积德太多，冬儿才会好得这样快。"

"是吗？"云鹏盯着她，"你实说吧，吟霜，你真失去了你的仙丹吗？"吟霜扑哧一笑。"啊呀，我的爷，"她笑着说，"你也相信我是那只白狐吗？事实上，我是急了，冒险治治看而已。当初我爹，也颇懂医理，我曾经看他这样治过一个孩子。我想，冬儿一定是受了大寒，摸着她浑身火烫，高烧不退，如果能够发一身汗，烧就可以退掉，只要退烧，病也就除了。所以我用了我爹的办法，烧上十几桶滚开的水，让整个床都在热气里面，脱光她的衣服，再用被单棉被支在床架上，像个帐篷一样，把所有热气都笼罩住。冬儿就躺在这热气中，终于出了一身汗，热度也就退了。其实，说穿了，是好简单的事情。"

"那么，你干吗要屏退众人呢？"

"人多了，碍手碍脚，反而不好做事。而且，这本就是个歪方儿，大家看了，更要说神说鬼的了！"

云鹏深深地看着她。吟霜的脸红了，转开了头，她嗫嚅而腼腆地说："爷，您——您看什么呀？"

"吟霜，"云鹏低低地、慢吞吞地说，"不管你是人也好，是狐也好，我想——"他顿了顿，声音更低了，低得像耳语，"我已经太喜欢你了。"吟霜没有听清楚，抬起睫毛来，她悄悄地询问地注视着他。他点点头，轻声地再说了一句："所以——我应该给你找一个婆家了。"

四

县太爷要给白姑娘找婆家的消息传开了，媒婆们整天往知县府跑，府里陡然热闹了许多。关于"白姑娘"的传说，早已经葛府的下人们传言于外，听说长得如花似玉，能歌善舞，而又法力无边，谁不好奇？谁又不想贪图县太爷的一笔厚奁呢？更有些迷于"狐仙"之说的人，相信娶来可以驱灾除祸，于是，更加趋之若鹜了，一时间，葛府门槛皆穿。

弄玉忙着和媒婆接触，云鹏也忙着审核那些求婚者的资历和家世。而吟霜呢，议婚之说一起，她就不再像往常那样活泼善笑了，可能由于害羞，她开始把自己深深地关在屋中，轻易不出房门。而且，她逐渐地消瘦了，苍白了，也安静了。大家只当她是姑娘家不好意思，也都不太注意。只有云鹏，他常悄悄地研究着她，看不到她的巧笑嫣然，听不到她的嘤咛笑语，他觉得终日怅怅然若有所失。或者，她对自己的婚事觉得惶恐，这也难怪，两个漠不相识的人，要结为夫妇，谁知道性情是否相合？彼此能否相处？因此，云鹏对于这件婚事，就更加慎重了。这天，弄玉走到云鹏的书房里来。

"知道城北的张家吗？"弄玉问，"就是外号叫作张百万的？""是的，他拥有好几个皮货庄，是专靠打猎起家的，养了上百家的猎户呢！"云鹏说，"怎么呢？""他也来为他儿子说媒了，他家老三，人还挺清秀的，也念过几年书，你觉得怎么样？"

"他家吗？"云鹏沉吟着，犹豫地说，"倒也还不错，只是，可惜不是个书香门第。""那么，刘秀才的儿子呢？"

"他吗，也还不错，虽是读书人家，却又太穷了。"

弄玉不自禁地微微一笑，悄悄地，她从睫毛下偷窥着云鹏。沉默片刻，她说："你一定要遣嫁吟霜吗？"

"怎么，不是已经在给她说婆家了吗？还有什么变化不成？"云鹏说，靠在椅中，不安地玩弄着桌上的一个镇尺，"女孩子家大了，总是要嫁人的。"

"只是，这婆家好像很难找呢！"弄玉微笑地说，带着点儿揶揄，"吴家二公子，家世又好，又是读书人，你说人家头大身子小，长相不对。刘家三少爷，条件也都合，你又说人家头小身子大。高家那位，长得漂亮，有钱有势，你说是续弦，不干。袁家小少爷，从没定过亲，你又说年岁太小了，只能做吟霜的弟弟。张家不是书香门第，刘家又太穷……我的爷，你到底要选个怎样的人家呢？只怕你这样选下去，选到吟霜头发白的时候，还选不出人来呢！"

云鹏皱了皱眉。"难道吟霜抱怨了什么？"他说，"她等不及地想出嫁吗？"

"啊呀，云鹏，你可别冤枉人家吟霜，你要是真关心她啊，你就该看出她现在精神大不如前了！"

"怎么呢？"云鹏更加不安地问。"她呀，我也不知道怎么了，"弄玉又悄悄地看看云鹏，"只是，从春天起，她就神情恹恹的。我说，爷，你给人家选婆家，也该征求她本人的意思啊，她到底不是咱们家的人呀！"

"这是你的工作，你该去问问她。或者，她自己心里有数，愿意去怎样的人家。""我也这样想，"弄玉抿着嘴角，轻轻一笑，"但是，她一个字也不肯说，我也没办法，你何不自己问问她呢？你到底是她的救命恩人，她可能愿意告诉你。"

"什么救命恩人，我不过帮她葬了父亲，也算不得救命！"

"哈，我说的可不是这个。"弄玉掀起帘子，准备退出，又回眸一笑说，"你心里明白！"

弄玉走了，云鹏坐在那儿，呆呆地看着竹帘子发愣。忽然间，他听到一阵琴声，和着歌声，从花园中袅袅传来。他知道，这又是吟霜在抚琴而歌了。下意识地，他用手支住颚，开始静静地倾听。因为隔得远，歌词听不太清楚。他定定神，用心地去捉住那声浪，于是，他依稀听到了一些句子，却正是：

香梦回，才褪红鸳被，重点檀唇胭脂腻，匆匆
挽个抛家髻，这春愁怎替？那新词且寄！

这不正是自己邂逅吟霜那天所念的元曲吗？云鹏有些心
神恍惚了。端起茶杯，他啜饮了一口，无情无绪地站起身来，
他走到靠花园的窗边，挑起帘子，他想仔细地听一听。可是，
那琴声叮叮咚咚地持续了一阵之后，却戛然而止了。云鹏低
低叹息，一阵落寞的感觉，向他慢慢地包围了过来。

晚上，云鹏坐在书房中，正在看着书，喜儿在一边服侍
着。忽然，门帘一掀，吟霜盈盈然地站在房门口，对云鹏深
深一福说："夫人叫我来，她说爷有话要交代。"

哦，这个弄玉！这种关于婚事的话，她们女人家彼此谈
起来不是简单得多，偏要他来谈。但是，也罢，既然来了，
不妨问个清楚。他点点头，屏退了喜儿，对吟霜说：

"你关好门，过来坐下吧，我们谈谈。"

吟霜关上了门，走过来，顺从地在云鹏脚边的一张矮凳
上坐下了。她似乎已预知谈话的内容，因此，垂着眼睑，低
俯着头，不敢仰视云鹏。

"听说你最近不大舒服。"云鹏说，仔细地打量她，是的，
那面颊是消瘦了，那腰身也苗条了，却更有份楚楚可怜的动
人韵致了。"哦，没有什么，我很好，爷。"她轻声回答。

"你知道，我们在给你做媒呢！"云鹏开门见山地说，紧
紧地注视着吟霜。吟霜微微地震动了一下，一句话也不说，
头俯得更低了，脸色也更苍白了。"你不必害羞，吟霜。"云

鹏困难地说，"你知道，男大当婚，女大当嫁，这是做人必然的过程。"

吟霜依然不语。"我帮你选了好几家的王孙公子，"云鹏继续说，"可是，我很迟疑，不知道到底哪一家最好。事情关系你的终身，所以，也不能不问问你自己的意见。"

吟霜还是不说话。"吟霜，你听到吗？"吟霜受惊地抬起眼睛来，对云鹏匆匆一瞥，那大眼睛里，竟闪耀着泪光，满脸的凄惶和无助。

"听到了，爷。"她低声说。

"那么，你希望嫁一个怎样的人呢？现在，有张家来求亲，北城张百万家，知道吗？"

吟霜咬了咬嘴唇。"怎么不说话呢？"云鹏蹙眉问。

"但凭爷做主。"吟霜终于逼出了一句话来，喉咙是哽塞的，"自从葬父以后，我已经卖身给爷了，爷要怎么安排就怎么安排，奴才不敢说话。"

云鹏怔怔地看着吟霜，她神色哀怨，语音凄楚，那眉目之间，一片哀愁和委屈。怎么，她不满意吗？她不愿嫁张家吗？她也嫌他们不是书香门第吗？

"那么，或者你会喜欢刘秀才家？"

"随爷做主。"吟霜仍然是那句话，但，眼泪却溢出了眼眶，沿着面颊滚落下去了。她悄悄地举起袖子，拭了拭泪。云鹏望着她，依然是白衣白裳，腰间系着一根白缎的腰带，说不出的雅致与飘逸，他不自禁地看呆了。吟霜轻轻地站起身来，垂着头，幽幽地说："请爷允许我告退了！"

"等一下，吟霜。"云鹏本能地喊。

吟霜又站住了，垂手而立。

"今天下午，我听到你在唱歌。"他说，顿了一下，又说，"我很多天没听到你唱歌了。"

"爷？"吟霜询问地看了他一眼。

云鹏从墙上摘下一把琴来。

"愿意唱一曲给我听吗？"他问，心里忽然涌上一股恻然的情绪，等她嫁后，再想听她唱曲，就难如登天了。

"现在吗？"吟霜问。"是的，现在。"吟霜顺从地接过了琴，在一张凳子上坐下了，把琴平放在膝上，她轻抚了几个音，抬起眼睛，她看着云鹏。

"爷要听什么？""随便你唱什么。"吟霜侧着头，深思了一会儿，再掉头看向云鹏时，她的眼光是奇异的。拨动了弦，她的眼睛依然亮晶晶地盯着云鹏，开始轻声地唱了起来：

　　双眉暗锁，心事谁知我？旧恨而今较可，新愁
去后如何？

云鹏迎视着她的目光，听了这几句，已陡觉心里一动，情不自禁紧紧盯着她。一层红晕浮上了她的面颊，她目光如酒，双颊如酡，换了一个调子，她又唱：

　　知否？知否？我为何不卷珠帘，懒得拈针挑绣？
　　知否？知否？我有几千斛闷怀？几百种烦忧？

知否？知否？多少恨才下心头，却上眉头！

知否？知否？看它春色年年，我的芳心依旧！

知否？知否？一片心事难出口，谁怜我镇日消瘦？

知否？知否？恨个人心意如铁，我终身休配鸾俦！

知否？知否？身如飘萍难寄，心事尽付东流！

休休，似这般不解风情，辜负我一番琴奏！

　　一阵急促的繁弦之后，琴声停了。吟霜倏然站起身来，把琴放在椅上，她转过身子，用背对着云鹏，不住地用袖子擦着眼泪，她的双肩耸动，喉中哽噎。用手拉着帘子，她颤声说："奴才告退了！"云鹏的心脏猛然地跳动着，他的呼吸急促，他的头脑昏眩，向前急急地跨了一大步，他忘形地把手压在吟霜的肩上，沙哑地喊了一声："吟霜！"吟霜猛地回过身子来，她脸上泪痕狼藉，双眸却在泪水的浸润下，显得特别地明亮，特别地深幽，她毫不畏羞地直视着他，一层热烈的光彩笼罩在她那清丽的脸庞上，使她看来无比地美丽，无比地动人。

　　"爷！"她热烈地低喊，忽然身子一矮，就跪倒在他的脚前，仰着头，她瞪视着他，语音清晰地说，"自从踏进葛府的大门，我从没有离去的打算，如今，既然不堪驱使，必要遣嫁，我还不如一死！"云鹏心动神驰，狂喜中杂着心酸，怜惜中杂着欢乐，那份乍惊乍喜，似悲似乐的情绪把他给击倒了。他俯视着她，不由自主地揽住了她的头，喃喃地说：

　　"你真愿意这样？你知道你美好得像一朵含苞待放的白

梅，你知道我多怕糟蹋了你？你知道忍痛提婚，我需要多大的定力？啊，吟霜，你真愿意？你真愿意？"

吟霜仍然仰视着他，她那光明如星的眸子坦白地对着他，似乎在狂喊着：愿意！愿意！愿意！

于是，云鹏不再挣扎，不再困惑，不再痛苦，不再自欺，他把她拉了起来，轻轻地揽在怀里，他的面颊轻触着她鬓边的发丝，和她那垂在耳际的小珠饰。他低低地叹息了。

"吟霜，"他低唤，点了点头，慨然地说，"薄命怜卿甘做妾！""薄命吗？"吟霜低语，声音轻柔如梦，"我属于薄命的时期已经过去了。以后该是幸福而欢乐的，还有什么事能比生活在爷和夫人身边更快乐的呢？"

云鹏不语，他满心都充溢着欢愉和惊喜之情，以至于无语可说了。窗外，那一直在窥视着的弄玉悄悄地走开了，带着满脸的喜气，她迫不及待地去整理出那些该退回去的庚帖。一面，兴高采烈地计划着新房的设计和布置了。白狐，一只报恩的白狐，她该为云鹏生个儿子的，不是吗？

五

真的，第二年的夏天，吟霜生了一个男孩子。

还有比这件事更大的喜悦吗？知县府中，整日整夜鞭炮不断，老百姓们，齐聚在县衙门口舞狮舞龙。弄玉吩咐扎起一个戏台子，唱了好几个通宵的戏。葛府中上上下下，全穿上了最华丽的衣服，戴上喜花，人人都是笑吟吟的。老家人葛升，更津津乐道于述说白狐报恩的故事了。这真是天大的喜事，尤其云鹏已经三十几岁了，这才是第一个儿子！吟霜的地位更加重要了，弄玉命令下人们，谁也不许称吟霜"姨娘"，而要称"二夫人"。私下里，她宁可废礼，逼着吟霜和她姐妹相呼。她宠她、爱她、怜惜她，更胜过一个亲姐姐。而吟霜呢？丝毫没有恃宠而骄，她更加谦和，更加有礼，更加温柔，难怪人人都要称扬她，喜欢她，而尊重她了！

但是，这一次生产却严重地损伤了吟霜的健康，她显得非常消瘦而苍白。满月的时候，她虽然也挣扎着下了床，提起精神，应付一连几天的酒宴，可是，不到半个月，她就又睡倒了。云鹏十分焦急，延医诊治，都说血气亏损，要好好调理休养。但，尽管参汤燕窝地调治，吟霜仍然日益憔悴。

云鹏得子的喜悦，远没为吟霜生病的焦虑来得大。坐在吟霜的床前，他握着她那瘦削的手，担忧地望着她，恳挚地说："吟霜，你一定要快些好起来，看不到你活活泼泼地在屋子里转，我什么事都做不下去。"

吟霜微笑着，由于瘦了许多，那笑容在唇边显得有些可怜兮兮的。"爷，您别老是挂着我，"她委婉地说，"你何不出去走走。"

"等你好了，我带着你和你姐姐，一起出去玩玩。"

"只怕……"吟霜低叹了一声，把头转向里面，"我是没有这个福气了，爷。"云鹏一把握紧了她的手，眼睛紧紧地盯着她。他心里早就有个不祥的预感，只是在吟霜说穿之前，他根本就不允许这预感存在。如今，他被刺痛了，紧张了，也心惊肉跳了！

"吟霜，"他喊着，"不许这样想！你还那样年轻，你还要跟我共度一大段的岁月，你决不许离开我！吟霜，"冷汗在他额头沁了出来，他扑向她，"再也不许说，你知道吗？吟霜，你必须好好地活着！为了我，吟霜，你不是什么都为了我吗？你必须为我好好地活着！因为，没有你，我的生活就再也没有意义了！""哦，爷。"吟霜低呼着，眼里蕴满了泪，她用手轻轻地抚摸云鹏的手，劝慰地说，"你不该说这话的，爷。您是个男人，我不过是个闺阁女子，失去了我，还有更好的，何况，有姐姐陪着你……"这话简直像在诀别了，云鹏五内俱伤，心惊胆战，一把捂住了吟霜的嘴，他嚷着说：

"别再说了！吟霜，你知道你在我心里的地位！你一定要放宽心思，好好调养自己，我不能失去你。"他紧攥住她的手，"呵，吟霜，我真的不能失去你！"

吟霜凝视着他，泪珠沿颊滚落，但是，她在微笑着，在她唇边，浮现着一个好美丽好幸福的笑容。

"哦，爷。"她说，"我想一个流离失所的卖唱女子，能得到爷这样推心置腹的恩宠，我还有什么不满足的呢？我是死而无憾了。""不许提死字，吟霜！"云鹏含着泪喊，忽然又热烈地俯向她，"吟霜，记得那年你曾救了冬儿一命，你既然能救冬儿，你当然也可以救自己，那么，救救你自己吧！吟霜！为了我，救救你自己吧！"吟霜含泪看着云鹏。"你真那么怕我死？"她幽幽地问。

"吟霜！"他把她的手拉到他的胸前，紧压在他的心脏上。她可以感觉他的心在怎样狂野地跳动着。她又叹息了，轻声地，她像许诺般地说："爷，你放心，我不会死的。"

"真的吗？吟霜？""真的。"她对他微笑。他看着她，于是，忽然间，他觉得她那许诺是真会实现的，她不会死！他似乎放下了一副重担，她不会死。可是，到了夏末秋初的时候，吟霜更是瘦骨支离了，她已无法下床，也懒于饮食了。弄玉完全不顾妻妾的名分，整日守在吟霜的房里，和云鹏一样，她也求她"救救你自己"。但，吟霜显然无法救她自己，她一天一天地步向死亡，云鹏也一天一天地丧魂失魄。这天，弄玉整天都在吟霜房里，她们似乎谈了许多知心的话。到晚上，弄玉含泪来到云鹏面前。

"吟霜请你去，云鹏，她有话要告诉你！"

云鹏心里一紧，预感到事情不妙，他抓住了弄玉。

"她不好了吗？""不，现在还不要紧。云鹏，你去吧！"

云鹏走进了吟霜房里，房角的小药炉上，在熬着药，一屋子的药香。桌上，一灯如豆。吟霜躺在白色的纱帐里，面色在昏黄的灯光映照下，更显得憔悴而消瘦。但她那对乌黑的眼珠，却比往日更加清亮，更加有神。云鹏走过去，坐在床沿上，轻轻地握住吟霜放在被外的手，那手已枯瘦无力，一对白玉镯子，在手腕上沉重地坠着。云鹏四面望望，屋内静悄悄地没有一个人，他注意到，吟霜已经屏退了丫头们。

"吟霜。"他心痛地喊着。

"爷。"吟霜脸上仍然带着那楚楚动人的微笑，"我请你来，是必须告诉你一件事情。因为，我的期限到了，我必须走了。"

"吟霜！"云鹏惊喊，孩子气地说，"你答应过，你不会死！"

"爷，"吟霜安慰地拍拍他的手，"我不会死，我没有说我要死呀！我只是要告诉你一个秘密。"

"一个秘密？什么秘密？"云鹏困惑地问。

吟霜那对乌黑的眼珠亮晶晶地盯着他。

"你当然知道那传说，"她轻声地说，"关于我是那只报恩的白狐。哦，爷，你认为我是一只白狐吗？"

云鹏深深地注视着她。

"当然不，吟霜，你知道我一向不相信鬼狐之说。"

"可是，你错了，爷。"吟霜叹口气，坦率而恳挚地看着他，"我要告诉你的就是这个，我确实是那只在山中被你救下来的白狐，为报当日之恩，化身为人，设计来到你家。我曾立誓要帮你生个儿子，这段恩情就算报了，现在，我已经给你生了儿子了！""吟霜？"云鹏不相信地看着她，伸手摸摸她的额，她没有发烧，她的神志是清醒的，"你知道你自己在说些什么吗？"

"我知道，"吟霜说，"我很清醒，我讲的都是真话。爷，你想想看吧，我来你家的整个经过，不是太巧了吗？我告诉您，我确实是那只白狐！"

"我不管你是人是狐，"云鹏烦恼地说，"我只要你在我身边，好好地活着。""可是，爷，我的期限已经到了，我必须离去。"吟霜温柔而哀恳地说，"请你看在我这几年的恩情上，为我做一件事，我会非常感激你。""吟霜？"云鹏盯着她，那宽宽的额，那细细的眉，那亮晶晶的眼睛，那挺挺的鼻子，那小小的嘴，那细腻的皮肤，那玲珑的手脚……这是一只狐狸吗？荒谬！岂不荒谬吗？但，她真是只狐狸吗？"你说吧，吟霜。"

"请你过两天之后，把我抬到城外西边那座森林里去，然后都走开，不要管我，也不要窥探，我会重化为狐，回归山林。如果你不依我，我会死去的。"

"吟霜！"云鹏惊喊，猛烈地摇头，"不！不！不！你根本神志不清，不行，在那森林里，你会冻死！"

"爷，我是只狐狸呀！"吟霜说，那乌黑晶亮的眼睛深深地盯着云鹏，云鹏不自禁地想起了那只白狐，是的，这是那只白狐的眼睛！他有些神思恍惚而额汗涔涔了。吟霜紧紧地抓住了他。"知道吗？爷，我是属于山林和原野的，自来你家，虽然我也很幸福，但是，到底不如以前的自由自在。我毕竟不是人，过不来人的生活，你勉强留下我，我一定不免一死。爷，你希望我死吗？""哦，吟霜，我要怎么办？吟霜？"云鹏凄楚地叫，"你既然必定要走，何苦来这一趟？"

吟霜似乎也一阵惨然，泪珠就如断线珍珠般滚滚而下，握紧了云鹏的手，她凄然说：

"爷，如果你疼我，好好待那个孩子吧。我在林中，还是会过得快快乐乐的，你尽可以放心，不要挂念，如果有缘，说不定我以后还会来见你。别了，爷。请照我的话办，一旦我死了，就来不及。现在，你愿意出去，让姐姐进来吗？我有话要和姐姐说。"云鹏心神皆碎，五内俱伤。他掩泪退出了吟霜的房间，痛心之余，真不知神之所之，魂之所在。弄玉含泪进了吟霜的房间，整夜，她都留在里面，没有出来。

第二天一大早，云鹏就必须出门，因为知府来县中巡视，他要去陪侍。他无暇再去探视吟霜。黄昏时分，他回到府中，来不及换去官服，就径直冲进吟霜的卧房，才跨进房间，他就大吃了一惊，呆呆地愣住了。吟霜房中，一切依旧，只是那张床上，已一无所有。"云鹏，"弄玉追了进来，含泪说，"吟霜已经离去了。"

"离去了？到哪儿去了？"云鹏跳着脚问。

"我们遵照她的意思，把她送到城外西边的森林里去了。"弄玉说，"她逼着我做的，她说，等你回来，就不会放她走了！"

"糊涂！"云鹏跺脚大叫，"你怎么听她的？她病得神志不清，说的话怎能相信？谁抬去的？放在什么位置了？有没有留下人来照应？""是葛升他们抬去的，我们遵照她的意思，把她放在草地上，就都走开了，不敢留在那儿看她。"

"啊呀，我的天！"云鹏感到一阵头晕目眩，用手拍着额，他一迭声地叫葛升备马，他要赶到那森林里去看个究竟。

"爷，你就让她安安静静地去吧！"弄玉劝着，"天已经暗了，路又不好走，您何苦呢？"

"我要去把她带回来，"云鹏嚷着，"你知道山里有狼有虎吗？她就是死，也不该尸骨不全呵！"

不管弄玉的劝阻，他终于带着家人，扑奔城西的丛林而去。出了城，郊外山路崎岖，秋风瑟瑟，四野一片凄凉景象。想到吟霜被孤零零地丢在这山野里，他就觉得心如刀绞，不禁快马加鞭，直向丛林冲去。

终于，他们来到了那丛林里，葛升勒住马说："就在这儿！"云鹏停住马，举目四顾，一眼看到在那林中的草地上，有一团白色的影子。云鹏喊了一声，滚鞍下马，连跑带跌地冲到那白影子的旁边，一把抓住，却是吟霜的衣裳和鞋子，衣裳之中，什么都没有。"吟霜！"云鹏惨叫，举起衣裳，衣物都完整如新，只是伊人，已不知归向何处。他昏昏然地站起身来，茫然四顾，森林绵密，树影幢幢，暮色惨淡，烟雾迷离，秋风瑟瑟，落木萧萧。那原野起伏绵延，无边无际。吟霜在哪里呢？他紧抱着吟霜的衣物，呆呆地伫立着，山风起处，落叶纷飞。葛升走了过来，含泪跪下说："爷，白姑娘回她的家乡去了，请爷节哀顺变吧！"

是吗？是吗？她真是化为白狐，回归山野了吗？云鹏仰首问天，天亦无言，俯首问地，地亦无语。云鹏心碎神伤，不禁凄然泪下。抚摸着那些衣衫，衣香依旧，而芳踪已杳。他不忍遽去，伫立久之，家人们也都垂手而立，默默无言。山风呼啸，夜枭哀啼，天色逐渐黑暗，山影幢幢，树影参差，几点寒星，闪烁在高而远的天边。老仆葛升再一次跪禀：

"爷，夜深了，请回去吧！白姑娘有知，看到爷这样伤心，也要不安的。"此际，纵有千种柔情，百种思念，又当如何？云鹏慨然长叹，含泪默祝："吟霜，吟霜，你如果真是白狐，山林辽阔，请好生珍重，一要远离猎人网罟，二要远离猛兽爪牙。你一点灵心，若不泯灭，请念我这番思念之情，时来一顾！"

祝完，他再看看那密密深深的荒林，重重地跺了一下脚，带着满怀的无可奈何与怆恻之情，他说：

"我们走吧！"执辔回鞍，一片凄凉，再回首相望，夜雾迷离，山影依稀。那树木，那小径，那岩石，那原野，都已模糊难辨了。云鹏怆然地想起前人的词："料得年年肠断处，明月夜，短松冈。"

这以后，也是"料得年年肠断处，明月夜，短松冈"了。

从此，葛府中失去了吟霜的影子。云鹏魂牵梦萦，实在无法忘怀吟霜。朝朝暮暮，这片思念之情，丝毫不减。走进吟霜住过的房子，他低呼吟霜。看到吟霜穿过的衣物，他低呼吟霜。抚弄吟霜弹过的琴，他低呼吟霜。抱起吟霜留下的儿子，他更是呼唤着吟霜。孩子长得非常漂亮，眉毛、眼睛，都酷似吟霜。他常抱着孩子，低低地说：

"你的母亲呢？孩子？你的母亲呢？"

这种忘形的怀念，这种刻骨的相思，使他忧思忡忡，而形容憔悴。弄玉看在眼里，急在心里，只得对云鹏说：

"云鹏，你这样想念吟霜，不怕我吃醋吗？"

云鹏揽过弄玉，注视着她，温柔地说：

"弄玉，你不会吃吟霜的醋，因为你和我一样喜欢吟霜呢！"一句话说得弄玉心酸，她望着云鹏，叹口气说：

"但愿吟霜能了解你这番思念之苦，能回来再续姻缘。不过，爷，你也得为了我和孩子们，保重你自己呵。我看，从明天起，你多出去走走，各处去散散心，好吗？"

为了免得弄玉悬心，他只得应着。但是，无论名山胜水，或花园名胜，都无法排遣那份朝思暮想之苦。就这样，一年的时间过去了。孩子已牙牙学语，而且能摇摇摆摆地走路了。云鹏看着孩子，想着吟霜，那怀念之情，仍然不减。弄玉开始笑吟吟地对云鹏提供意见："云鹏，天下佳人不少，与其天天想吟霜，不如再娶一个进来。""你别瞎操心了！"云鹏皱着眉说。

弄玉不语，她知道他已是"曾经沧海难为水，除却巫山不是云"了。她嘴里不说，却在暗中布置着什么，云鹏发现她在装修吟霜那几间卧室了，他怀疑地问：

"你在弄些什么？""把这几间屋子收拾好，给你再物色一个人。"弄玉笑嘻嘻地说。"你别动吟霜的房间，也别白费功夫，你即使弄了人来，我也不要！"云鹏没好气地说。

"给你物色一个比吟霜更漂亮的，好吗？"弄玉祈求地看着云鹏，"你不要管，等我找了来给你看看，不好，你就不要，如何？一年了，你总是这样愁眉苦脸的，要我们怎么办呢？"

云鹏慨然长叹，抚摸着弄玉那窄窄的肩和鬓边的细发，他心中浮起了一股感动和歉然的情绪，再叹口气，他低声说：

"弄玉，弄玉，你实在是个好太太！你别给我弄人，我一定从明天起振作起来，如何？"

"这样才好。"弄玉笑着，眼里盈着泪。

云鹏开始强颜欢笑，也开始参加应酬宴会，去歌台舞榭，但在心底，他还是想念着吟霜。怕弄玉寒心，他不敢形于色，而弄玉呢？她已把吟霜的房间弄得焕然一新，云鹏知道她要为他物色人选的念头仍然未消，感于她那片好意，他也就无可奈何了。于是，这天，云鹏从外面回到家里来，才一进门，就觉得家里充满了一股特殊的气氛，老家人葛升笑得怪异，喜儿鬼鬼祟祟，丫头们闪闪躲躲。他奇怪地走进去，弄玉已笑着迎了出来，满脸喜气："云鹏，我总算给你物色到一个人了！"

原来如此！云鹏有些不高兴，皱着眉问：

"在哪儿？""我让她待在吟霜的那间屋子里呢，你去看看好吗？"

怎么可以让她住吟霜的房间！云鹏十分不乐，却不好发作。看到弄玉一片喜滋滋的样子，他又不忍过拂其意，只得走到那门口来。才到门口，弄玉又止住了他。

"您先别进去，云鹏。这女孩也会唱曲子，你先听她唱一曲，看看比吟霜如何？"云鹏有些诧异，也有些不耐。但是，屋里已响起一阵叮叮咚咚的琴声，好熟悉！接着，一个圆润清脆的歌喉，就袅袅柔柔地唱了起来：

香梦回，才褪红鸳被，重点檀唇胭脂腻，匆匆挽个抛家髻，这春愁怎替？那新词且寄！

云鹏猛地一震，这可能吗？他再也按捺不住，大踏步地跨上前去，他一掀帘子，直冲进房。霎时间，他愣住了。在一张椅子上，一个女子白衣白裳白飘带，正抱琴而坐，笑盈盈地面对着他。这不是吟霜，更是何人！

"吟霜！"他沙哑地喊，不信任地瞪视着她。

吟霜抛下了手里的琴，对着云鹏跪下了，含着泪，她低低地叫："爷，我回来了。而且，再也不走了！"

云鹏恍然若梦，轻触着吟霜的头发面颊，她丰泽依旧，比卧病前还好看得多。他喃喃地、不解地、困惑地说：

"真是你吗？吟霜？真是你吗？你从那山林里又回来了吗？你不会再变为狐，一去不回吗？"

弄玉从屋外跑进来，带着笑，她也对云鹏跪下了。

"云鹏，请原谅我们。"她说。

"怎么？这是怎么回事？"云鹏更加糊涂了。

"我们欺骗了你，爷。"吟霜说，含笑又含泪，"我并不是白狐，从来就不是一只白狐。"

"那么……"云鹏脑子里乱成了一团。

"是这样，爷。"吟霜解释，"那时候我病得很重，自以为不保。当年汉武帝之妃李夫人，病重而不愿皇帝亲睹，怕憔悴之状，使皇帝不乐。我当时也有同样的想法，而且，爷爱护过深，我生怕让爷目睹我的死亡，会过分伤心，所以，我和姐姐串通好，想出这个办法来。只因为大家都传说我是白狐，我就假托为狐，要归诸山野。事实上，姐姐把我抬往另一栋住宅，买了丫头老妈子侍候着，同时延医诊治。如果我死了，就让姐姐把我私下埋了，你也永不会知道这谜底了。如果我竟然好了，那时，我再回到你身边来，把一切真相告诉你。叨天之幸，经过一年的调养，我真的好了。"

"可是……可是……"云鹏愣愣地说，"在那山野里，我曾经目睹你蜕下的衣衫呢！"

"那也是我们叫葛升去预先布置的，"弄玉说，笑容可掬，"我就知道你一定要亲自去看的！""原来葛升也是同谋。"

"同谋的多着呢，家人丫头有一半都知道，"弄玉笑得更甜了，"只是瞒着你，当你在那儿朝思暮想的时候，吟霜就和我们只隔着一条胡同呢！那葛升，他虽然参与其事，可是，他至今还怀疑吟霜是白狐呢！"

"我看，关于我是白狐这件事，恐怕一辈子也弄不清楚了，那香绮还在供着我的长生牌位呢！"吟霜也笑着说。

云鹏看看吟霜，又再看看弄玉，看看弄玉，又再看看吟霜，忽然间，他是真的清醒了，也相信了面前的事实，这才感到那份意外的惊喜之情，俯下身子，他一把拥住了面前的两个夫人，大声地说："在这天地之间，还有比我更幸福的人吗？还有比我的遭遇更神奇的吗？"还有吗？在这天地之间，多多少少的故事都发生过了，多少离奇的、曲折的、绮丽的、悲哀的……故事，数不胜数，说不胜说。但是，还有比这故事更神奇的吗？

一九七一年一月二十二日午后

于台北

水晶镯

一

是腊尽岁残的时候，北边的天气冷得特别早，从立冬开始，天就几乎没放过晴，阴冷阴冷的风，成天嗖嗖不断地刮着，把所有的人都逼在房子里。腊八那天，落下了今年的第一场雪，封住了下乡的小路，也封住了进城的官道。大家更不出门了，何况年节将近，人们都忙着在家腌腊烧煮，准备过年。这种时候的街道总是冷清清的。天飘着雪，寒风凛冽。晚饭时分，天色就完全昏黑了，一般店铺，都提前纷纷打烊，躲在家里围着炉火，吃火爆栗子。

这时，韵奴却疾步在街道上，披着一件早已破旧的哆罗呢红斗篷，斗篷随风飘飞起来，露出里面半旧的粉色莲藕裙。绣花鞋外也没套着双雪屐，就这样踩着盈尺的积雪，气急败坏地跑到镇头那家名叫"回春老店"的药材店门口，重重地拍着门，一迭连声地喊："朱公公！朱公公！朱公公！开门哪，朱公公！"

朱公公是这镇上唯一的一家药材店老板，也是唯一的一个大夫。因为年事已高，大家都尊称一声朱公公。这晚由于天气太冷，早已经关了店门上了炕。被韵奴一阵急切地拍打和叫喊，只得起身看个究竟。小徒弟早就掌着灯去打开了大门。"朱公公，朱公公在吗？"韵奴喘着气问。

"在家，姑娘。可是已睡下了呢！"那名叫二愣子的徒弟回答着。"求求他，快去看看我妈，快一点，快一点！"韵奴满眼泪光，声音抖索着，嘴里喷出的热气在空中凝聚成一团团的白雾，"求求他老人家，我妈……我妈不好了呢！"

朱公公走到门口来，一看这情形，他就了解了。丝毫不敢耽误，他回头对小徒弟说：

"二愣子，点上油纸灯笼，跟着我去看看。"

穿上了皮裘，让徒弟打着灯笼，朱公公跟着韵奴走去。韵奴向前飞快地跑着，不时要站住等朱公公。朱公公看着前面那瘦小孤单的影子，那双时时埋在深雪中的小脚，和那沾着雪花的破斗篷……不禁深深地摇了摇头，自言自语：

"可怜哪，越是穷，越是苦，越是逃不了病！"

来到了韵奴家门口，那是两间破旧得聊遮风雨的小屋，大门上的油漆已经剥落，窗格子也已东倒西歪了。那糊窗子的纸，东补一块，西补一块，全是补丁。看样子，这母女二人，这个年不会好过了。朱公公叹息着跨进大门，才进堂屋，就听到韵奴母亲那喘气声、呻吟声，和断断续续的呼唤声：

"韵奴，韵奴，韵奴哇！"

韵奴抢进了卧房，一直冲到床边，抓住了母亲那伸在被外的枯瘦而痉挛的手，急急地喊着说：

"妈！我在这儿，我请了朱家公公来给您看病了！"

朱公公走近床边，叫韵奴把桌上的油灯移了过来，先看了看病人的脸色，那枯黄如蜡的脸，那瘦骨棱棱的颧骨，和尖尖峭峭的下巴。他没说什么，只拿过病人的手来，细细地诊了脉。然后，他站起身来，走到堂屋去开方子。韵奴跟了过来，担忧地问："您看怎样？朱公公？"

"能吃东西吗？""喂了点稀饭，都吐了。"韵奴含着泪说。

朱公公深深地看了韵奴一眼，白皙的皮肤，细细的眉，黑白分明的一对大眼睛和小小的嘴，瓜子脸儿，翘翘的鼻子。实在是个挺好的姑娘，却为什么这样命苦？他叹了一声，提起笔来，一面写方子，一面说：

"我开服药试试看，姑娘，你今儿晚上，最好请隔壁李婶子来陪陪你！""朱公公！"韵奴惊喊，一下子跪在朱公公的面前，泪水夺眶而出，"朱公公，您要救救我妈！求求您！朱公公，您一定要救救我妈……您一定要救救她，您一定要救救她呀……""姑娘，你起来！"朱公公搀了韵奴一把，鼻子里也酸酸楚楚的，"我回去就抓药，你也不必跟来拿了，我叫二愣子给你送来。药马上熬了给你妈吃下去，如果能咽得下去，一切都还有指望，如果咽不下去……"朱公公摇摇头，没说完他的话，"总之，吉人自有天相，你也别着急，我明儿一早，就再来看看。""朱公公，您一定能救我妈，我知道，您一定能！"韵奴像溺水的人，抓到一块浮木般，把所有的希望都放在朱公公的身上，她仰着脸，满脸的祈求与哀苦，泪水在眼睛里闪着光。"只要您救活了我妈，我虽然没钱，我可以给您做一辈子的针线活，做您的丫头来报答您！"

"姑娘，我会尽我的力量来救你妈的！"朱公公怜惜地说，"你快进去吧，我去抓药了。听，你妈在叫你呢，去吧，陪她说说话，给她盖暖和点儿！"

真的，韵奴的母亲正在屋里沙嗄地呼唤着韵奴，韵奴匆匆地抹去了眼泪，又合着手对朱公公拜了拜，就急急地跑进里屋去了。朱公公再摇了摇头，叫着徒弟说：

"二愣子，跟我去拿药吧！不过，药是救不了她了，好歹看命吧！拿了药，你去请隔壁李婶子来帮忙守着吧！"

韵奴跑进了卧室，走到母亲的床边，坐在床沿上，她用双手紧紧地握住母亲的手，怯怯地唤着：

"妈！妈！"病人勉强地睁开了眼睛，吃力地看着面前的女儿，枯瘦的手指下意识地紧握着韵奴，她喘息地，断续不清地说了一句："韵奴，你妈……是……是不行了！""妈呀！"韵奴大叫了一声，扑在棉被上，禁不住泪下如雨，她一面哭泣着，一面喊，"妈，您不能走，您决不能走，您走了，要我怎么办？我不如跟着您去了！"

"韵奴，孩子，别哭！"做母亲的挣扎着，用手无力地抚摸着女儿的头发，她努力地在集中自己逐渐涣散的神志。她有许多话要说，要在这最后一刻说出来，但她的舌头僵硬，她的思想零乱，紧抓着女儿的手，她痛苦地叮嘱着："听我说，韵奴……你……你一定要……要继续走，到×城……里去，找……找你舅舅，他……他们会照顾你！"

"妈呀，不要，我不要！"韵奴哭得肝肠寸断。"我要跟着您，您到哪儿，我到哪儿！"

"孩子，别……说傻话！妈……去的地方，你……不……能去。韵奴，你……你把床头那……那拜匣给……给我拿来，快……快一点！"病人痉挛地、费力地指着床头的小儿，那上面有个红漆的小拜匣。红色的底，上面漆着金色的送子观音，由于年代久远，送子观音已模糊不清，红漆也斑斑驳驳了。韵奴泪眼婆娑地捧起了拜匣，她知道，这里面是母亲一些有限的首饰，当她们离开家乡，想到×城去投奔舅舅，一路流浪着出来，就靠母亲这些首饰，走了好几百里路。而今，母亲病倒在这小镇上已经两个月了，为了看病付房租，多少首饰都变卖掉了，她不相信这拜匣中还能剩下什么。即使还有些未变卖的东西，又怎能抵得了失母的惨痛？她把拜匣放在床上，泣不可抑。母亲摸着拜匣，说：

"钥匙……在……在我贴身小衣的……口袋里，拿……拿出来，把……把匣子打开！"

"妈！"韵奴哭着说，"您省点力气吧！"

"快！韵奴，快……一点，打……开它！"病人焦灼地说，"快……一点呀！""是的，妈。"韵奴不忍拂逆母亲的意思，伸手到母亲的衣襟里，取出了钥匙，她泪眼模糊地把钥匙插进锁孔中，打开了锁，拜匣开开了。韵奴含泪往拜匣中望过去，里面除了一个蓝色锦缎的小荷包之外，已经一无所有，显然，这荷包中就是母亲仅余的东西了。她把拜匣推到母亲手边。"这儿，妈，已经开开了。"病人伸手摸索着那锦缎荷包。

"打开……它！"她喃喃地说。

"打开这荷包吗？""是——的，是的，快！韵奴！"

韵奴打开荷包，从里面取出了一样东西，她看看，那是一枚手镯，一个透明的水晶镯子。水晶镯子并不稀奇，奇的是这水晶镯的雕工，那是由两只雕刻的凤盘成的镯子。凤上的翎毛、尾巴、翅膀……都刻得细致无比，神情也栩栩如生。水晶原是石头中硬度极大，最难雕刻的，而这镯子却雕得玲珑剔透，千载也难一见。韵奴举着那镯子，如果不是在这种情况之下，她必然有心情来欣赏这个稀世的宝物，但现在，她什么心情都没有，只隐隐地有点儿诧异，跟着母亲长大，她居然是第一次见到这镯子。

"给……给我！"母亲喘成了一团。

"这儿，妈。"韵奴把镯子递到母亲手中。

病人握紧了那镯子，摸索着上面的花纹，那镯子在透明中带着些极浅极浅的微蓝色，在油灯的红色灯晕中，就显出一种奇异的淡紫。病人吃力地审视那镯子，放心地叹了口气，拉过韵奴的手来，她把镯子放在韵奴手中。经过这一番揉搓挣扎，她似乎已力尽神疲，低低地，她像耳语般，声如游丝地说："拿好它，韵奴，这……这是一件宝贝……一件宝贝。这镯子……跟了我——跟了我十几年了，你……你要好好地……好好地保存它。听着，韵奴，我——我——我要告——告诉你，关于——关于——关于这镯子，它……

它……啊……哎！"病人长长地呼出一口气，头猛地向后一仰，握着韵奴的手顿时一松，脑袋就从枕头上歪到枕头下去了，再一阵全身收缩的痉挛之后，就一动也不动了。韵奴狂号了一声：

"妈——呀！"她扑过去，抱住了母亲的头，紧紧地，紧紧地摇撼着，嘴里不停地呼唤，"妈呀，妈呀，妈呀！"

但是，病人不再回答了，那嘴唇上最后的一丝血色，也逐渐消退了。韵奴狂呼不已，力竭声嘶，好半天之后，她终于放开了母亲，坐正了身子，不相信似的望着母亲那张毫无生气的脸庞。难道这就是生命的结束吗？难道一个活生生的人最后就只剩下这样一个不说不动的躯体吗？她傻了，愣了，痴呆了。她不再哭，也不再说话，只是这样痴痴傻傻地坐在那儿，一瞬不瞬地瞪视着床上的人。窗外，风声在呼啸着，雪花扑打着窗纸，发出一连串的簌簌声。

当二愣子拿了药，陪同着隔壁李婶子走进来时，看到的就是这样一幅画面：病人，早就断了气。韵奴如痴如呆地坐在床沿上，手里紧攥着一个晶莹夺目的水晶镯。

二

"韵奴，听我说，你妈去世已经两个月了，你以后要怎么着，也该自己拿个主意，整天在屋里抹眼泪是不行的，把身子哭坏了，也解决不了问题啊。何况，你妈的遗体厝在庙里也不是长久之计，是要运了灵柩回乡呢？还是就在这儿入土呢？还是去找了你舅舅，商量个办法呢？"李婶子坐在韵奴身边的板凳上，手按在韵奴肩上，温柔地劝道。

"啊，李家婶婶，我真不知道该怎么办呀！"韵奴低垂着头，不住地绞着怀里的一块罗帕。"以前，我什么事都听我妈的，现在，叫我一个女孩儿家，能拿什么主意呢？我只懊恼，没跟着我妈去了！""傻丫头，怎么说这种话呢，年纪轻轻的，说不定有多少好日子在后头呢！"李婶子抓过韵奴的手来，轻轻地拍抚着。"韵奴，当初你们不是要去 × 城投奔你舅舅的吗？你为什么不去呢？""我妈临死，也要我去找舅舅，可是……可是……可是这儿离 × 城还有好几百里，我身上……连……连一点儿盘缠都没有，妈的棺木钱，还是您和朱家公公帮的忙，您这儿的房租，我也没付……""噢，韵奴，还提房租做什么，我这两间房子，空着也是空着。你离乡背井的，又遭着这些变故，我们不帮你忙，谁能帮你忙呢？"李婶子温和地说，好心肠地望着韵奴。"本来啊，韵奴，如果我有办法，是该帮你筹点儿钱的，但是你知道我也不是很富裕的……"

"噢，李家婶婶，您帮的忙已经够多了，我是说什么也不能让您再破费了。我想……我想，我可以做一点活计，赚点钱……"韵奴嗫嗫嚅嚅地说。

"不是我说泼冷水的话，韵奴，你如果要靠做活计来赚钱的话，赚一辈子也不够你的盘缠。何况，这儿镇上都是小家小户的人家，谁还用针线上的人呢？都是自己做做罢了。除非是西边周家，但是周家又太有钱了，现成的针线人就用了好几个。我看，你这办法是行不通的。"

"那……那么，我还能怎么办呢？我……还认得点字……"

"那也没用，又没有谁要请女师傅的。"

韵奴的头垂得更低了，一溜刘海遮着白皙的额，黑蒙蒙的眸子里充满了凄凉与无奈，细小的白牙齿轻轻地咬着嘴唇。李婶子深思地望着她，猛地想起了什么，跳起来说：

"对了，韵奴，我有办法了。"

"怎么？""我记得你妈死的那天晚上，你手里拿着一个镯子……"

"水晶镯！"韵奴说，"是了，那水晶镯可能还值点钱……"

"可是，可是……我妈临死的时候，巴巴地把那水晶镯拿出来交给我，像是要告诉我什么，没来得及说出来就死了。妈什么都卖了，就舍不得卖那镯子，又说那是个宝贝，叫我好好保存着，只怕那是个传家之宝，我总不能把它卖了呀！"

"哦，是传家之宝吗？"李婶子也失去了主意，站起身来，在房里走来走去，一个劲地在怀里搓着手。然后，她忽然停在韵奴的面前。"韵奴，我能看看那水晶镯吗？"

"好的。"韵奴取来红拜匣，开了锁，拿出那蓝缎子的小荷包，再郑重地托出了那个镯子。李婶子小心地接了过来，细细地审视着。那镯子透明晶莹，流光四射。奇的是那雕工，双凤的羽毛，纤细处仅有一发之细，而凤尾的花纹，凤头的精细，使人叹为观止！李婶子抽了一口气，活了半辈子，这还是她第一次看到这种稀世奇珍！她不自禁地赞美着：

"啊呀，真是个好东西呢！"

"我妈临死也说，说它是件宝贝。"

"快收起来吧，我拿在手里都怪担心的，只怕把它碰坏了。"李婶子看着韵奴收好了镯子，沉吟片刻，她又说，"我又有一个办法了。""是什么？""知道镇上那家'有利'当铺吗？"

"是的。"韵奴有些羞涩，到这镇上不过四个多月，那家当铺她倒去过好几次了。

"那家当铺的掌柜都挺识货的，你何不拿这个水晶镯去当一笔钱呢？你看，韵奴，当当和卖断不同，只要你在死当以前，能筹到款子来赎回，东西就还是你的。我为你盘算啊，你最好是用水晶镯当一笔钱，马上动身去×城找你舅舅，找到你舅舅之后，你反正得回来安葬你母亲，那时再把水晶镯赎回。你看，这样不是两全其美吗？又保有了水晶镯，又投奔了你舅舅。"韵奴深思片刻。"好是好，只是……如果我舅舅不肯来呢？"

"你妈既然肯远迢迢地去投奔他，一定有相当把握，我想他总不会不认你这个穷亲戚的。再有，你不妨问问他，或者他能知道这水晶镯的来历呢！如果真是你家传家之宝，他也不会让它流落在外边的。"

韵奴咬着嘴唇，左思右想，似乎是除了李婶子这个办法之外，再也想不出什么更好的办法了。回忆母亲临终时，拿着这镯子郑重交付给她，好像这镯子有什么古怪似的，是不是母亲也想要她靠这镯子去×城呢？不，不，母亲分明交代过要好好保存它。但是，现在什么都顾不得了。当务之急，是她必须找个栖身之地！咬咬牙，她扬了一下头：

"好吧！李婶子，我今儿下午就去有利当铺试试看！希望他们能给我当个好价钱！"

就这样，这天午后，韵奴终于怀着那个锦缎荷包，走进了有利当铺的大门。当铺的一切，对韵奴来说，并不陌生，从家乡一路出来，她们已经进过无数次当铺了。当铺的布置总是相同的，大门口的珠串帘子，门里那暗沉沉的光线，那高高的柜台，和那躲在柜台后的掌柜，以及那小小的当当口。虽然对这些已不陌生，韵奴仍然抑制不住走进当铺门的那种局促、不安和羞涩的感觉。想当初在家乡的时候，韵奴也是名门闺秀，父亲在京城里还做过官，只是时运不济，因事辞了官还乡之后，靠家里的千顷良田，也还生活得十分舒适，韵奴一样是丫头老妈子侍候着的千金小姐，那时，她是做梦也想不到，自己有一天会孤苦伶仃地流落异乡，瑟瑟缩缩地走进当铺来当当！唉，假若家乡不接二连三地先闹旱灾，再闹水灾，接着又闹瘟疫……假若父亲不那么好心地散财济贫，或者父亲不死……假若那些穷凶极恶的亲族不欺侮她们寡母孤女，或者她有个兄弟可以承继宗祧……假若……唉，如果真有这些假若，她又怎会和母亲离乡背井，去投靠亲戚？母亲又怎会客死异乡？她又怎会孤苦无依呢？

韵奴站在那柜台前面，心里就在七上八下地想着心事。那掌柜的隔着当当口向外望，依稀认得韵奴那张怯怯的、羞涩的面庞。当铺掌柜都是见多识广的人，只一看韵奴的举止装束，他就知道她是那种没落的豪门之女。

"要当当吗？"他温和地问。

"是的，请看看货。"韵奴小心翼翼地递上了那锦缎荷包。"请小心点，别碰坏了。"掌柜的取出了那枚水晶镯，对着亮光，他细细地审视着，然后，他似乎吃了一惊，抬起头来，他满面惊疑地望着韵奴，深深地盯了韵奴好几眼，那眼光怪异，而又充满了不信任似的神情，半晌，才站起身子，有些紧张地说："姑娘，你请那边坐坐，喝杯热茶，我要把你这镯子请进去，和咱们家老板研究研究，这不是件寻常物品，你知道。"

果然这是件宝贝。韵奴点了点头，跟着掌柜的走到另一个小房间里，在一张紫檀木的椅子中坐下了。掌柜拿着那水晶镯走进了里间，大概和老板以及朝奉等研究去了。韵奴在那儿不安地等待着，心里七上八下地想着这水晶镯的价值。片刻，有个小徒弟送上了一杯热腾腾的上好绿茶，又片刻，另一个小徒弟又送上了一个烤手的烘炉，只是不见那掌柜的出来。韵奴啜了一口茶，抱着烘炉在那儿正襟危坐，她没有料到他们要对那水晶镯研究这么久的时间。她看到那倒茶的小徒弟钻出门帘走到大街上去了，她看到一只老黄猫在柜台下打呼噜……她的热茶变冷了。

那掌柜终于走了出来，他手中却没有那镯子。

"姑娘，你再坐坐，"掌柜的微笑着说，眼底的神情却是莫测高深的，"我们朝奉还在研究你那镯子呢！姑娘，你以前来过的吧？""是的。"韵奴的不安加深了。或者，她不该拿那镯子来当当的，或者，那是一件根本无法估价的宝贝。

"姑娘想要把那镯子当多少银子呢？"

"您看能当多少呢？"韵奴腼腆地说，"当然希望能多当点儿，我只当个一年半载，好歹是要赎回去的。"

"哦？"掌柜的应了一声，眼光落在她的身上，上上下下地打量着她。不知怎的，那眼底竟有抹惋惜与忐忑。"这镯子，想必是……想必是……你们家传的吧！"

"是家传的，所以要赎回去的。"

"哦，是的，姑娘。"那掌柜的继续打量她，看得韵奴更加不安了。"只是，姑娘有没听说过，当当容易，赎当难哪！"

原来他怕我不来赎吗？韵奴把烘炉抱紧了一些，挺了挺背脊。"我一定会来赎的，我只是缺盘缠。"

"姑娘要离开这儿吗？"

"是的，我要去 × 城找我舅舅。"韵奴说着，开始感到一些不耐烦了，她是来当当的，不是来聊天的。当一个镯子有这么多啰唆吗？正在沉吟，门帘儿一响，刚刚出去的那小徒弟同着好几个高高大大的汉子走进来了。那掌柜的立即抛开了她，向他们迎了过去，一面对她说：

"姑娘再坐一下就好了。"

掌柜的迎着那几个汉子，一起走到里面去了，显然，这几个人不是来当当的，而是老板的朋友。韵奴继续坐在那儿，百无聊赖地拨弄着小手炉。那小徒弟又出来了，给韵奴斟上了一杯热茶，就呆呆地站在韵奴旁边看着她，不再离开了。韵奴心头忽然一阵悚然，一种莫名其妙的惶惑和恐惧笼罩了她，她这时才模糊地感到，自从她递上了那个水晶镯以后，所有的发展都那样不寻常。她茫然四顾，那暗沉沉的房间，那高高的柜台，那在寒风里飘荡的珠串门帘，以及那直挺挺站在那儿，对她瞪着眼睛的小徒弟……她的恐惧更深更切了，一股寒意从她的心坎直往上冒，她猛地站起了身子，对那小徒弟说："告诉你们掌柜的，把那镯子还给我，我不当了！"

小徒弟还没来得及说话，那掌柜的已大踏步地跨了出来，在那掌柜身后，是那几个彪形大汉，和当铺的老板及朝奉，他们一直走向韵奴，就那样一站，韵奴发现自己被包围在一层密密的肉屏风里了。四面都是横眉竖目、不怀好意的脸孔。韵奴惊惶地望着这些人，浑身抖索着，结结巴巴地说：

"你……你……你们……要做什么？"

一个大汉向前跨了一步，一只粗大的手骤然间擒住了韵奴的手腕，像老鹰捉小鸡般把她抓得牢牢的，另一个大汉取出了一捆粗壮的绳索。"你——你们——怎么——怎么——"韵奴吓得魂飞魄散，脸色倏然间变得惨白了。"你……你们是……是要镯子还是……还是要人？""都要！"一个大汉说，把她的手反剪到身后，开始拿绳子把她密密麻麻地捆了起来。

"请——请你们放了我，镯子——镯子——镯子给你们吧。"韵奴颤抖着，泪水夺眶而出，再也想不到当这镯子竟惹起杀身之祸！她仰起脸儿，祈求地看着那个掌柜："掌柜的，你——你行行好，求求你，求求你！"泪珠沿着她苍白的面颊滚落，她小小的身子在那几个大汉的拨弄下无助地打着旋儿，绳子把她绑了个结实，她看起来像个孤独无助的小可怜儿。

"嗳，姑娘，"那掌柜的似乎有些不忍，咳了一声，他对韵奴说，"这是你的不该呀，我可没有办法救你，我们也是奉了命令，公事公办，谁让你还把镯子拿出来当当呢？我们每家当铺都有这镯子的图样呀！"

"那镯子——那镯子——那镯子到底有什么不好？"韵奴挣扎着，抖索着，泪眼婆娑地问。

"别问了，跟我们走吧！还在这儿装模作样！"一个大汉拉住她身上的绳子，"倒看不出这样标标致致的小姑娘会做贼！""做贼？"韵奴陡地一惊，这时才看出这几个彪形大汉原来是县府里的捕役，她的牙齿打起战来，眼睛瞪得好大好大，"天哪！我什么时候做过贼？"

"还说没做过贼呢！你有话，去县太爷那儿说吧！"大汉扯着她向门外拖去。当铺门口，早已聚集了一大群看热闹的人，对韵奴指指戳戳议论纷纭，韵奴又羞又愧，又惊又气，又恼又痛，又悲又愤，真恨不得立刻死掉了好。哭泣着，她一边被拖着走，一边挣扎着说：

"我到底偷了什么东西哪？"

"别的东西还弄不清楚，那水晶镯子可是确确实实从西边周家偷走的！人家几个月前就报了官的！早就画了图在各地察访了，至于你还偷了些什么，就要你自己去堂上说了！"

"水晶镯！水晶镯！"韵奴惊呼，举首向天，她泪雾迷蒙。"天哪，那要命的水晶镯！妈呀，你给我这水晶镯，到底是什么意思呢？"

三

县太爷程正升了堂，高高地坐在台上的椅子中，他望着跪在下面的韵奴。韵奴是昨天被捕的，在女牢里押了一夜，早已哭得双目红肿，鬓发蓬松。但是，尽管那样脂粉不施，尽管那样发乱钗斜，她仍然充满了一股灵秀之气。那坦白的双眸，那正直的面容，丝毫不带一点儿妖魔邪气。程正是个清官，他一向以脑筋清楚，剖事明白而著称。看着韵奴，他真不敢相信她是个贼，他素来相信面相之说，如果面前跪的这个小姑娘真是贼，他的面相也就看左了。

可是，这件案子可真让人棘手。西边周家是全县的首富，老太爷已过世，公子名叫周仲濂，年纪虽轻，却能诗善文，有"才子"之称。只因为老太爷当初多年仕宦，对于名利早已淡泊，所以遗言不愿儿子做官，所以这周仲濂从未参加过科举。只在家里管理佃户，从事农耕，并奉养老母。程正出任这儿的县官已经多年，看着周仲濂长大，喜欢他的满腹诗书，竟成忘年之交。这周家遇盗是在四个月前，据说，半夜里有一伙强盗翻墙进去，可能用什么熏香之类熏倒了家里的人，偷走了老夫人的一个首饰匣。周家报官时说，别的物件丢了犹可，只是里面有个水晶镯，是件无价之宝，希望务必追回。于是，程正命画工们画了这水晶镯的形态，广发给百里之内各乡镇的当铺及珠宝店，根据他的经验，盗贼们一定会耐不住，而把偷来的东西变卖的。何况，盗贼们不见得真知道这水晶镯的价值，很可能送进当铺里去。而今，他所料不虚，这水晶镯果然出现了！使他惊奇而不解的，是那持镯典当的，竟是这样一个柔柔弱弱、娇娇怯怯的小姑娘！跪在那儿，她含羞带泪，像只待宰的小羔羊。

"赵韵奴！抬起头来！"他喊着。

韵奴顺从地抬起头来，举目看着程正，眼中泪光莹然，那神态是楚楚可怜的。尤其那对浸在泪水中的眸子，那样黑，那样亮，那样凄然，又那样无助，这实在不像个贼呀！

"这水晶镯是你拿到有利当铺里去典当的吗？"他严肃地问，手里举着那闯祸的水晶镯。"是的，老爷。""你从哪里得来的？快说实话，不要有一句谎言！"

"是我妈给我的，老爷。"

"你妈呢？""她两个月以前死了。"

"她从哪里得来这个镯子的？"

"我不知道，老爷。""说实话！"程正用惊堂木猛拍着桌子。

"我真不知道！老爷！"韵奴被他拍桌子的声音吓了一跳，受惊地向上望着，那眼光更加悲苦和无告了。

"你是本地人吗？""不是，老爷。我们四个多月前才到这儿，本来是要到城里去的，因为我妈病了，就在这儿住下来了，两个月前我妈去世了，临死的时候，她给了我这镯子。"

四个多月前迁来本县，周府是四个月前遇盗，时间相当吻合，有些意思了，程正思索着，只是仍然抓不住要点。再仔细地望向韵奴，那姑娘虽然惊慌失措，却仍然不失大家规范。或者，她是真不知道这镯子的来源呢！

"在你妈去世以前，你见过这镯子吗？"

"没有，老爷。""你妈给你这镯子的时候，她说了些什么吗？"

"她说这是件宝贝，叫我好好保管它，还说是家里早就有的东西。另外，她还说……她还说……"

"还说什么！快说出来！"程正又拍了一下桌子。

"哦，老爷！"韵奴又吓了一跳，战战兢兢地说，"她说要告诉我一些事，是关于这镯子的，但是还没说完，她老人家就断了气。"韵奴说着，心里一酸，泪珠就滚滚而下，用手帕擦了擦眼睛，她默默地举首向天，心里在反复呼唤着母亲，绝望地呼唤着母亲：母亲，救我！母亲，助我！母亲，告诉我这是怎么一回事！但是苍天冥冥，谁知道那母亲正魂游何处呢？程正凝视着堂下那个小小的人影，若有所思地转动着眼珠，一个想法在他脑子里很快地生长、成形。他托着下巴，沉思了片刻，再看向韵奴。他说：

"你是哪儿人？""河南，老爷。""你父亲死了吗？""是的，老爷。"就是这样了，一个寡妇带着女儿，远迢迢地从河南跑到这儿，是为了什么？周家那案子不是女人家做得了的，一定是一群江洋大盗。看这女孩儿就知道她妈长得不错，年岁也不会大，三十七八而已，徐娘半老，风韵犹存。这年岁的女人最靠不住，或者，那水晶镯是一项赠品吧！

"听着，赵韵奴，你不能说一句假话，你妈平常和些什么人交往？""我们不认得什么人，老爷。只有给我妈治病的朱公公和隔壁家的李婶子。您老人家可以传他们来问，我们是经过这儿，根本没朋友。""胡说！"程正发了脾气，又不自禁地重重地拍了一下桌子，"东西是周家丢掉的，怎么会落进你们母女手中？这之间必定有文章，你还不说实话，难道要我用刑吗？快老实说出来，你妈怎么认识那些强盗的？"

"啊呀，老爷！"韵奴会过意来，不由得悲愤填膺，身子就像筛糠似的抖了起来，仰着头，她直视着程正，忘记了恐惧，忘记了惊骇，她一脸正气，清清楚楚地说，"想当初，我爹是两榜出身，在翰林院多年，我们赵家，也是有名有姓的好人家，如果不是家乡又闹旱又闹水，再接着闹瘟疫，爹去世了，家人门丁，死的死，走的走，一个家在几年内凋零殆尽，我们又怎会流落到这儿来？我妈虽然不是名门才女，却也是知书达理的大家夫人，您以为我妈会轻易结交匪人吗？老爷呀，我是真不知道水晶镯的来源，求您老人家明查！但是，您千万别冤枉我妈，她如今尸骨未寒，您别让死者蒙冤呀！"

程正听着韵奴的一篇述说，看着那张泪痕狼藉的脸，不知怎么，他只觉得恻然不忍。这小女子脸上有那样一种不能漠视的正气，慷慨陈词，声音又那样清脆有致。听那言语措辞，确实不像无知无识的乡村女子，而像个出自名门的大家闺秀。这样的姑娘怎会和窃案联结在一起呢？程正皱着眉，完全困惑了。如果他不是个实事求是的人，如果他是个昏官，那么，事情就好办了，反正现在人赃俱获，断它个糊里糊涂，把案子结了，也就算了。可是……可是……正像韵奴说的，别让死者蒙冤呀！

"赵韵奴！""是的，老爷。""你妈除了给你这镯子之外，还给过你别的首饰吗？"程正问着，如果能再找出一两件失单里的东西，那么，那死者就是跳到黄河也洗不清了。

"没有，老爷，这是我们仅有的一样首饰了。"

"怎么会只有这一样首饰呢？"

"禀老爷，我妈生病的时候，我们把首饰都当了。"

"当了？当了些什么东西？"

"金项链、翡翠耳环、玛瑙镯子，以及各种宝石戒指……我也不大记得。""谁拿去当的？""是我，老爷。""送到哪一家当铺去了？"

"就是那家有利当铺！"

"好了！"程正大声说，"今天先退堂，来人啦！把赵韵奴还押下去，立刻着人去有利当铺，起出所有赵韵奴当过的东西！并着人去传李婶子和朱公公，明天一早来堂上对质！退堂！"退堂之后，程正回到衙门后的书房里去休息。靠在太师椅中，他烦恼地转着脑筋，办过这么多案子，没一件像这样莫名其妙的。那闯祸的水晶镯在桌上放着光彩，晶莹夺目，他不自禁地拿起来，细细瞧看，双凤盘踞，首尾相接，祥云烘托，振翅欲飞，真是件好宝贝！他称赞着，又不自禁地叹息了，人类为了这些宝贝，花了多少的功夫，还不惜争夺、偷窃，与犯罪，而这些宝物到底是什么呢？严格说起来，不过是块石头而已！他拿着镯子，慨然自语：

"水晶镯！水晶镯！你要真是件宝物，应该带来的是一片祥和喜气，而不该是犯罪与灾难呵！"

他正在沉吟与感慨，下人进来回报说：

"禀老爷，周家公子来了！"

周仲濂！程正一早就叫人去通知他镯子已找到的事情，想必是为这水晶镯而来。程正立即叫请，周仲濂走了进来，这少年不但诗书文字好，人长得也五官端正，神采英飒，程正常和自己的夫人说，自己有三个儿子，没一个赶得过周仲濂的，而且惋惜没个女儿，否则也可让周仲濂做他的女婿。周仲濂因为眼光过高，挑剔得厉害，东不成，西不就，始终还没结亲。"程老伯，听说您找到了我家的水晶镯！"周仲濂一进门就笑嘻嘻地说，他和程正已熟不拘礼，一向都称程正为老伯。

"这不是吗？"程正把手里的镯子递了过去，"你来得正好，该仔细看看，是不是你家丢掉的那一个？"

周仲濂接过了镯子，在程正对面的椅子上坐了下来，下人们倒上了茶。周仲濂细细审视，笑容满面地抬起头来，说：

"一点儿也不错，正是那个镯子，这是传家之宝呢！失而复得，真不容易！家母要高兴极了，丢了这镯子，她老人家跟我叽咕了好几个月呢！到底老伯有办法，那伙盗贼，您也抓着了吧？""不是一伙，只是一个。"程正摇摇头，低声地说。

"一个？单人匹马作的案吗？"周仲濂惊奇地问，"这人必定是个三头六臂的江洋大盗！"

"你要不要见见这三头六臂的江洋大盗？"程正忽然兴趣来了，心血来潮地说，"这犯人强硬得很，又能说会道，始终不肯承认东西是偷的，还坚持说这镯子是她家里的东西呢。如果不是你报案在先，我也几乎要相信她了。你不妨和她对质一下看看，本来，也该请你到堂上去对质一下的，可是，堂上总有那么多规矩，怕你不习惯。"

"好呀，"周仲濂颇为热心，"我对这犯人倒很好奇，您叫人押他上来，让我看看是怎样一个厉害人物！"

程正即刻让人去押韵奴来，看着周仲濂，他知道周仲濂做梦也不会想到犯人是个娇滴滴的小姑娘，他倒很想看看周仲濂的惊奇样儿！韵奴被带上来了，低垂着头，她走进门来，满脸的萧索与委屈，怯怯地站在那儿。由于程正的特别吩咐，她没有戴枷锁，也没捆绑，但一日夜的牢狱生活，以及满心的委屈，满腹的辛酸，和自从离开家乡以来，所积压的辛劳与煎熬，使她形容憔悴，面色苍白。但，这份憔悴与苍白仍然掩饰不了她的美丽和娟秀。站在那儿，她娇怯如弱柳临风，清丽如白莲出水。"这就是犯人，"程正对周仲濂说，"镯子是她拿去典当的。"周仲濂看着韵奴，禁不住目瞪口呆。就是程正真的押出一个三头六臂的怪物来，也不会比押出韵奴来更让周仲濂吃惊。他一瞬不瞬地瞪视着韵奴，完全愣住了。

"赵韵奴，"程正喊着，"这位就是失主周公子，水晶镯已经给周公子辨认过了，确实是他家所失窃的，现在，你还有什么话好说？"韵奴抬起眼睛来，很快地看了周仲濂一眼，这一眼是凄楚万状的，是哀怨欲绝的，也是愤恨而无奈的。"我还能说什么呢？"她低低地，自语似的说，头又垂了下去，看出自己简直没有脱罪的可能，连失主都咬定这是他家的失物，自己还能怎样呢？她心灰意冷，不禁赌气地说："我所知道的，我都说过了。现在，有失物，有失主，又有盗贼，随你们把我怎样处置吧，我还有什么可说呢？"

"赵韵奴！"程正厉声喊，"不许犟嘴！"

韵奴震动了一下，抬起头来，她又很快地扫了周仲濂和程正一眼，泪水就涌进了眼眶，低俯着头，用牙齿紧咬着嘴唇，她一句话也不敢说了。

"你有话要问她吗？"程正问周仲濂。

"是的，"周仲濂转向韵奴，后者那股凄凄然、楚楚然，和那种哀哀无告的模样使他心里猛地一动，他竟无法把目光从她那秀丽可人的面孔上移开，他的声音不知不觉地放得非常非常地温柔，"姑娘，你别害怕，你只说这镯子是从哪儿得来的吧！""我可以说话吗？"韵奴幽幽柔柔地问。

"怎么不可以呢？"周仲濂说。

于是，韵奴润了润嘴唇，低低地，委屈地，她把已经在堂上说过的话又重说了一遍。说完了，她举目望着周仲濂，怯生生地说："或者，你们那个镯子和这镯子并不完全一样呢？或者有一点点分别呢？也或者，当初那雕刻这镯子的师傅，雕了两个差不多的镯子呢！"周仲濂有些犹疑了，不由自主地，他又把那水晶镯拿了起来，仔细研究。真的，假若这镯子并不是自己家丢掉的那一枚，假若这真是这姑娘家里的东西，那么，这误会可不是闹大了，而且……而且……而且还把人家一个好姑娘给押在牢里！看她那娇娇怯怯、弱不禁风的模样，怎禁得起狱卒的摧残，怎禁得起那粗茶淡饭，冷衾冷炕？何况这年下里，天气如此之冷，把人家冻病了怎么说？再有，如果真冤枉了人家，这份委屈，叫她那纤弱身子，又怎生承受得起？越想越不对，越想越迟疑，周仲濂按捺不住，站了起来，他对程正说："程老伯，我得把这水晶镯拿回去，问问家母看。您知道，这镯子原是家母的东西，我根本没见过几次，不见得认得准。这姑娘的话也有点道理，万一弄错了，委屈了人家姑娘不说，还损及人家名誉！这可不是闹着玩的！"

程正扬了扬眉毛，看看周仲濂，又看看赵韵奴，想说什么，却没说出口。看样子，周仲濂毕竟是个少年书生哪！他是真怀疑镯子不对呢，还是动了恻隐之心，怜惜起面前这待罪佳人呢？程正没有把自己的感觉流露出来，拍了拍周仲濂的肩膀，他笑笑说："是该这样子，仲濂，你就把镯子带回家去，问问老夫人看吧。失镯事小，冤枉人事大，你说是吗？"

"是的，"周仲濂收起了镯子，不由自主地又看了那韵奴一眼，正巧，韵奴也在悄悄地注视着他，两人的目光一接触，周仲濂陡然间又感到心里怦然一动，而韵奴已迅速地垂下了头，一层羞涩的红晕，慢慢地在那苍白的面颊上扩散开来。周仲濂有点迫不及待了，他对程正深深地一揖，说："程老伯，小侄这就告辞了，早点把事情弄明白，大家也早点安心！""好的，我也不留你，我等你的消息！"

"再有，"周仲濂又看看韵奴，迟疑了一下，终于说，"也别太委屈了这位姑娘，在目前这种情况下，她不能当一般囚犯待的，您说对吗？""当然，当然。"程正一迭连声地说，一面吩咐人把韵奴带下去，韵奴退开的一刹那间，她再度抬头，很快地望了望周仲濂，那眼里已蕴满了泪，而泪光中，又蕴满了感激、祈求、委屈、希望，以及千千万万的言语。周仲濂愣住了，扶着门框，他忘形地痴立着，活了二十年，这是他有生以来的第一次，心中涨满了某种酸楚的、温柔的，而又恻然的、激动的情绪。

四

周仲濂一回了家，就迫不及待地冲进了内院，不等丫头回报，他已直入了老夫人的房间。老夫人正带着丫头老妈子们在准备灯节的一应物品，看到儿子那样急匆匆地跑进来，以为发生了什么大事，不禁吓了一大跳，站起身来，她焦灼地问："怎么了？""哦，没什么。"周仲濂刹住了脚步，感觉到自己有些忘形了，他竟莫名其妙地嗫嚅了起来，望着那些丫头老妈子，他欲说不说地抿了抿嘴角。

"哦，你们都下去吧！"老夫人体会到儿子有话要说，对丫头们命令着，等她们都退下了，老夫人望着周仲濂。"什么事情呢？不要是又丢了东西吧？"

"不，正相反！"周仲濂说，托出了那个晶光闪闪的水晶镯。"妈，您看看，咱们家丢掉的那个水晶镯，是不是这一个？"

"噢，找回来了吗？"老夫人高兴地叫着，取过那枚镯子来。"可不是吗？就是咱们家那个，这镯子原名叫作双凤水晶镯。能找回来真不错，别的东西丢了也就算了，这镯子实在是件无价之宝呢！""妈，"东西被证实了，周仲濂反而感到一阵烦躁，他不耐地锁起了眉头，"您也不仔细看看，到底是不是咱们家那个，有没有弄错？有时候，两个镯子看起来差不多，事实上不完全相同呢！您再看看对不对？"

"怎么了，仲濂？"老夫人困惑地看着儿子。"这镯子是你妈家里传了好几代的宝物，当初你外祖父有三件宝贝，一件就是这双凤水晶镯，一件是一对水晶如意，上面刻的是双龙，称为双龙水晶如意，还有一件是一对水晶瓶，每个瓶上都刻着一对麒麟，称为双麟水晶瓶，这三件宝贝合称为水晶三宝。后来，双龙水晶如意给了你舅舅，双麟水晶瓶作了你大姨妈的陪嫁，这双凤水晶镯就作了我的陪嫁。这样的东西，你妈怎会认错呢？一点都没错，这就是咱们家丢掉的水晶镯，只除了……""除了什么？"周仲濂紧张地问。

"那盛镯子的荷包儿可不是咱们家的，我原有个锦缎匣子装着的，他们把匣子丢了，换了荷包儿。"

周仲濂泄了气，倚着桌子，他失望地瞪着那镯子，无可奈何地拨弄着手里那锦缎荷包的穗子。老夫人注视着周仲濂，不解地问："你是怎么回事，仲濂？找到了镯子，应该高兴才是，你怎么反而失魂落魄起来？快去歇着吧，你大概是累了。"

"等一下，妈，"周仲濂脑中灵光一闪，忽然想起了什么，"您说，那水晶三宝中，是一对双龙水晶如意，一对双麟水晶瓶，对吗？""是呀。""那么，为什么这镯子却只有单单的一个，而不是一对呢？""哦，儿子，你问得不错。"老夫人怔了怔，接着就微微地笑了，她慢慢地在椅子中坐了下去，眼睛中露出一股深思的笑意，似乎沉浸进了某种回忆里。她迟迟地不开口，但是，那笑意却逐渐在她脸上蔓延开来。终于，她望着儿子，笑吟吟地说："这镯子本来也是一对的。"

"那么，另外那一个呢？"周仲濂急急地问。

"你妈把它送人了。"老夫人说。

"送人？为什么？送给谁了？"

"噢，这事说起来话就长了。"老夫人靠在靠垫上，把另一个团珠靠垫抱在怀中，看着周仲濂，仍然笑吟吟的。周仲濂心急如火，老夫人偏偏慢慢吞吞！他拉了一个搁脚凳坐了下来，催促着说："妈，您说呀，快说呀，到底是怎么回事？"

"那是十七八年前的事了，说起来还与你有关系呢！"老夫人喝了一口茶。"那时，你爹爹还在京里做事，他有个好朋友，也一同在翰林院里任职的，我们两家的家眷，也就成了要好的小姐妹。那时，你刚三岁，他们家没儿子，却有个女儿，才满周岁。有一次，他们来我们家做客，抱着那才满周岁的女孩儿，你不知道，那女孩儿生得唇红齿白，小模小样的真惹人疼。你那时才会说话，走还走不稳呢，不知怎么，就闹着要抱人家，要和人家玩，不让你抱你就哭，那女孩儿也喜欢你，看到你就咧着嘴笑。我看着你们玩，不知怎的心里一动，就和那夫人说，要他们的女孩儿做媳妇，本来嘛，大家门当户对，又是好朋友，能结成亲家是再好也没有的事了。他们也一口答应了，就这样，说说就都认了真，当天晚上，我就把这水晶镯给了他们一个，算是聘定之物，他们因为来做客，没带东西，就留了那女孩儿身上戴的一个金锁片儿。直到现在，那锁片儿还在箱子里呢！这事当时就说定了。谁知没几个月，你爹补了个实缺，去南方当知府，咱们就离开京里了，当时两家还约定要保持联系，以待你们长成好完姻。哪知事不凑巧，第二年他们家就因事而辞了官，听说是还乡了，你爹也不得志，辗转做了好几个地方的地方官，都不顺心，就告了老。于是，两家就再也没有音讯了。这样，一晃眼十七八年了，也不知道他家怎么样了，前五六年，还听说他们家乡不大安静，恐怕他们也迁走了，你爹也因家乡不宁静，搬到这儿来落了籍。咱们是再也碰不了头了。我想，他们那小姐大概早嫁了人，当时口头的一句约定也算不了一回事，所以，我也没和你提起这件事情。如果不是你提起这水晶镯怎么少了一个，我还把这事都忘了呢！”

周仲濂仰着头，听得呆住了。这时，才急急地追问：

“那家人姓什么？”“赵。”“天哪！”周仲濂拍了拍头，不知心里是惊是喜，是急是痛！那姑娘可不是姓赵吗！站起身来，他又紧张地接问了一句：“那家小姐名字叫什么呢？”

“说起那小姐的名字呵，也怪有趣的。”老夫人仍然慢条斯理地说，“听说她妈生她的时候，梦到一个踩着红云的小仙姑，抱着个琴，一面弹着，一面降到她家，然后她就肚子疼了，生下了个女孩儿，传说那小姐出世的时候，丫头家人们都还听到那乐声呢！所以，他们就给那小姐取了个名字，叫作仙音。”“仙音？”周仲濂愣了愣。

“可是，她妈只嫌这名字叫起来拗口，就又给她取了个小

74

名儿，叫作韵奴。""啊呀！我的天！"周仲濂跌着脚叫，那样惊喜，那样意外，又那样焦灼和心痛，他真不知该怎样是好了！只是在屋子里打着转儿，不住地跌着脚叫："啊呀！我的天！啊呀！我的天！""你这孩子是怎么了？"老夫人诧异地问，"今天尽是这样疯疯癫癫，奇奇怪怪的？你撞着什么了？还是冲克了什么鬼神了？""啊呀！妈呀，您不知道，"周仲濂喊着说，"那个被他们抓着的盗贼呵，就是偷这水晶镯的盗贼呵，是个十八九岁的姑娘，人家的名字就叫赵韵奴呵！"

老夫人吃了一惊，一唬就从椅子里跳了起来。

"你这话是真是假？""还有什么是真是假！"周仲濂仍然在跌着脚，仍然在屋里打着转儿。"我就刚从衙门里回来，已经见着那小姐了，人家被关在牢里，哭得像个泪人儿，在那儿有冤没处诉呢！"

老夫人回过神来，猛地拉住了儿子的手腕：

"你见着那姑娘了？""是呀！""长得什么模样儿？"周仲濂蓦然间红了脸，跺跺脚，他咳了一声，背过身子去，说："您还问我？是您老人家看中的儿媳妇呀！您还有不知道的？"听出儿子的意思，这真是喜从天降，想都想不到的好事情。老夫人比儿子还紧张，还惊喜，还迫不及待！推开椅子，她拍着手，一迭连声地喊了起来：

"准备轿子！快，给我准备轿子！"

"妈，您要做什么？"周仲濂问。

"做什么？"老夫人指着儿子的鼻子说，"我要亲自去衙门里接我的儿媳妇呀，还有什么做什么！程正那个老糊涂，我真要去找他算算账，怎么不分青红皂白，糊里糊涂就把我的儿媳妇给关在牢里呢！""您也别尽怪着程老伯，"周仲濂说，"如果程老伯不押着她呀……""别说了，儿子呀，妈知道你的心事了！"老夫人又笑又兴奋，"你千挑不好，万挑不好，这些年也没挑到个媳妇儿，原来命中该娶这赵家姑娘的！你也别感激程老伯，感激那个有神迹的水晶镯吧！怎么咱们家的水晶镯刚好失窃，怎么她那个水晶镯又赶这时候拿出来呢！可见姻缘一线呵，千里相隔，也断不了呢！"周仲濂站在那儿，禁不住有些羞涩，但却有更多的喜悦。回忆韵奴那似嗔似怨、娇羞怯怯的模样，他只觉得心里暖烘烘的，却说不出一句话来。带着个讪讪的傻笑，他一直愣愣地看着桌上那晶莹透明、流光四射的水晶镯。

五

周仲濂和赵韵奴赶年下就成了亲，因为韵奴还在热孝期间，如不在热孝中结婚，就还要等三年。于是，这水晶镯的佳话就不胫而走了。整个乡间都传说着这个离奇的故事。周仲濂和赵韵奴啊，他们对这姻缘充满了神奇的感觉。尤其是韵奴，这镯子曾让她受了多少折磨，却终于完成了她的终身大事。在洞房花烛夜，新郎曾托着韵奴那羞红的面庞，低低地俯耳问道："你恨那水晶镯吗？它害你坐牢，又害你受苦！"

"恨它吗？"新娘怯怯地，羞涩地，却又微笑地、喜悦地说，"哦，你别和我开玩笑吧！我为什么要恨它呢？我感激它还来不及呢！""你也从不知道这水晶镯与你的终身有关吗？"

"不知道。"新娘低垂了头，"想当初，我妈给我镯子的时候，曾经想告诉我一些事，没来得及说就去了，想必她就是要告诉我这件事呢！如果当时她说了……""你就不会吃这么多苦了。"新郎叹息着接道。

"不，我就遇不到你了。"新娘摇摇头说。

"怎么呢？""那么，我怎么还会把一件订定终身的水晶镯拿去当当呀！"韵奴说，羞红了脸。那面颊的颜色几乎和那高烧的喜烛一样红。是的，人生就是这样的，每个故事都几乎由一连串的"偶然"串联而成。这"水晶镯"的一串"偶然"，串成的就是周仲濂和赵韵奴这一对恩爱夫妻，他们的相亲相爱，闺中唱和，是远近皆知的。后来，他们安葬了韵奴的母亲，厚赏了李婶子和朱公公。至于程正呢，更成了周家经常的座上客，他常忍不住要嘻嘻哈哈地拿这对小夫妻开开玩笑，说他们的"相亲"是在他衙门里呢！而那水晶镯呢？数月之后，邻县破了一个盗贼案子，在赃物中，却有那枚真正失窃的水晶镯，于是完璧归赵了，两枚镯子又成了双。周仲濂夫妇把这对镯子高高地供奉着，经常出示于人，并津津乐道地向客人们叙述它所造成的奇迹呢！

一九七一年一月十三日

石榴花

一

她出生在端午节后三天。

在江南，那正是"五月榴花红似火"的季节。石家班的那艘船，停泊在岸边已经好几天了，她就出生在船上。当她出世之后，她母亲拉开了船边的帘幔望出去，看到两岸榴花正开，一片灿烂，红似火而艳如霞。于是，她母亲对她父亲石光祖说："这女娃生在榴花盛开的季节，咱们家又姓石，就给她取个小名儿叫榴花吧！"这就是石榴花得名的原因。

她生来就是个跑江湖的命，石家班的船一个码头又一个码头地跑，她生在船上，长在船上。三岁，她的母亲死了，从此，她就远离了女性的温柔呵护。她上面是三个哥哥，分别取名叫石龙、石虎、石豹，人如其名，一个个都如龙似虎。她生长在男孩子堆里，除了一个跟着她的老奶妈之外，她几乎没有接触到女人。因此，她任性，她好强，她骄傲，她豪放，在个性上，她完全像个男孩子。

跑江湖的女孩子无法娇生惯养，她四岁习歌，五岁学剑，六岁练拳，七岁，已经跟着父亲和三个哥哥公开表演了。她经常穿着件银红小袄，下面是红缎洒花裤，腰上系着条水红轻纱绦子，外面再罩上一件淡红底子，绣满大红石榴花，滚着银边的红斗篷，头上扎着红缎包头，垂着红穗子，脚上踩着红色小蛮靴。从头到脚的红，再加上生来就眼如秋水，面如满月，正像一朵娇艳欲滴的石榴花。难怪自小就成了石家班的台柱，所到之处，无不风靡，三个哥哥和父亲都成了她的配角了。十六岁，她已经练就了一身好功夫，能歌善舞，尤其擅长的，是一套剑法，舞起来密不透风。她占了身子娇小的便宜，举动灵活而轻盈，哥哥们都不是她的对手。石家班的船和一般跑码头的船一样，是沿江而行，一站一站地停泊，不论大城小镇，他们都会停下来表演几天，如果生意好，就多演几天，如果生意不好，就少演几天，一切都没有定准。石家班只是个家庭班，规模小，表演以卖技为主。石龙以蛮力出名，石虎擅长拳，石豹擅长刀法。父亲石光祖，轻易不出场，但是，不论拳、刀、剑，他都是第一流的好手。据说他年轻的时候，也曾雄霸一时，中年之后，却忽然销声敛迹，过起走江湖的生涯来了，带着三子一女，各处流浪。现在，他已经是个老人了。他训练了子女，而自己呢？却养着只猴儿，每当表演时，他就以要猴儿的姿态出现，谁都不知道他有一身多好的功夫。除了卖技之外，他们要猴，也表演歌舞，石榴花的花鼓舞是著名的，她能边打鼓边唱，还能应景儿自编歌词，高兴时，她还会耍一套鼓棒，把一对鼓槌儿，抛上抛下，忽左忽右，或在手上绕来绕去，看得人眼花缭乱。另外，他们也演一些地方上的杂艺，像双簧、戏法之类的。因而，这"石家班"可以说是一个小小的"杂技"团。

十几年来，石家班跑遍了大江南北。

十几年来，石榴花从一个小女孩变成了个大姑娘。

故事发生在石榴花十七岁那一年。

这年秋天，石家班到了东云镇。

东云镇是个相当大的码头，行商客旅云集之地，街上车水马龙，热闹万分。石家班一到了东云镇，就选择了普渡寺前的广场上，扎了戏台子，开始他们的表演。

小徒弟阿全和阿江早就敲锣打鼓地引来了一大群人，还没开始表演，戏台子前已挤得水泄不通了。人多是好现象，石家兄弟个个都特别卖力。石龙在台子上公开向观众挑战臂力，一连击败了好几个人。石虎耍了一套拳，石豹也舞了一套刀，兄弟二人又表演了一场货真价实的角力。石龙一高兴，把庙前的一个盛香火的大铜鼎都给举了起来，赢得一片掌声。然后，石榴花出场了。一身的红，披着件绣满石榴花的斗篷，她轻盈地站在台子中间，先屏息默立，再举目对台下一扫，双目炯炯，清亮有神，观众都不自禁地精神一振。她敛眉片刻，再盈盈一拜，声音清脆而响亮地说："小女子石榴花向各位见礼。"

话才说完，只见她轻轻的一个旋转，瞬眼间，那件红斗篷已卸下了，一直抛向后台。露出她那红衣红裤的短打装扮，腰上的红汗巾，拦腰一系，更显出纤腰一握。再一转身，她手中不知怎的已多出两把明晃晃的长剑来。双剑交叉着当胸而立，她再见过了礼，就舞开了剑。动作由缓而疾，由疾而速，慢慢地，双剑上下翻飞，倏起忽落。只见两道剑光，环绕着一团红影，在台上旋来转去，翻翻滚滚，分不出哪是剑，哪是人，就像两道电光不住闪烁，而电光的中心，是一团灿烂的红云。观众看呆了，看傻了，看愣了，直到石榴花一个轻纵，落地无声，抱剑而立，再盈盈下拜时，观众才疯狂般地叫起好来，疯狂般地鼓掌，疯狂般地叫着再来一次。石光祖带着猴儿出来了，猴儿戴着小帽，穿着蓝缎袍子，腰中系着白绫绦子，双手抱在胸前，一副穷酸的书生打扮，才出场就惹得大家哄堂大笑。徒弟阿全和阿江，开始拿着盘子在观众中穿梭着收赏银了。在这整个的表演过程里，观众们都热烈万分，有笑的、有叫的、有鼓掌的、有赞叹的……却只有一个年轻人，站在东北角落里，默默地看着，既不鼓掌，也不叫好，却全神贯注地凝视着石榴花的每一个动作。石榴花一下台，三哥石豹就对她悄悄说："妹子，你注意到东北角上那个人吗？"

石榴花看过去，那人和人群有一小段距离，穿着件青缎的长衫，孤独地立在庙檐之下。由于距离太远，看不清面貌。石榴花不解地说："怎么？有什么不对吗？"

"我也不知道，只觉得他有些古怪。"

"有什么古怪？一个青年书生罢了，三哥也是，跑遍江湖，什么怪人没见过？一个书生也大惊小怪起来了。"

石榴花的话还没说完，阿江兴冲冲地跑了过来，举着手中的赏银盘子，对石榴花说：

"你看怪吗，石姑娘？有个客人一赏就是三两的银锞子呢！还说明是赏给你的！""是吗？"石榴花对那盘子望过去，真的，在一些碎银子和制钱之中，那银锞子显得特别地触目。"是怎样的客人赏的？""你瞧，就是东北角上那个少爷。"

石榴花微微地一愣，再抬起头来，向东北角上望过去，那年轻人已经不知在何时悄悄地走掉了。阿江诧异地耸了耸肩：

"咦，奇怪，就这么一转眼工夫，那人就没影儿了。"

"好了，把银子收起来吧！"石榴花呵责似的说，"别那样没见过世面，又不是一辈子没看过银锞子！"

阿江收起了银子，石榴花也转身去准备她的花鼓。这件事并没有在她脑中留下什么深刻的印象，客人因为赏识她而多赏钱，对她来说并不是什么很稀奇的事。可是，第二天，当她出场时，石豹在她耳边低声说：

"注意东北角上，昨天那个人又来了。"

石榴花皱皱眉，看过去，那年轻人已经不是一个人了，他身边多了个留着大胡子的老年人，穿着黑衣，靠在庙前的柱子上，对这边静悄悄地注视着。石榴花披上了披风，她不让这年轻人困惑自己，跃上了台，她依旧表演着她那套剑法。当她下台时，她知道，那年轻人又赏了一个银锞子，和那黑须人一起走掉了。第三天，当那年轻人再度出现时，他身边不止多了那黑须人，还多了个十七八岁的大姑娘，虽然距离很远，那大姑娘仍然使石榴花一怔。在江湖上跑惯了，见多识广，各种人都看过，这大姑娘虽然穿着件普普通通的藕色小袄，系着白绫百褶裙子，却身材修长，亭亭玉立，看那站立的姿势，就如玉树临风，飘逸而雅致。石豹靠在台下的柱子上，对石榴花说："你看这些人是个什么来历？"

"管他呢？"石榴花撇了撇嘴，"见怪不怪，其怪自败！别理他吧！""这伙人是冲着咱们来的，你瞧着吧！"

"是好意呢，没话说！"石榴花整了整衣裳，"如果是恶意啊，就让他试试咱们的厉害！"

"那姑娘倒挺标致的！"

"呵，三哥，敢情看上人家姑娘了！该你上场了，就要出你的看家本领来给人家瞧瞧吧！"

"别胡说了！"石豹讪讪地说着，上了场。不知真是为了那姑娘呢，还是别有缘故，他那套刀法倒真的表演得特别精彩，赢得了满堂掌声，连石榴花都不得不对这三哥刮目相看了。

这天，石榴花表演完之后，阿江又大惊小怪地捧着收银盘子跑来了，喘吁吁地说："石姑娘，这可不得了了。"

"怎么，又是一个银锞子吗？"

"不是银锞子，是个银锭子呢！"

石榴花一惊，向盘子里看过去，可不是！那盘子中的一个银锭子，起码是十两上下的。她不禁变了色，眉毛高高地一挑说："这人是干吗？又是银锞子，又是银锭子，冲着咱们摆阔吗？他倒是想看手艺呢，还是想买下咱们的班子呢？你把这锭子给退回去！""哦，石姑娘，这锭子可不是昨天那年轻人赏的，是另外一个人呀！""是谁？""你瞧，就在那边儿上，带着五六个奴才的那位大爷，你瞧，他正盯着你看呢！"

石榴花顺着阿江的手势一望，却和一个男人的眼光碰个正着，那人三十余岁，生得虎背熊腰，高大粗壮，两道浓眉，一对闪烁逼人的眼睛，身边带着七八个又高又大的家丁。当石榴花的目光对他扫来时，他顿时微微一笑，石榴花却不自禁地心里发火。笑什么？以为你给了一个银锭子，就有什么了不起吗？她狠狠地瞪了他一眼。她俯下头来，对阿江低声说："去悄悄地打听打听，这是个什么人？"

阿江去了，片刻之后，阿江折回来，神秘兮兮地说：

"你猜怎么，姑娘，那人是这儿的地头蛇呢！他们叫他黑煞星熊大爷，这人本事大着呢，东云镇里人人怕他，我看咱们要惹麻烦了。""井水不犯河水，惹什么麻烦？"石榴花挺了挺背脊。"他既然有的是钱，就让他去赏吧！"

晚上，算算收入，实在相当不错，看表演的人似乎一天比一天多，石家兄弟们个个高兴。可是，晚餐之后，石光祖就把孩子们都召集到一块儿，深沉地，下决心地说：

"你们大家收拾东西下船吧，咱们明儿一早就离开东云镇。""怎的，爹？"石龙嚷着说，"咱们几个月以来，都没这三天的生意好，看样子，这东云镇待上半月一月都没问题，正在最叫座的时候，怎么要走呢？"

"我们非走不可，"石光祖咬咬牙，眉毛紧锁成一团，"你们也别跟我辩了，收拾东西下船吧！""爹，我知道，您是怕那个黑煞星，是吗？"石榴花挺着胸说，"咱们又没招惹他，你看他敢怎的？"

"爹，那黑煞星总不能不让咱们卖技呀！"石虎也挑起了眉，"您别怕，有咱们呢，他要真来找麻烦，凭我们兄弟和妹子，他也不会好受，我们就让他吃不了兜着走！"

石光祖环视着身边的儿女们，沉吟片刻，终于，长叹了一声说："我怕的并不是那个黑煞星呀！"

"那么，您怕什么？"石豹问。

"我不怕什么，"石光祖垂下了头，有些沮丧，有更多的不安，"这东云镇是个大码头，卧虎藏龙，什么样的人都有。孩儿们，你们是初生之犊不畏虎，以为你们身上那点儿功夫，就很了不起了。事实上，你们所会的，也只能表演表演唬外行，在行家眼里，是不当一回事的。我看，我们最聪明的办法，还是早些离开这儿，我有个预感，待下去早晚要出事。"

"爹，"石榴花走到父亲身边，抬起头来，瞅着父亲，笑靥迎人地说，"您是太累了。爹，打明儿起，您别上场了，就让孩儿们去表演吧！您多休息休息，别怕那些黑煞星白无常的，我告诉您，爹，他拿咱们没奈何的！"

石光祖望着女儿，沉默片刻，伤感地点了点头。

"榴花，你以为父亲是年老怕事吗？"

"不是的，爹！"石榴花烦恼地跺了跺脚，"我只是说，咱们没有理由在卖座最好的时候抽腿儿！管他东云镇卧虎藏龙，还是卧神藏鬼，本姑娘石榴花谁也不怕！……"

石榴花的话还没说完，小徒弟阿全从外面跑了进来，一面喘着气，一面打千儿，对石光祖说：

"禀告爷，有一个什么万家班在方场那儿扎上了台子，连夜地布置着，还叫人到处说，要和咱们石家班较量较量呢！"

石光祖脸色一变，站起身来，沉着脸说：

"果然来了！""哈，和咱们较量较量！"石榴花竖起了眉毛，瞪大了眼睛，跺着脚说，"他们是活得不耐烦了！也不打听打听，咱们石家班是好欺侮的吗？""爹，"石龙也跳了起来，"有人给咱们下挑战书了，您还要走吗？要让江湖上笑咱们临阵而逃吗？"

石光祖呆呆地站着，面色是铁青的，神情是凝重的，好一会儿，他才开了口，声音沉重而严肃："这一下，是要走也走不成了，孩子们，你们好好地准备应战吧！告诉你们一句话，来者不善，善者不来，对方并不是好惹的，你们千万别恃勇而骄，还是小心点吧！"

二

万家班的台子扎在方场上，占地比石家班大了一倍，台子四周都垂着绫罗锦缎，台子正中竖着一块大牌子，上面大大地题着"万家班"三个大字。台子旁边还有一块牌子，写的是："双剑小侠万年青在场候教"。

在这行字的旁边，还有两行小字：

"不论男女老少，若有人能胜过万年青的双剑者，悬赏银子二十两。"二十两不是个小数目，在当地可以买地置产了。这万家班的声势似乎不小，俨然有打擂台的味道。一时游客云集，路为之塞，再加上万家班用了一群锣鼓手，一直在那儿吹吹打打，喧闹不休，更引得路人驻足而观。因此，万家班的台子才扎起来的第一天，方场上已水泄不通，而普渡寺前的广场上呢，却只有小猫三只两只了。

石榴花暴跳如雷了，午后，在台子上挂起了"休息一天"的告示，她和三个哥哥就冲到了万家班的前面。石光祖早就去了那儿，杂在人群之中，不声不响地观看着。石榴花钻进了人堆里，向台上一看，不禁大吃一惊，"啊呀"了一声说："原来是他呀！"台子上，一个年轻人正和一个老者在比着剑，那老者显然是贪图二十两的赏银而上台挑战的，看剑法，就知道是学过两三手的，但是在行家眼里，一眼就可看出他远非那年轻人的对手，年轻人之所以不立即击败他，不过是拖延时间，一来给老者留面子，二来让观众看了过瘾而已。使石榴花失口惊呼的，不是那老者，而是那名叫万年青的年轻人。

原来那万年青，就是一连三天，站在东北角上观看的年轻人，当时出手豪阔，全然不像个跑江湖的人，而像个大家公子。现在呢，他一身短打装扮，从头到脚，都是绿色，绿衫绿裤，腰上是淡绿色的汗巾子。手握双剑，和石榴花所用的类似，是长剑而非短剑，舞得游刃有余，从容不迫。那老者却已手忙脚乱，汗流浃背。然后，再打几个回合，那万年青显然觉得时机已到，一翻手，剑尖轻轻地从老者腰间掠过，那老者系腰的绦子就已翩然坠地。老者跃出圈外，对万年青深深一揖，不禁愧形于色。万年青收了剑，也深深地还了一揖，满面含笑，面不红，气不喘。老者下台之后，他抱拳而立，身段高而挺拔，双眉如剑，双目如星，他看来神姿英飒，气度不凡。"还有哪一位愿意上来赐教几招？"

石榴花按了按披风里的长剑，正想跃上台去，却被人拉住了，她回过头来，是三哥石豹。

"你先别上去，再看他几手，人家研究你的剑法研究了整整三天呢！不是我说，榴花，这人不知是个什么来历，倒像有意和咱们作对呢！你穿红，他穿绿，你叫石榴花，他叫万年青，你舞剑，他也舞剑。只怕，他是有意要诱你上台呢！"

"而且，"二哥石虎接了口，"你再仔细研究他的剑法，和咱们家的剑法很相像呢！"

"管他是不是有意要诱我上台，"石榴花竖着眉，咬牙切齿地说，"我今天非跟他斗一斗不可！我就不信我斗不过他，如果我不能让他服气，我以后也就不在江湖上跑码头了！"

"别说大话，"石龙阴沉沉地说，"正像爹说的，来者不善，善者不来，这人的剑的确有一两手呢！"

"大哥，你就会长别人家志气，灭自己威风！"石榴花没好气地嚷着，又想跃上台去。却有个中年人先上去了。她只好按捺着观战，这中年人比那老者强多了，一套剑比下来，高潮迭起，那万年青好几次险些为对方所伤。观众们高呼着助威，场面十分热烈。石榴花撇了撇嘴，低低地说："这万年青真会卖弄哦，你看，他简直是在逗人玩呢！三个这样的中年人，也伤不了他呢！""你也看出来了。"石豹说，"妹子，你真要上去，必须要小心呀！爹曾经教过你一手连环剑，必要时，不妨把那套连环剑施出来。""爹说过，连环剑是用来防身的，不是表演的，他让我发过誓，永不在台上施展连环剑。"

"到了必要时，你还顾那么多吗？"

"不必用连环剑，我也能击败他，你信吗？"

"我会等着瞧的！"他们在底下谈着话，台上的局面早已变了，那中年人终于支持不住，败下阵来。万年青对观众抱了抱拳，朗声说："请诸位轻松一下，小生再来候教。"

说完，他就退了下去，同时，一个穿着粉红色小袄，银缎背心，系着湖色洒花裙的大姑娘闪了出来，却正是昨日那个穿藕色衣服的少女。站在台上，她笑脸迎人，更显得粉妆玉琢，秀色可人。对台下盈盈一拜，她温婉地说：

"奴家银姑，虽然会一点儿花拳绣腿，却不堪一看，不敢在各位面前献丑，所以，给各位唱支曲儿解解闷，也轻松一下动刀动剑的紧张。"石豹轻哼了一声说："倒很会说话呢！"石榴花狠狠地瞪了石豹一眼，没说话。

一个徒弟推了张椅子出来，另一个徒弟送上了一把琴，于是，银姑坐了下来，开始抚琴，琴声如流水淙淙，泠泠朗朗地流泻出来，声音铿锵有致，音节激昂。一段过门之后，银姑开始抚琴而歌，声调却绝非时下歌女的顽艳轻柔，而是慷慨悲昂，充满了英雄气概，唱的是：

壮气直冲牛斗，乡心倒挂扬州。四海无家，苍生没眼，拄破了英雄笑口。自小儿豪门惯使酒，偌大的烟花不放愁，庭槐吹暮秋。

一段叮叮咚咚的过门，接着，她再唱：

风云识透，破千金贤豪浪游。十八般武艺吾家有，气冲天楚尾吴头。一官半职懒跼蹐，三言两语难生受。闷嘈嘈尊前罢休，恨叨叨君前诉休。

再一段琴声，底下的更加慷慨激昂：

把大槐根究，鬼精灵庭空翠幽。恨天涯摇落三杯酒，似飘零落叶知秋。怕雨中妆点的望中稠，几年间马蹄终日因君骤。论知心英雄对愁，遇知音英雄散愁。

听到此处，石豹不禁脱口呼道：
"好一个'论知心英雄对愁，遇知音英雄散愁'！好！好极了！"石榴花再狠狠地瞪了她哥哥一眼，说："三哥，你要是再叫好的话，我看你干脆脱离咱们石家班，去参加他们万家班吧！""什么话！"石豹颇不高兴，沉着脸说，"你不要做出那股女儿家的小家子气来，男孩子堆里长大的，也要有些英雄气概，不管他们是不是和咱们敌对，好就是好，坏就是坏，说话也要凭良心的！""好，好，你对，你对。"石榴花一迭连声地说，"人家说一句，你说上一车子话，几个哥哥里，就数你最磨牙。"

石豹望着石榴花，忍不住笑了。

"你呀！妹子，"他笑着说，"你是被我们几个哥哥宠坏了。"

石榴花噘噘嘴，却也忍不住笑了。兄妹不再拌嘴，台上，那银姑已经唱完，在掌声中徐徐退下。一阵锣鼓喧然，万年青又跃回台上，双手抱拳，他朗声说：

"听完银姑的歌，让小生再来候教，愿天下英雄豪杰，皆来一试。小生万年青流浪江湖，深知天地辽阔，豪杰好汉，比比皆是，甚至巾帼中不让须眉者，也大有其人。万年青今日来此，虚心求教，但愿各位，也不吝赐教才是。"

石榴花重重地跺了一下脚，恨声说：

"这简直是在对我下战书呢！"

解下了披风，丢给石豹，她按了按腰间长剑，正要跃上台去，身后却及时传来一个冷冷的声音：

"站住，榴花。"她身不由己地站住了，回过头来，却是父亲石光祖。石光祖不知是何时来到她身后的，面色凝肃，一反平日的和蔼慈祥。看着石榴花，他摇摇头说："你最好别上去。""爹！"石榴花焦灼而暴躁地说，"人家就差指名指姓了！您要让我一辈子给江湖上笑话吗？"

"那么，你去吧！"石光祖甩了一下头，下决心似的说，"但是，听我一句话，胜败乃兵家常事，胜不足骄，败不足馁。你败了，我不怪你。但是，你决不许把那套连环剑使出来。"

"爹！"石榴花愤愤地说，"你们好像都已经算准了我会打败似的！怎么见得他就那样厉害呢？你们瞧着吧！"

话还没说完，她已经对着那台子直纵上去。观众们只看到一团红影，飘然下坠，接着两道剑光，倏然一闪，一个浑身火红的大姑娘已经手持双剑，停在万年青的面前，同时，嘴里还高声地嚷着："本姑娘石榴花来也！"

毫不客套，毫不谦虚，那石榴花来势汹汹，杀气腾腾。观众们大部分都早已看过石榴花的表演，这时都禁不住哄叫起来。石榴花斗万年青，这下有好戏可看了，台下顿时一片喧闹，叫着，吼着，闹着。这儿，万年青注视着石榴花，高高挑着的眉毛，大大睁着的眼睛，鼓着腮，咬着牙，虽是怒容满面，却仍然艳丽逼人，像一团火，一团霞，一团燃烧着的太阳。他心底暗暗喝了一声彩，不禁低低地自语了一句：

"希望她不是……"那石榴花持剑而立，也在打量着这万年青，那份挺拔、那份英爽、那份咄咄逼人的豪气，绿衣，绿裤，他站在那儿如玉树临风。她抽了一口气，正想说什么，那万年青已抢先一步，拱手一揖说："姑娘，小生候教多时了！"

"那么，看剑！"石榴花干干脆脆地说，比武没有什么客套和应酬，刀剑底下才见得了真功夫。她话才说完，一剑已对着万年青当胸刺到，万年青措手不及，差点被刺个正着，慌忙一纵跃开，反手从背上抽出双剑来，还没拉开架势，石榴花的第二剑又已迎面劈下，万年青喝了一声：

"好剑法！"持剑一挡，双剑相碰，铿然一声，冒出了火花，石榴花已觉得自己手臂一震，有些发麻，知道对方并未使出真力，若比力气，自己绝非对手，势必不能用硬碰硬的打法，必须以灵巧取胜。于是，她反身一纵，绕到万年青身后，叫着：

"看剑！"剑已斜刺过去，谁知那万年青比她更快，已倏然转身，一剑挡开了她的剑，另一剑就对她胸前刺去，嘴里大声嚷着：

"剑来了！"石榴花身子一矮，躲过了这一剑，同时手中的剑从低处横的一扫，直劈万年青的双腿，万年青腾身跃起，躲过这剑，上盘的剑又已刺来，万年青又叫了一声：

"好剑法！"就用双剑交叉一架，架住了石榴花的剑，只一推，石榴花已觉得有些站立不住，慌忙抽剑回来，退了两步。陡然间，感到一股寒气，直逼项间，她及时身向后仰，纵向一边，险险地躲过了这一剑。再纵身回来，她已打得心头火起，一剑直刺而去，凌厉无比，万年青又叫："好剑法！"却又轻易地躲过了。于是，二人在台上，一来一往，四支剑上下翻飞，打得精彩万状。观众们如疯如狂，喝彩之声，此起彼落。台上越打越激烈，一男一女，一红一绿，四只手，四把剑，最后只看到一团红影和一团绿影，在台上闪来闪去，而剑气森森，剑光灼灼，像一条条的光带，环绕着那红影和绿影绕来绕去，这一战真打得人人叫好，个个叫绝，一时却分不出胜负来。台下虽看不出胜负，台上却已见高低。万年青仍然纵跳自如，石榴花却有些脚步凌乱。到底是女孩儿家，体力上就已吃了大亏，何况对方的剑法，确实无懈可击，半个时辰下来，万年青不觉得累，石榴花已香汗淋漓，娇喘吁吁。她越打火气就越大，越打也就越暴躁，正好万年青的剑又刺到胸前，她再也顾不得父亲的嘱咐了，大叫一声，躲开了这一剑。手法一变，她把双剑舞得像旋风一般，直对万年青冲去。在台下观看的石光祖变了色，跺了跺脚，他长叹一声说：

"完了，警告过她不能用连环剑，这该死的丫头！"

可是，这套剑法一施展开来，万年青似乎就乱了手脚，一连几个趔趄，他显然有些迎架不住。观众更加如疯如狂了。再战片刻，万年青就更形仓皇，一个手脚稍慢，石榴花的剑已挑向他的手臂，只听到"哧啦"一声，万年青的一段衣袖，已被石榴花刺破拉裂，万年青立刻纵出圈外，收了剑，他长揖到地，对石榴花说："姑娘剑法确实不凡，万年青甘拜下风，二十两银子，立即付现！"

一个徒弟已立刻捧出了个盘子，上面放着两个十两重的银锭子，双手捧到石榴花的面前来。台下的看客们如疯如狂地鼓着掌，叫着好。石榴花挣足了面子，不禁扬扬得意了。毫不客气地收了银子，她用眼角瞟了万年青一眼，他站在台边上，微蹙着眉，瞪视着自己，一脸嗒然若丧的表情。总算杀了你的锐气了！石榴花想着，忍不住抿着嘴微微一笑，随着这一笑，万年青的头就垂了下去，脸色更加萧索了。何必欺人过甚呢，石榴花倒有些不忍起来，当众败阵，原是任何一个英雄人物都受不了的呀！转身走下台来，石榴花微俯着头，那胜利的喜悦，已被万年青那种怆然之色赶走了不少。

才下了台，她就被一个人拦住了。

"石姑娘好剑法，容在下施个礼。"

那人冲着石榴花深深一揖，石榴花愣了一下，抬起头来，才看出是那个外号叫黑煞星的熊大爷。她有些不耐烦，站住了，她说："怎的？""姑娘这套剑法，岂止二十两银子，能看到这种剑法，就是百两银子也不虚呀！所以，在下特地叫人奉上五十两银子，算个见面礼吧！"黑煞星笑嘻嘻地说着，一面对身后的人使眼色，立即有个彪形大汉，拿着一个盛银子的袋子出来，递给石榴花。"笑话！"石榴花变了色，"我是上台去打擂台的，不是表演给你看的，拿什么赏银，你要给赏银，就给那搭台子的万家班吧！""姑娘请赏个脸收下吧！"那黑煞星仍然笑嘻嘻的，眼光直射在石榴花的脸庞上。"无功不受禄！请爷让路吧！"石榴花冷冷地说，从黑煞星身边绕过去，自管自地走了。那黑煞星也不拦阻，只在她身后，若有所思地微笑着，目送她钻进人群里。

石榴花找着了哥哥们，石光祖却不见身影。石龙把斗篷递给了她，脸色沉重地说：

"爹叫你马上回去，他等着你有话说！"

石榴花犹疑地看了看哥哥们，石豹说：

"为了你那套连环剑，爹在大发脾气呢！"

"如果不用连环剑，难道……难道要我输吗？"石榴花噘着嘴说。"回去再说吧，好歹有哥哥们帮你挡着点儿，事情已经过去了，或者爹的气已消了也说不定。"石虎说。

石榴花咬着嘴唇，默然不语，把二十两银子交给哥哥们拿着，她低垂着头，跟着哥哥们走向住处。到了住处，他们一块儿走进了房门，立刻看到石光祖脸色铁青地坐在椅子上。一看见石榴花，他的眼里就几乎冒出火来，大吼了一声，他叫着说："榴花，你给我跪下！"

生平没有看到父亲发这样大的火，也生平没受过父亲一声大气儿，石榴花不禁吓软了。身不由己地，她在父亲面前跪了下来，委委屈屈，战战兢兢地叫了声：

"爹！""叫你不许用连环剑，为什么要用连环剑？"石光祖怒喝着说。"爹，我总不能输呀！"石榴花说，觉得委屈，一阵热浪就冲进了眼睛里。"输？你这个不害臊的丫头，我白教了你这么多年武艺，你还以为你赢了吗？你还收人家银子吗？"石光祖的火气更大了，"你早就输了！""输了？"石榴花呆住了。"怎么会呢？"

石光祖还来不及回答，阿全进来禀道：

"老爷，外面有个人，自称是万家班的班主万之清万二爷求见。"石光祖面色苍白，垂头片刻，沮丧地站起身来。

"榴花，你先起来吧！阿全，你请万二爷进来吧！"

阿全去了。万之清立即走了进来，石榴花兄妹都认得他，他就是那曾和万年青一起观看的黑须老者。大踏步地跨了进来，他手里拿着一个托盘，盘里盛着一个有红丝绦子系着的金锁片儿。石榴花一眼认出这是自己脖子上系着的东西，不禁大吃一惊，再伸手一摸脖子，那上面已什么东西都没有，回忆自己曾觉项间一凉，原来锁片早就到了别人手中，有这等功夫，他若真是手下不留情，自己的脑袋早搬了家。怪不得父亲说她早就输了！石榴花瞪着那锁片儿，身子就不由自主地连退了三步，让人家班主这样子把锁片还回来，这个人如何丢得起？这比干干脆脆地被打败更难堪，何况当时自己还那样沾沾自喜盛气凌人！原来人家自始至终就在逗她玩，她简直成了父亲手下那只猴儿了！却还不知羞地把连环剑都亮了出来！她越想越羞，越想越愧，越想越气，越想越难堪，越想越不是滋味……偏偏这时，那万之清正对石光祖说："在下此来，有两件事，一件事是奉还令爱的锁片，免得姑娘家穿戴之物，流落在外……"

石榴花再也听不下去底下的话，气愤羞愧之余，她已无地自容，大叫了一声，她跺跺脚，反身就对门口直冲了出去。石光祖在她身后喊："榴花！你给我站住，你要到哪里去？"

但是，石榴花已如箭离弦，跑得无影无踪了。

"豹儿，你给我去把她追回来！"石光祖说。

石豹也迅速地追出去了。

这儿，石光祖和万之清面面相对，石龙早就接过了万之清手里的托盘。被石榴花这一闹，万之清那"第二件事"始终没有说出口，这时，两个班主相对而立，两人都深深地、深深地在打量着对方，好半天，谁都没说话。室内的空气无形地紧张了起来。石龙石虎两兄弟不明所以，也都垂手立在父亲两边。最后，还是石光祖先开了口，对着万之清，他拱了拱手，沉重地、缓缓地，一字一字地说：

"万二爷，你这次来的目的，我也完全明白，真人面前无法隐瞒，我石某人埋名了二十余年，终于在今天露了行藏。万二爷，想必你就是我那大哥万之澜的亲弟弟了？"

"不错，我就是万之澜的亲弟弟，同时，万年青也就是万之澜的儿子！一个遗腹子，万之澜死后六个月才出世的！"万之清朗声地说，双目炯炯，直射在石光祖的脸上。

"哦，"石光祖慨然长吁，望着窗外，他自语似的低声说，"虎父虎子！我大哥有此子，也不枉来人世一趟了！"调回眼光，他再看向万之清，眼底一片坦白而坚决的神色，"好的，冤有头，债有主，万二爷，你既然认出了我，找到了我，你预备怎样？但请吩咐。""您大爷也是明白人，我想这儿不是谈话的地方。"万之清说。看了看窗外。"好的，我们出去谈！"石光祖爽快地说，站起身来，领先向屋外走去。石龙、石虎本能地跟了上去，叫了声：

"爹！"石光祖回过头来，对石龙、石虎厉声说：

"站住！你们两个！谁也不许跟了来！听到吗？"

两兄弟愕然站住，困惑地、不解地，而又担忧地望着父亲，石光祖顿了顿，似乎想对他们说什么，却又忍住了，终于，他重重地一甩头，和万之清走了。才出房门，两人就运步如飞，不知踪影。剩下石龙、石虎，面面相觑，谁也不知道这是怎么回事，谁也不知道发生了什么，和将要发生什么。他们站在视窗，呆呆地等待着，窗外，暮色正逐渐扩展开来。

三

　　石榴花冲出了房门之后，就直奔向万家班打擂台的方场，今天所受的侮辱，在她是刻骨铭心的，怎样都洗刷不清了！除非是找到那个万年青，再打他一场，即使打不过，战死了也比留下笑柄好。到了方场，她就愣住了，方场上人潮早散，那戏台子虽然只搭了一天，却已经拆除了，万年青和银姑都不见踪影，只有几个小徒弟在那儿清理善后。石榴花直奔过去，问一个小徒弟说："你们那个万年青到哪里去了？"

　　小徒弟看到石榴花来势汹汹，吓了一跳，战战兢兢地说："小的……小的不知道。"

　　"不知道？"石榴花抽出剑来，往他肩膀上一搁，柳眉倒竖，杏眼圆睁，大喝一声说，"你倒是知道还是不知道？"

　　"噢，噢，姑娘饶命！"小徒弟慌忙说，"他在东郊外的福安客栈里。"石榴花收回了剑，一语不发，直奔向福安客栈。福安客栈在郊外的官道边，地点相当偏僻，也相当安静。石榴花直冲进客栈大门。店小二迎了出来，还没开口，石榴花已仗剑而立，清清脆脆地说："去叫那个万年青给我出来！"

　　店小二看她那副杀气腾腾的模样，一句话也不敢再多问，就连跑带跌地跑进里面去了。只一会儿，万年青持剑而出，一看石榴花，他就已经明白了，拱了拱手，他蹙着眉问：

　　"姑娘有什么话要说？"

　　"没话可说！"石榴花嚷着，"本姑娘不肯认栽，你是有种的，咱们就再到外面去较量一番，不死不散！"

"姑娘！"万年青的眉头锁得更紧了，"你是存心来找碴儿的了？"石榴花还没答话，银姑却从里面跑了出来，看到石榴花，她的眉毛就直竖了起来，一改在台上的温婉，她跺了跺脚，嚷着说："好呀，哥呀，你没去找她，她倒找了来了！"冲着石榴花，她一脸的怒气和轻蔑，说："姓石的，你居然还有脸到这儿来，女儿家贴身的东西丢了都不知道！还收人家二十两银子呢！别丢人现眼了！你那两手花拳绣腿呵，只好给乡巴佬看看罢咧！你不害臊吗？我哥哥的一根小指头，就可以把你推个大筋斗了……""住口！"一个声音在门口大喊着，大家一看，是随后追来的石豹，听到银姑在侮辱他妹妹，他忍无可忍，刀就出了鞘，提着刀，他喊："姓万的！咱们今天就见个你死我活，有种的出去打！""小生奉陪！"万年青说了一句，就冲出了客栈，石榴花随后纵出，银姑及石豹也跟着跃了出去，一行人直奔郊外的荒野，到了一个小土丘边，四野只有一些疏疏落落的松树，地方还算宽敞，石榴花就首先发难，一剑向万年青刺去，万年青提剑相迎，两人就此大战起来。同时，银姑和石豹也展开了大战，银姑和万年青一样，也是使剑，石豹使刀，两人也杀得天昏地暗，日月无光。石榴花这次不再客气，一上来就用了连环剑，双剑翻翻滚滚，密密麻麻，一剑连一剑，直刺向万年青。谁知万年青剑法一变，双剑翻飞舞动，如电如虹，从容应战。石榴花不禁大吃一惊，因为，万年青所用的，居然也是连环剑。记得当初父亲教她这手剑时，曾说这是家传剑术，鲜为人知，所以不能当众表演，怕这套剑法流传出去。而现在，这万年青怎会知道运用这连环剑？她心里一惊，就立刻翻身跃出圈外，大声说：

"慢着！"

万年青站住了，扬了扬眉：

"怎的？认输了吗？""见鬼！"石榴花咒骂着，扬声问，"姓万的，你从实说来，你怎会这套连环剑？""你真想知道吗？"万年青扶着剑，冷冷地问。

"你说清楚，咱们再战。"

"那么，你听着！"万年青锁着眉，面色沉痛而悲切。那银姑和石豹也不由自主地停了战，银姑是知道内情的人，却也息战以便万年青叙述，石豹是不知情的，和石榴花同样诧异，也扶着刀望着万年青。万年青深吸了口气，一句一句，清清楚楚地说："告诉你吧，二十几年前，没有你，也没有我，江湖上却有两个英雄好汉，一个姓万，名叫万之澜；一个姓石，名叫石宗全。这万之澜与石宗全是出生入死的生死之交，两人因为感情好，又都行侠仗义，所以结拜为兄弟，万之澜是兄，石宗全是弟。在二十几年前，江湖上几乎无人不知，无人不晓这万石两兄弟。他们二人在武功的造诣上几乎完全一样，拳、刀、剑样样俱精。尤其是剑，两人都特别喜欢研究剑法，于是，他们综合各家剑法，取其所长，去其所短，研究出一套独特的连环剑，取名为万石连环剑，这就是你我今天所用的这套剑法。"石榴花听呆了，这些对于她，是知所未知、闻所未闻的事。父亲带着他们，从未讲过任何江湖轶事给她听。这石宗全显然与他们石家有关，而父亲竟未提过，她还一直以为自己的家族，都是些江湖艺人而已呢！那万年青又吸了口气，继续说："这万石两兄弟，本该和和气气，共同行侠仗义一辈子，谁知不知为了什么，有一天二人竟翻了脸，两人大打出手，论武功，两人谁也不低于谁，可是，一旦对起手来，总有点运气成分，那姓石的一剑刺来，万之澜躲闪不及，伤中要害而亡，当时用的，就是这套万石连环剑。"

万年青住了口，石榴花怔怔地瞪着他。

"你懂了吗？"万年青问，满面悲戚之色。

"不大懂。"石榴花摇了摇头，困惑地说。

"万之澜死后，遗下一个妻子，六个月后，生下一子，取名万年青。"万年青幽幽地说，目光清冷，直直地注视着石榴花，"依赖叔叔万之清的教导，和父亲手写的万石连环剑剑谱，我从小苦练武功，以期长成，可报父仇。现在，我已成人，跟着叔叔和叔叔的女儿银姑，我们寻遍了大江南北，终于找到了那个手刃我父亲的仇人。"

石榴花的面色有些发白，她心中已经有数，嘴里仍然多余地问了一句："是谁？""他已改了名字，叫石光祖。"

石榴花深抽了一口气，许许多多疑惑，在这一刹那间都明白了。她点点头说："所以，今天在台上，你是有意逼我施出连环剑来的了？"

"不错，只要你施出连环剑来，我就知道我所找的人没有错了。"石榴花又深呼吸了一下，抬起眼睛来，她目光如炬，一瞬不瞬地望着万年青，冷冷地说："好了，你已经找到我父亲了，你预备怎么办呢？"

"抱歉，我必须取他性命，以报父仇！"

"那么，你就先取到我的性命再说吧！"石榴花大声说，话一完，剑就出了手，直劈向万年青的头顶，万年青用剑架住，立即，两人就又交上了手，打了起来。

同时，银姑的剑也直取石豹，一来一往，也战得个难解难分。就在他们这两男两女，杀得天翻地覆的时候，天色已逐渐地灰暗了，落日早已西沉，暮色无声无息地笼罩下来，像一张大大的网，网住了山岗，网住了原野，网住了树木，也网住了在交战的人们。暮色广漠无边，秋意正浓，天空上寒鸦数点，原野上落叶纷飞，平芜衰草，苍茫无际，四周是一片模糊。石榴花是已经拼了命，再也不是打擂台的打法，而是"拼命"的打法，何况又没有"不许用连环剑"的顾忌，她的一套连环剑原就使得滚瓜烂熟，运用自如，战起来已大非下午在台上的情形可比。那万年青的连环剑，虽也不错，却到底是从纸上学来，远没有石榴花娴熟。所以，他的功力虽在石榴花之上，却一时拿石榴花奈何不得。

那银姑和石豹，是真正的"棋逢敌手"，你来我往，简直分不出上下。于是，这一战越打越久，天色也越来越暗了。

谁也没有注意到，在这时竟有一群人正暗暗地向他们潜来，并默默地观看着这场战斗。

时间一长，石榴花就有些招架不住，汗涔涔而喘吁吁。同时，那银姑也喘不过气来，手下也有些松懈了。女孩儿家毕竟无法和男人比体力，没多久，两个男性就都已占了上风。

就在这时，忽然有人在暗地里喝了一声：

"看镖！"就有一样暗器，直奔万年青的脑门，万年青正和石榴花战得火热，根本没有防备，这暗器打了个正着，万年青"呀"地叫了一声，向后就倒，石榴花一愣，收了剑，那万年青已晕倒在地。石榴花正愕然间，陡然又听到一个声音在喊：

"看镖！"这次，倒下去的却是石豹了。

石榴花和银姑都惊愕得呆住了，半天回不过神来，然后，当她们举目四顾时，看到的是山影树影，重重叠叠，暗暗沉沉。而在那昏暗的夜色里，一幢幢的黑影，正从四面八方缓缓地移来，如鬼，如魅，无声，无息……她们还来不及弄清楚是怎么回事，那些黑影陡地扑了过来，中间夹着一个男人的哈哈长笑声，于是，她们才愕然地发现，已被人重重地包围住了。

四

石光祖跟着万之清，走出了住处之后，两人都很沉默。一直走了好长的一段，谁都没有说话。石光祖是满面凝霜，万之清是一脸沉痛，就这样，他们离开了热闹的街道，来到郊外的江边。江中帆影点点，天边落日熔金，几株芦花，摇曳在深秋的晚风中，几只大雁，嘹唳在白云深处。他们站定了，万之清抬眼看着石光祖，这时才先开了口："石大爷，不知您是不是准备好了？"

"我不懂你的意思，"石光祖说，凝视着万之清，"假若您的意思是要在这儿动手，我随时准备奉陪。"

"石大爷，"万之清慢慢地摇了摇头，神色黯淡，"想我万之清，有多大能耐，敢向石大侠讨教！今天我只能带石大爷到小侄万年青那儿，一切血债，该由做儿子的亲自讨还！只是……"万之清哽住了，若有所思地看着江边，那儿，有只失群的大雁，正在芦苇丛中哀啼。一阵秋风，落叶成阵。那大雁扑扑翅膀，似乎欲飞无力，万之清忽然呆住深思。

"黄鹄参天飞，半道还后渚，欲飞复不飞，悲鸣觅群侣！"石光祖喃喃地念着一首诗，也望着那只大雁，脸上的怆恻之情就更深了。"石大爷！"万之清心中一动，叫了一声，欲言又止。

"您不用多说了，"石光祖及时地说，唇边浮起一个凄恻的微笑，眼光炯炯，坦白、真挚，而又明亮地望着万之清，"万二爷，您的一番意思，我完全了解，子报父仇，是天经地义。如果您担心万年青经验不够，年纪太轻，想我石某人，也算是他的叔叔，我不会让万大哥绝后的。"

万之清心中又一动，定定地看着石光祖，他看到的是一张充满了感情的脸，时间在那脸上已刻下不少的痕迹，眼角鬓边，已遍是皱纹，而须发皆白。这是个老人了。是的，他们都是老人了，老的一代过去之后，新的一代将继而起之，继起的世界，该是万年青和石榴花他们的。他望着石光祖，后者是准备牺牲了，他知道。他将为二十几年前的错误而牺牲，世界上有这样的侠义之士吗？那几乎是让人不能置信的。他不由自主地退后一步，肃然起敬，对石光祖拱了拱手：

"石大侠，有您这一句话，我也就放心了。"

石光祖惨然一笑，说：

"那我们还等什么，走吧！"

他们开始向福安客栈走去，暮色已慢慢游来，山光水色，都是一片昏黄。万之清忍不住，终于问：

"我能请问一句吗？当日石大侠和我哥哥，因何反目？因何动手？"石光祖神色凄然："说来或者你不信，我从未和万大哥反目过，当时动手，只为了争执万石连环剑中的一招剑法，大哥坚持他的对，我坚持我的对，终于决定当场试验，于是比武，谁知刀剑这玩意儿，功力再深，终有一失。我证明了我是对的，大哥却因此而亡。从此，我不再仗剑江湖，只做个卖艺的老头儿，你以为我是怕你们寻仇吗？不是，我只是心灰意冷，手刃义兄，我何以为人？因此，发誓不再弄刀弄剑了。但是，自小只受过武功训练，不知以何技为生，只好教了儿女几手小武功，带着儿女卖艺。又不忍让万石连环剑失传，教给了小女，竟因此被你们寻获，也算天意。我石某人儿女皆已长成，如今也别无牵挂了。"万之清沉吟了，这是他们都不知道的内幕，当时动手，两家亲人，皆不在场，事后，石光祖就带着家眷，一走了之，从此失去踪影。大家都认为是反目成仇，义弟弑兄，畏罪潜逃。因此，让万年青苦学武功，以报父仇。而今……而今……他看着那石光祖，白发皤然，皱纹满面……他猛地收住了步子。"怎的？"石光祖愕然地问。

"既是比武失手，夫复何言？"万之清说，"我想……我想……""我们去吧！"石光祖微微一笑，笑得豪放，笑得洒脱，"反正这笔账是我欠下的，应该由我来偿还，你既是我那大哥的弟弟，叫你一声老弟吧！老弟，你也不必感情用事，你看，秋风已起，你我老矣！能有多少欢乐的时光呢？知道《秋风辞》吗？"于是，他慷慨地念："秋风起兮白云飞，草木黄落兮雁南归……欢乐极兮哀情多，少壮几时兮奈老何！"念完，他又笑了，说："咳，我也累了，一个疲倦的老人，近来，我真想返回家乡呢！"万之清无言以答，一瞬间，他对面前这个老人，充满了某种难言的、感动的情绪，他竟不知道说些什么好了。

就这样，他们到了福安客栈。

他们来到福安客栈的时候，天色已经黑了。一进店门，他们就从店小二处知道石榴花和石豹来挑战的经过。两人都不由得吃了一惊，不敢有任何耽误，立刻冲出了店门，开始向郊外的旷地里寻找。郊外地广人稀，听不到刀剑之声，也听不到人声，只有树木森森，荒原漠漠，和那秋风瑟瑟的声响。他们四面搜寻，直到月上树梢的时候，才发现了万年青和石豹。一眼看到万年青和石豹躺在地上，石光祖和万之清心里都凉了一半，赶过去仔细一看，两人都只是晕倒，并未受任何重伤。石光祖从地下拾起一个飞镖，看看万之清，说：

"你们家的银姑会使飞镖吗?""不会呀!"万之清说,也从万年青头边拾起一个飞镖,"看样子,他们都是被飞镖所伤的!"

"他们并未受到大伤,使镖的人手下留了情。"石光祖审视着说,"但是,他们显然是遭了暗算,镖都是打在脑后,这耍暗器的人似乎不太顾江湖规矩。弄点水来喷喷,我们先把人救醒再说!"幸好离江边不远,他们弄了水来,很快地救醒了万年青和石豹,两人翻身立起,茫然四顾,一时都弄不大清楚是怎么回事。石光祖追问着说:

"发生了什么?你们怎么会中了暗器的?"

"暗器?"万年青摸了摸仍在隐隐作痛的后脑,环视四周,不禁"呀"了一声,说,"糟了!他们掳走了银姑!""还有榴花!"石豹接道。

"是谁?"万之清问。"不知道是谁,但是一定有一大群人,瞧!"万年青在草丛中拾起了一只绣花鞋,"这是银姑的鞋!"

"这儿,是榴花头上的玉钗!"石豹也拾起一股钗子,"她们一定抵抗过一阵,仍然被捉走了。"

石光祖一声也不响,他握着手里的那两支飞镖,在月光下仔细地研究着,脸上一副深思的表情。然后,他走到万之清面前,把镖递给他说:"看到上面那个骷髅头似的符号吗?"

"是的。""这使我想起二十几年前,黑道上的一个人物,名叫索命郎君熊武。这熊武所使用的飞镖,就都有这个符号。但是,那熊武虽是黑道上的人,却专门劫富济贫,属于盗亦有道之类，所以我和大哥对这熊武，都是井水不犯河水，各行各的。如今二十年来，都没听过熊武在江湖上活动，听说早就去世了，怎会有他的暗器出现呢？又干吗掳走我们石家和万家的姑娘呢？难道那熊武还活在世间吗？故意留下暗器，又似乎有意在告诉我们是谁干的，会不会有人要故意引我们走入歧途？"

"爹！"石豹忽然想起了什么，"听过黑煞星熊大爷的名字吗？""黑煞星！"万年青叫，"对了，准是他！"

"没错了，"石光祖点点头，"熊武应该已过世多时，这该是熊武的后人了。"万之清握紧了手里的飞镖，看看万年青，又看看石光祖，被这件事一混，他们彼此都顾不得原来那笔账了，万之清低沉地叫："青儿。""叔叔。"万年青答了一句。

"我们现在没时间来报往日之仇，必须联合两家之力，救出银姑和石榴花，听到了吗？"

"是的，叔叔！""那么，我们去吧，不能再耽搁了，先把龙儿和虎儿也叫来，全体一起去找那个黑煞星！"石光祖咬着牙说。再掉头面对着万年青，直视着他说："关于我们之间那笔账，你能信任我吗？""凭您一句话！"万年青朗声说。

"那么，让我们先找回银姑和榴花，我自会给你一个公平的了断！"万年青深深地点点头，不再说话。

月色里，他们一行人向前疾奔而去。

五

石榴花和银姑被囚在一间地牢里已经整整一个时辰了。

她们没有被捆绑,只搜走了身上所有的武器。石榴花已一寸一寸地研究过这间地牢,整个地牢也可以说是一间石牢,可能是山石中打出来的,除了顶上有个小洞可以透点空气之外,丝毫也无出路,而那小洞仅有一臂粗细,是休想钻出去的。那石门厚而重,只能从外面用机关控制开关,她已试过几次,去推那石门,石门纹丝不动,最后,她筋疲力尽,只好放弃努力,在屋角的一块石头上坐了下来,闷声不响。

整整一个时辰,银姑没有和石榴花讲话,当石榴花勘察这石牢时,她只是默默旁观,等石榴花放弃之后,她却站起身来,也到各处去巡看,石榴花望着她,忍不住说:

"罢咧,毫无机会的!"

银姑望望她,石牢中有一盏油灯,灯光下,石榴花周身穿红,也像一团小小的火焰,那眼光在灯光之下看来,已无白天的凶霸之气。银姑竟对她生出一份难言的好感来,也放弃了努力,在屋子的另一角坐了下来。石榴花打量着她,她也打量着石榴花,默默地对望着。

好久好久,银姑终于说:

"你看他们把咱们捉来干吗?"

石榴花耸了耸肩。"为财,咱们跑江湖的也没财,剩下来的,就是为色了。"她冷冷地说,望了银姑一眼,"只怪你的脸蛋儿长得太好！"

"罢哟，你的脸蛋儿才好呢！"

这简直是在彼此标榜了，石榴花忍不住扑哧一笑，就把脸扭向了一边。银姑也莫名其妙地脸红了。在这石室中，被一同囚禁，共患难的心已不知不觉地把那份仇意给赶走了。

"你放心，"银姑说，"我爹和哥哥一定会来救咱们的。"

"我爹和哥哥们也会来的。"石榴花说。

"只怕他们……"银姑没说完她的话，石榴花却已了解了，只怕他们彼此已拼得你死我活，顾不得她们了。也怕他们也已为暗器所伤，无法救她们了。那么，后果就不堪设想了。她闷住了，把下巴搁在膝头上，望着灯火出神，银姑也默然不语了。

石室中好静，好无聊，灯火静静地燃烧着。

实在太静了，实在太无聊了。石榴花拾起一块石头，用来敲击着石墙，像击筑一般，突然唱起歌来：

　　力拔山兮气盖世，时不利兮骓不逝，骓不逝兮可奈何？虞兮虞兮奈若何！

这次，轮到银姑扑哧一声笑了。说：

"你以为你是项羽吗？""被关在这石室里，无计可施，可不像项羽吗？"石榴花豪放地说，一股男儿气概。

"你是项羽，我可不是虞姬呀！"银姑说，也忍不住地唱了起来：

大风起兮云飞扬，威加海内兮归故乡，安得猛
士兮守四方？

"嗨，你知道吗？"石榴花说，"你的歌实在唱得挺不
错的！"

"你唱得更好！"银姑说。

这又在彼此标榜了！这次，两个人同时笑了起来。石榴
花和银姑，都是自幼没有姐妹，只有哥哥，生活在男人之间。
在表面上，都有男儿那份豪放之气，在潜意识里却也都有女
儿家那份柔情。这时，那女儿家心性就都在逐渐抬头了，两
人相对，都有一种亲切的、知遇的和彼此欣赏的感觉。女性
的心胸深处，向来有一处最柔软与最易感的地方，在这种共
甘苦、同患难的时候，那柔软与易感之处就被触动了。何况，
自古惺惺相惜，英雄识英雄，就像银姑曾唱的歌：

论知心英雄对愁，遇知音英雄散愁！

这就是她们"对愁"的时刻，也是她们"散愁"的时刻。
两人心里都明白，如果那黑煞星真要侵犯她们，而救援不至，
她们是势必拼命至死。那么，"死"在目前，还追究什么以
往！她们都暗暗决定，在这一刻，关于她们长一辈之间的恩
怨，还是暂时抛诸脑后吧！"对了，"石榴花说，"你今天在
台上唱的是元曲中的一段吗？""是的，我改动了几个字。"

"你自幼习的元曲吗？"

"是的，你呢？"银姑问。

"也学过，小时候爹请了个师傅来教，没学全，我没有长性儿，学刀剑还行，学曲子就总是丢三忘四的。谈到曲子，我喜欢《浣溪沙》里的一段。"说着，她就唱了起来：

> 长刀大弓，坐拥江东。车如流水马如龙，看江山在望中。

银姑一高兴，就接着唱了下去：

> 一团箫管香风送，千群旌旆祥云捧。苏台高处锦重重，管今宵宿上宫。

石榴花舒展了一下身子，倚在墙上，又说：

"记得《红拂记》里那段《渡江》吗？""怎不记得？"银姑说，立即唱：

> 少小推英勇，论雄才大略，韩彭伯仲。干戈正汹涌，奈将星未耀，妖氛犹重。几回看剑，扫秋云半生如梦。且渡江西去，朱门寄迹，待时而动！

石榴花击石代筑，慨然接道：

本待学，鹤凌霄鹏搏远空，叹息未遭逢，到如
今教人泪洒西风，我自有屠龙剑、钓鳌钩，射雕宝
弓。又何须弄毛锥角技冰虫……

银姑兴致更高，就和着石榴花，两人齐声唱下去：

猛可里气冲冲，这鞭梢儿肯随人调弄，待功名
铸鼎钟，方显得奇才大用，任区区肉眼笑英雄！

这一唱，两人各觉得豪气干云，精神一振。忘了是被囚
禁在石牢里，忘了两个哥哥生死未卜，忘了自己前途堪忧，
也忘了旧恨新愁。毕竟两人都只有十七八岁，稚气未除，毕
竟是弄刀弄剑长大的姑娘，没一些扭扭捏捏。两人这一唱唱
得高兴了，干脆你来我往，放着兴致，大唱特唱了起来。

六

就在石榴花与银姑在石牢中放声而歌的时候，石光祖和
万之清已率领着石家三兄弟和万年青，一群人浩浩荡荡地来
到了这黑煞星的巢窠。黑煞星所住的地方远在东云镇镇郊，
占地颇广，庄院重重，他自己取了个名字叫"卧虎山庄"，但
是，东云镇上的人却称它为"黑熊山庄"。这黑煞星迁来东云

镇已将十年，在镇上拥有好几家钱庄和当铺，对镇上的老百姓，他并不侵犯，但是，他行踪飘忽，举动奇异。相传有好几件无头血案，都是他干的，但因被杀的多数为土豪劣绅，或武林恶霸，所以大家也不追究他。他又养了无数武林高手，那黑熊山庄里来来往往的都是些怪异的人，因此，大家对他都谈"熊"色变，抱着"敬鬼神而远之"的心理，退避三舍。

而现在，石光祖等一行人已直奔而来。在路上，他们已经研究好了，决定按江湖上的规矩，先礼后兵。石光祖尊重黑煞星的父亲也算"武林一奇"，不愿直攻上门，何况一旦动手，伤亡难以预卜。所以，大家商讨的结果，是昂然登门，叩门求见，直言要求他放出石榴花和银姑，如果能好言解决，固为上策，否则，就只好动手了。

老远就看到黑熊山庄的灯烛辉煌，照耀得如同白昼，竟像有什么喜庆一样。他们心里，已感到某种忐忑不安，嘴中不言，脚下就加快了步子。一抵山门，大家又吃了一惊，只见庄门两侧，灯火高悬，四周了无人影，而庄门洞开，大家面面相觑，万之清说："石大爷，您看这之中没有什么诡计吗？"

"我看，自始就大有文章。"石光祖沉吟地说，咬了咬牙，"但是，既来之，则安之。我们就闯进去吧！"

他们蹿了进去，经过一大段天井，四周都看不到一个人影，整个庄院，似乎已成了一个空城，然后，他们到了"卧虎山庄"的正厅。跨进正厅，依然人影杳然。而厅中红烛高烧，四壁灯火，都已燃亮，整个大厅，都在灯烛的照耀之下。而在一进门的地方，有张大案，案上，却放着一张大红条子，上面龙飞凤舞地写着两行字：

　　恭迎石大侠与万大侠
　　双双光临

　　石光祖和万之清相对一视，石光祖就掉转头，环视室内，到处都静悄悄的，一点声息都没有。石光祖对空中拱了拱手，大声说："有请主人，出来一见！"

　　他的声音空空地在室内荡开，仍然没有丝毫回音，那慑人的寂静，给人一种异样的感觉。忽然，万年青失口惊呼了一声，说："瞧那儿！"他指着大厅靠墙那边，正中的供桌上，大家都被他的惊呼吓了一跳，慌忙对那供桌看去，只见两副长剑，连剑鞘放在供桌上，大家奔过去一看，立即认出一副是石榴花的，一副是银姑的，难道两人已遭毒手？大家心里都陡地一寒。拾起剑来，却又发现这两副宝剑之下，压着一张红帖子，在明亮的灯火之下，那帖子上的字迹十分清楚，写的是：

　　　　万石有女，玉人双双。

　　　　榴花似火，银姑貌强。

　　　　两家有子，凤兮无凰！

　　　　积年凤怨，战彼郊荒。

　　　　为救佳人，出我镖枪！

　　　　凤兮凤兮，何不求凰？

往仇已矣，新欢正长。

解尔怨仇，结尔鸳鸯。

佳话永传，万古流芳。

玉人何在？请叩石墙。

何以谢媒？万石剑方！

　　大家看完了红帖子，都忍不住你看着我，我看着你，呆呆地说不出话来。那帖子上的字迹写得如行云流水，展示在那儿，每个字都像是活的，在他们面前奔跃着，舞动着。帖子上的意思非常明白，要他们两家忘记仇恨，缔结婚姻。而管闲事的这个黑煞星，只求万石连环剑的剑谱为谢。怪不得飞镖出手，却不伤人，原来目的是救下一对姑娘，以免受伤，而使仇恨更深，永无解时。这黑煞星却真是别有心机呵！万之清望望石光祖，又望望万年青，那万年青呢？自从看到这个帖子之后，就整个人都愣在那儿了，精神恍惚，眼光蒙眬，他一直若有所思地瞪着那红帖子。

　　"青儿！"万之清喊。"嗯，叔叔！"万年青如梦方醒，惊觉地答。

　　"你怎么说呢？"万之清问。

　　万年青的脸蓦然间涨红了，不知怎的，他此时毫无报仇之志，只觉眼前的红帖子、红烛、红灯光，都幻化成了石榴花身上的一身红衣，而自己的神思，早已飘飘荡荡，不着边际地游移在石榴花那团如火如霞的红影中。好半天，他才挣扎着回答："但凭叔叔做主！""青儿，我必须告诉你，"万之清说，深深地望着万年青，"我已经询问过石大侠，当初你爹之死，原是和石大侠比武失手，并非结仇反目。你知道，在武林中，比武失手，原是常事，不能与一般仇杀相比！"

"哦，是吗？"万年青问，顿时间，已展开一脸的惊喜之情，像是突然间卸下了一层重荷，说不出心里是怎样一种酸甜苦辣的情绪。万之清只看了他的表情一眼，心中已经了然了，自古以来，窈窕淑女，君子好逑呵！再看到石豹，就不能不想起自己的女儿银姑，十七岁了，终身也该定下来了。看石豹雄姿英挺，浓眉大目。世上还有比英雄美人，联成佳偶更好的事吗？他不由自主地兴奋了，看着石光祖，他说：

"石大爷，您可愿意接受这黑煞星熊大爷的建议，化干戈为玉帛？""哦，老弟！"石光祖立即同意，"若能得青儿为婿，我复何求？""那么？"万之清欲言又止。

"我有三子，任您选择。"

"那我就选了老三吧！"

石豹喜出望外，想起银姑，才貌双全，他真不知该如何是好了，无以表达自己的心情，他只能"噗"的一声，对万之清倒头下拜，一面大声说：

"岳父大人在上，且受小婿一拜！"

他这一跪，万年青就站不住了，也对石光祖跪了下来。石光祖双手搀住，猛然间，泪盈于睫，声音哽塞，不禁苍凉地说："有此一日，我那大哥，在泉下也该瞑目了。"

想起从未谋面的父亲，万年青也怆然欲泪。大家默默而立，都有些悲喜交集，恍惚若梦，整个事情，演变成这种局面，真是谁也没有料到的。他们都几乎忘了来的目的，而如痴如醉地呆住了。最后，还是石龙咳了一声，提醒大家说：

"我们是不是该去找榴花她们了？"

是的，一句话提醒了所有的人，现在，找寻的已不只是彼此的女儿和妹妹了，还有彼此的儿媳和妻子呢！再研究那帖子，知道她们必定是被关在一间石室里，他们立刻出动，向屋子后面搜寻而去。走到正屋的后面，就发现了一座石山，立即，他们都听到一阵隐隐约约的歌声，唱得好高兴，唱得好热络，唱得好婉转，却正是石榴花和银姑的声音！大家面面相觑，都惊异不止，石豹说："被囚禁着，她们怎么还有这样的兴致？"

万年青已看到石墙上的一个小洞，正透着灯光，他三步并作两步地抢过去，俯眼一看，不禁高兴地惊呼着说：

"是了！就在下面！你们猜怎么？她们正亲亲热热地在击石而歌呢！"当他们终于找到了石门上的机关，打开石门时，两个姑娘已经情如姐妹，正在那儿大声地唱着：

人生百岁，七十稀少，更除十年孩童小，又十年昏老，都来五十载，一半被睡魔分了！那二十五载中，宁无些个烦恼！仔细思量，好追欢及早，遇酒寻花堪笑傲，任玉山倾倒！对酒且沉醉，人生似，露垂芳草！幸新来，有酒如渑，要结千秋歌笑！

或者，是这歌词，使两位老者，心里都若有所动，若有所感。也或者，是江湖多风波，流浪生涯，终非长久之计。总之，从这一天以后，万石两家，就在江湖上隐没了。再也没有人，见过他们的踪迹。听说，他们后来过着农耕的生涯。

听说，石榴花与万年青婚后，如胶似漆，恩爱逾恒。

也听说，他们那天在"卧虎山庄"，始终没见到那个怪主人黑煞星。还听说，当他们离开的时候，他们留下了一份"万石连环剑谱"，而且，也留下了一个字帖：

卧虎山庄，英雄暗藏！留我剑谱，助尔威扬。
古来名马，壮士相当。别无所愿，行侠四方！

真的，听说，后来那黑煞星名震四方，成了名副其实的"黑煞星"。因为，凡是"黑心"的人，都会遇到这个行侠仗义，出手无情的"煞星"呢！

一九七一年二月十一日
于台北

杨柳青青

一

春天，西湖风光如画。午后的阳光，静静地洒在湖面上，反射着点点波光。轻风徐徐，吹皱了湖水，吹荡了画舫，吹醉了游人。

游船在湖面上穿梭，舟子懒洋洋地撑着篙，懒洋洋地荡着桨。王孙公子，闺秀名媛，或倚栏，或凭窗，或饮酒，或轻歌……自古以来，西湖，就是一个行乐的所在，是一个醉人的天地，画舫笙歌，游人不辍。

一只豪华的游船，穿过了一片荷叶丛，荡漾在湖心里。浣青就坐在船头边，眺望着四周的景致。她的丫头琨儿，在一边侍候着。船里，充满了杂乱的笑语喧哗之声，万家的三个少爷，以及侯家的公子，正和还珠楼的几个姑娘在笑谑着。浣青听着那笑谑的声浪，那打情骂俏的胡闹，心里涌上的是一种难言的萧索、落寞和无奈的感觉。湖边，杨柳垂岸，繁花似锦，但好花好景，却为谁妍？她摇摇头，凝视着那清澈的湖水，陷进了一份深深的沉思之中。

忽然，前面有只小舟轻飘飘地荡了过来。一只无篷的小舟。舟上，有个人正仰躺在那一片金色的阳光里，身边放着一把酒壶，一支箫，一本书。但那人既未喝酒，也未吹箫，更未看书，却用手枕着头，在那儿高声地吟哦着。那份潇洒，那份悠然，那份陶醉在湖光山色中的自如，以及那份忘我的境界，使浣青不能不对他注意起来。侧耳倾听，他朗声吟哦的，却是一阕词：

> 一春长费买花钱，日日醉湖边。玉骢惯识西湖路，骄嘶过沽酒楼前。红杏香中箫鼓，绿杨影里秋千。
>
> 暖风十里丽人天，花压鬓云偏。画船载取春归去，余情付湖水湖烟。明日重扶残醉，来寻陌上花钿。

好一个"画船载取春归去，余情付湖水湖烟"！浣青心里若有所动。正好那小舟已漂到大船的旁边来了，她不禁仔细地看了看那个躺在小舟里的人。年纪很轻，一身浅蓝色的衣裳，同色的头巾和腰带，衣饰虽不华丽，却相当讲究，看样子家世不坏。眉清目秀，文质彬彬，是个少年书生呢！随着她的注视，那少年书生似乎有所感觉，一翻身，他从船里坐了起来，也向这边望过来，却正好和浣青的眼光碰了个正着，那样炯炯然、灼灼然的一对目光，浣青蓦然间脸红了，就不由自主地把头垂了下去。而船里，那姓侯名叫侯良的公子已经在直着脖子喊了："杨姑娘，杨姑娘，你怎么逃席逃到外面去了？你还不进来干了这杯，给我们作首好诗来看看！"

浣青震动了一下，勉强地应了一声，还来不及站起身来，那侯良已举着一个酒杯，醉醺醺地钻出船篷，走到船头来了，把酒杯直凑到浣青面前来，他嚷着说：

"快来，快干了这杯，杨姑娘！"

浣青回避到一边。正好那小舟和大船相撞了一下，侯良站立不稳，一个踉跄，那酒洒了大半，侯良气呼呼地把头伸出船栏，骂着说："你这人怎的？这么一条大船都看不见吗？你的眼睛呢？哦……"他忽然住了口，瞪视着那个书生，脸色一变，顿时转怒为喜，高兴地喊了起来，"我道是谁？原来是世谦兄，你可真雅兴不浅，一个人弄了这么条小船荡呀荡的，瞧！还带了箫带了酒呢！""没有你的雅兴好。"那书生微笑地应着，似有意又似无意地扫了浣青一眼，"你们有宴会吗？"

"是万家的三兄弟，全是府学里的熟人，你何不也来参加一个？让船夫把你的小船绑在我们的大船后面。来来来！上船来，有了你就更有兴致了！怎样？"

"谁做东呀？"书生笑吟吟地问。

"我做东，你还怕我要你摊银子吗？"侯良嚷着，"你别推三阻四了，还不给我上来！这儿，我还要给你介绍一个人呢!"他看了看浣青,对她微微一笑。

那书生的目光也移向了浣青,略一迟疑,他就豪放地甩了甩头,说:"好吧!刚好我的酒壶也空了,你们的酒够多吗?"

"保证够你喝的!"于是,那书生整了整衣裳,拿着他的箫、酒壶和书,在船夫的协助下跳上了大船,并系好了他的小舟。站定了,那书生和侯良重新见了礼,就转过头来,带着宁静自如的微笑,注视着浣青。这种率直的注视,不知怎的,竟使浣青有股被刺伤的感觉。一向,那些男人,尤其年轻的生员,对她都不敢正面逼视的。而他却逼视着她,使她感到在他的面前,是无所遁形的,仿佛他已看穿了她,也仿佛,他早已知道她是哪一种人物。那眼光,那微笑,就好像在说:

"我知道你,反正有侯良和万家三兄弟的地方,就必定有你们!"没有人看出她心中那份复杂的思想,更没有人在意她那种自尊与自卑混合着的感伤。侯良已在大声地为他们介绍了:

"世谦兄,你虽然是标准的书呆子,也该知道杭州有个蝶梦楼,这位就是蝶梦楼里著名的才女杨浣青杨姑娘,浣青,你总知道狄少爷吧,狄若谷,字世谦。杭州有才女杨浣青,就有才子狄世谦,只是你们却没见过面,这不是滑稽吗?"

浣青震动了一下,不由自主地,惊愕地抬起眼睛来,深深地看着那世谦。世谦似乎也吃了一惊,重新掉过头来,他的目光再度直射在她的脸庞上。这是第三次他们的目光相接触了。浣青一阵心跳，她不能不悄悄地垂下了睫毛，掩饰住自己心头那种乍惊乍喜和不信任的情绪。她低低下拜，喃喃地说："给狄少爷见礼。"世谦慌忙扶住，连声说：

"不敢当，不敢当，杨姑娘，我已经是久闻大名了。今日能够一见，真是料想不到呢！"

久闻大名了！什么名呢？诗名？艳名？才名？浣青的脸又红了一红，心中涌上了各种难言的情绪。狄世谦，杭州有谁不知道他呢？世家才子，名震四方，尤以诗词见称。据说生性洒脱，放浪形骸，但是，家教严谨，虽啸傲于江湖，却从不涉足于勾栏。因此，他当然不认得她了！她所能认得的，只是像侯良和万家三公子这种纨绔子弟而已！有多少知书礼之士，是把风月场所，当作罪恶的渊薮！他，狄世谦，又何尝不然！浣青垂眸而立，顿时间觉得自惭形秽了。

"来来来，世谦兄，请里边坐，里边还有几位姑娘，是你非认识不可的！"侯良又在一迭连声地喊了。

"看样子，你们已把杭州的名媛，全请来了呢！"世谦微笑着说，跟着侯良往船篷里走。"哈！哈！哈！"侯良纵声大笑，得意之色，形于言表，"名士美人，这是分不开的呀，哈哈哈！只有你，狄兄，你是根本不懂得生活！让我来教教你，人生除了书本之外，还有些什么。"他们走进了船里，浣青也跟了进去。万家的三个少爷和狄世谦也都认识，大家站起身来，纷纷见过了礼，重新入座。早有人斟满了酒，送到世谦的面前来。席间的莺莺燕燕，知道狄世谦的名字身份后，更是娇呼婉转地围绕着侍候起来了。一时间，斟酒的，添碗箸的，布菜的，撒娇的……闹成了一团。浣青冷眼旁观，那份落寞的，和百无聊赖的情绪就又向她包围过来了。她悄悄地退向一边，倚着船栏坐了下来。挑起珠帘，望着外面的湖光山色，静静地出着神。

"狄少爷，大家都知道你的箫吹得好，你一定得为我们吹一支曲子才行！"一个姑娘在娇滴滴地嚷着。

"是呀！是呀！"别的姑娘们在呼应着。

"世谦兄，你就吹一曲吧！"侯良在接腔。

"众情难却呀！"万家的少爷也在怂恿着。

于是，狄世谦吹了起来，一支《西湖春》，吹得抑扬婉转，袅漾温柔。一曲既终，大家疯狂地拍起掌来，嬲着他再来一曲。他又吹了，却非时下流行之曲，而是支《洞仙歌》，曲调高低起伏，新奇别致。然后，侯良说：

"有箫，有酒，不能无歌。"

大家叫着，闹着，笑着，一个名叫翠娥的姑娘被逼着站了起来，唱了支《长相思》。万家三兄弟开始起哄了，拉着翠娥问，为什么有了他们，她还要《长相思》？场面混乱了起来，喝酒、行令、唱歌、笑闹……大家都有些醉了，都有些忘形。浣青静静地坐着，静静地听着，静静地望着窗外。然后，侯良忽然发现了她的"失踪"，叫着跑了过来：

"怎么？浣青，你又躲开了，不给我面子吗？"

"哪里，侯少爷，我真不能再喝酒了。"浣青勉强地笑着，勉强地解释，却依然被侯良拉到席间去了。侯良斟满了她面前的杯子，强迫着说："你今天一直躲得远远的，太不给人面子了，现在非罚你干三杯酒不可！""我真的不行，侯少爷，你知道我的酒力很浅！"

"不成，不成，不成……"侯良闹着，扯着浣青的衣袖，有点儿借酒装疯。"噢，侯少爷，"小丫头琨儿赶了过来，婉转地说，"我们小姐是真不能多喝酒的！她今天又不大舒服。"

"哦，你这小丫头，少多嘴吧！"侯良不高兴地说。

"这样吧！"狄世谦突然站了起来，大声地说，"让我代杨姑娘干了这三杯，如何？"说完，他不等主人的许可，就举起浣青面前的杯子，连干了三杯，把杯底对侯良照了照。侯良耸耸肩，笑着说："既然有你狄兄给她说情，我就饶了她吧！只是，浣青，你如何谢人家呢？"浣青看着世谦，这是第四次他们四目相对了。这次，世谦的目光是深沉的，研判的，带着一抹深深的同情与关怀，还有份奇异的了解和忧郁，甚至有些严厉，好像在责备她，好像在不赞成她，好像在那儿说："为什么你要在这儿？为什么你竟和这些人在一起？为什么你甘于过这种生活？"浣青在这目光的注视下瑟缩了，震动了，一股恻然的哀楚猛地兜上心来，顿时间觉得心荡神驰，而哀愁满腹。再抬眼注视窗外，已落日衔山，彩霞满天，湖面上，夕阳山影，荡漾着一片金光。而柳堤上，杨柳低垂，归禽鸣噪，杨花飘香，柳条摇曳，好一幅湖光山色。但是浣青自忖姓杨，却身似杨花。自忖弱质如柳，所以"枝迎南北鸟，叶送往来风"。不禁怆恻满怀，而泫然欲泣。满斟了一杯酒，她一饮而尽，望着狄世谦，她朗声说："狄少爷，愿为您歌一曲，以谢维护之忧。"

说完，她扬了扬眉，望着船外的夕阳，和那飘飞着的柳条，清脆而婉转地唱了起来：

近清明，翠禽枝上消魂。
可惜一片清歌，都付与黄昏。
欲共柳花低诉，怕柳花轻薄，不解伤春。
念楚乡旅宿，柔情别绪，谁与温存？

空樽夜泣，青山不语，残月当门。
翠玉楼前，惟是有、一波湖水，摇荡湘云。
天长梦短，问甚时、重见桃根？
这次第，算人间没个并刀，剪断心上愁痕！

唱完，她把目光从远山远树间收了回来，盈盈然，恻恻然地看了狄世谦一眼。狄世谦微微一震，手里那满杯的酒，就都溢出了杯外。迎视着那若有所诉的目光，听了那哀愁柔媚的歌词，他不知该说些什么好，举起杯来，他掩饰什么似的，将酒喝尽。还来不及说话，那侯良与万家三兄弟，已鼓起掌来，又喝彩，又叫好。那万家的老三，生怕别人认为他没念过几年书，在那儿大声地发表着意见：

"好歌！好歌！怪不得以前欧阳修有句子说：'好妓好歌喉，不醉难休！劝君满满酌金瓯，纵使花时常病酒，也是风流！'哈哈哈！我今天也'不醉难休'！"

"那么，万兄是以欧阳公自居了！"侯良打趣地说。

"哈哈哈！"万家的三少爷笑得更得意了，"我只是和欧阳公有同样的看法，'纵使花时常病酒，也是风流'呀！哈哈哈！"

狄世谦看着这一切，他的目光又转回到浣青的脸上来了，感觉到他的注视，浣青回过头来。这一次，他们的目光不再彼此躲避了，而是默默地对望着。好久好久，浣青才微微地一笑，笑得可怜，笑得无奈，也笑得委婉，低声地，她说：

"狄少爷，您有雅兴来游湖，就该寻得欢乐回去。一向听说您酒量好，我给您斟满杯子，您也该学学万少爷，不醉无休呀！"说着，她提起酒壶，斟满狄世谦面前的杯子，一面又轻声地念着前人的几句词："浮生长恨欢娱少，肯爱千金轻一笑。为君持酒劝斜阳，且向花间留晚照！"狄世谦握住了杯子，深深地望着面前这个少女，一件浅绿色的衣服，白色罗纱的裙子，外面罩着银绿色锦缎背心，襟上绣着无数只彩蝶。梳着高高的髻，簪着翠玉的簪子和白色的珠串。瓜子脸，细挑的眉毛，水盈盈的双眸和细腻的皮肤。这就是艳名四播的杨浣青呵！再也没料到勾栏中有这样的女孩子。再也没料到一个秀外慧中的少女却会沦入风尘！这世界又何尝有天理？又何尝有公平？他一面胡思乱想，一面不知不觉地干了面前的杯子。浣青再给他注满，他再干了。于是，他醉了，醉在湖光山色里，醉在酒里，醉在浣青的眼波里。他最后的意识，是在那儿举酒持觞，击筑而歌：

牡丹盛圻春将暮，群芳羞妒！

几时流落在人间，半开仙露！

馨香艳冶，吟看醉赏，叹谁能留住！

莫辞持烛夜深深，怨等闲风雨！

二

虽然是暮春时节，湖畔的夜，仍然凉意深深。

浣青倚着窗子坐着，怀中抱着一个琵琶，只是胡乱地拨着弦，始终没有拨出一个调子来。琨儿三度进房，剪烛挑灯，添茶添水，看到浣青一直那样无情无绪，不动，也不说话，她忍不住说："小姐，如果没事呵，不如早点睡吧！"

"还早，不是吗？"浣青说，不安地看了看那烧残了的蜡烛，和烛台上那堆烛泪。"也不太早了，"琨儿说，看了看窗子，"打晌午起，就飘起雨来了，现在，雨好像越下越大了呢，看这样的天气呵，那狄少爷是不会来了呢！"浣青瞪了琨儿一眼。"谁告诉你我在等狄少爷呀？"

"噢，小姐，"琨儿悄悄地笑着，走到床边去整理着被褥，又去添了添薰炉里的香，"跟了小姐这么多年，小姐的哪一件心事我不知道呢！""算了吧！你这丫头！"浣青笑了笑，又莫名其妙地叹了口气，"琨儿，你把这琵琶拿走吧！今晚什么曲子都弹不好。"琨儿取走了琵琶。浣青站起身来，走到窗前去，推开窗格，可不是，窗外那雨正淅淅沥沥地打着芭蕉叶子，檐前滴滴答答地滴着水，天色暗沉沉的，园里的花影树影，都模糊难辨，远处的山峦和湖水，更是一片朦胧了。是的，这样的夜，他是不会来了。想现在，他可能正和他的夫人，剪烛闲话，挑灯夜读吧！她轻咬了一下嘴唇，不由自主地，再叹了口气。一阵风过，那雨珠从树梢上筛落了下来，簌簌落落地发出一串轻响，她拉紧了衣襟，禁不住地打了个寒噤，桌上的烛光，被风吹得摇摇晃晃的，琨儿赶了过来，说：

"小姐，别好好的在那儿吹风吧！前两日着了凉才好，这会儿又不爱惜身子了。"说着，她关起了窗格子，闩好了门。浣青望着琨儿那苗条的身子，和那姣好的脸庞，忍不住点点头说：

"好丫头，跟了我，你也是够苦命的，如果投生在好人家，不也是千金小姐吗？"一句话说得琨儿心酸，转过头来，她望着浣青，勉强地笑着说："罢了，小姐，怎么又勾出这些话来？跟了您是我的造化呢！说真的，你还是早些睡吧。今晚你拒绝了张家少爷的邀请，太太很不高兴，明天，周府里约好了还要你去游湖呢！"

"我妈答应周家了吗？"

"可不是，哪一次能拒绝周家呢？人家有钱有势嘛！上回，我听周少爷的小童儿说，他们家少爷还想娶你去做四房呢！"

"呸！他也配！"浣青没好气地说。

"所以啊，小姐，你也注意点儿吧。"琨儿压低了声音，"周家是肯花钱的，我们太太，又只认得这个，"她把手指圈起来，做了个制钱的样子，"你要是真喜欢那个狄少爷呵，你就该催促他拿个主意呀！"

"呵！你这丫头越来越胡说了！"浣青红了脸叱责着，"去吧！别在这儿烦我了！""我说的才是正经话呢！不要错过了机会，将来再后悔就来不及了。""哎呀，你不能少说几句吗？"浣青烦恼地瞪着她，"你知道什么呢？傻丫头！像狄少爷那种人家，那份门第，不是我们进得去的，知道吗？人家是世代书香，家教严谨，狄少爷每回来这儿，都不敢给家里知道，你想，他家还会允许他把我弄进门吗？还不走开去！别在这儿多嘴了！"

琨儿不敢再说话了，看着浣青，后者那眉头已紧紧地蹙了起来，眼中已漾着泪，满面恓惶之色。她不禁大大地懊恼，自己不该多嘴了。悄悄地退了下去，留下浣青，被勾动了满腹心事，兀自在那儿发着呆。

一盏茶之后，风声更紧了。浣青独自坐在桌前，听着那雨珠儿打着窗纸，淅淅簌簌的，又听着那风声，把窗槛震动得咯咯响，就更加没有睡意了。扬着声音，她喊：

"琨儿！"琨儿立即走了进来。"是的，小姐。""给我研磨，准备纸笔。"

"又要写东西吗？其实，不写也罢，每回作诗填词的，总要闹到五更天才睡。""你嫌麻烦就先睡，我不用你服侍。"浣青不高兴地说，"什么时候学得这样唠唠叨叨的！"

"哎哎，好小姐，人家还不是为了你好，我就不再说了，行吗？"琨儿说着，走过去准备着纸笔，一沓米色的花笺，整齐地放在桌上，研好了墨，把两支上好的小精工架在笔山上。她就走开去给浣青重新斟上一杯好茶，又把香炉里添满了香。再去取了件白缎子小毛边的团花背心来，央告似的说："小姐，好歹添件衣裳，总可以吧！你听那雨下大了，天气凉得紧呢！"浣青看着琨儿，那丫头满脸堆着笑，手里举着背心，默默地瞅着她。浣青忍不住扑哧一笑，穿上了背心，喃喃地说了句："拿你这丫头真没办法！"

就在桌前坐了下来，先端着茶杯，啜了一口，然后提起笔来，静静地凝思着，琨儿早就识趣地退到隔壁的小间里去了，她知道浣青作诗时，是不愿有人在旁边打扰的。

屋里静悄悄的，浣青提着笔，望着面前的花笺。听窗外的风声，已一阵比一阵紧了。清明节早就过了，残春时节的夜雨，别有一份特殊的凄凉意味。想起自己，父母早丧，孤苦无依，恶叔无赖，竟将自己卖入风尘，而养母嗜财如命，自己前途堪忧。想将来，一定也是"门前冷落鞍马稀，老大嫁作商人妇"，不禁感怀万端。再听雨声零乱，更鼓频敲，心中就愈加烦恼。把笔蘸饱了墨，她在那纸上，一挥而就，洒洒落落地写下了一阕词。刚刚写完，只听到屋外一阵骚动，接着，就是养母那兴奋的、尖锐的嗓子，在外厢里嚷着：

"浣青哪，狄少爷来了！"

狄少爷！浣青心里猛地一跳，只怕是听错了，而心脏已擂鼓似的猛敲了起来。坐在那儿，只觉得手脚软软的，动也动不了。琨儿早从里间里跑了出来，投给了浣青又兴奋、又喜悦、又神秘，而又会心的一笑，就赶过去掀帘子，接着，就似喜似嗔地在那儿埋怨了：

"狄少爷，你再不来呵，我们小姐可要生气了呢！"

狄少爷！真的是他了！浣青幽幽地吐出一口气来，已分不出心中是喜是忧，是感动，还是伤心。扶着桌沿儿，她盈盈起立，呆呆地望着房门口。从那琨儿拉开的珠帘里，狄世谦已大踏步地跨了进来，一袭薄呢罩袍，已半被雨珠淋湿了，肩上、袖口、下摆，都是濡湿的，连发际和头巾，都沾着水珠儿，看来多少有些狼狈，却仍然冲着浣青笑，一面说："我只怕你已经睡了。"

浣青回过神来，这才走上前去，默默地瞅着他。想笑，却笑不出来，半晌，才逼出一句话来：

"你都淋湿了。""没什么，打了伞，但是风狂雨骤，实在挡不住。"

"跟来的人呢？""我只带了小书童靖儿来，你妈已经叫人安置他了。"狄世谦说。浣青点了点头，用一对期盼的眸子瞅着他。

"那么？"她低低地问。

"除非你赶我，"狄世谦接道，"否则，我可以留到天亮。"

浣青垂下头去。琨儿已斟上了一杯热茶，又捧出四碟小点心来。浣青低声地说："琨儿，叫厨房里烫点热酒，再准备几碟酒菜，狄少爷淋了雨，得喝点儿驱驱寒气。"说着，她伸手摸了摸狄世谦的衣襟："宽了这件罩袍吧！""好的。"狄世谦脱下了那件罩袍，琨儿立即接过去，叫人烘干去了。屋里剩下了狄世谦和浣青两个人。狄世谦伸手托起了浣青的下巴，仔细地审视着她，浣青害羞地把头转向了一边，睫毛就垂了下去。狄世谦皱皱眉，叹口气说："怎的？几天没见，你好像又瘦了？"

浣青摇摇头，默然不语。狄世谦又问：

"这些天做了些什么？"

浣青再摇摇头，依然不说话。

狄世谦用手扶住了她的肩，俯首凝视她，然后，他用双手捧起她的面颊来，深深地盯着她的眼睛：

"怎么？你真的怪我了？"他说着，眉峰蹙了起来，眼底一片心疼与无奈之色，"你不知道，浣青，我来一趟实在不容易，两位老人家管得严，我的那位又盯得紧，今晚，还是侯家请客，就托言在他家过夜，才溜了来的。"

浣青又一次摇了摇头，眼里已漾满了泪，挣脱了狄世谦的手，她轻声说："别说了，我都了解。你人来了，也就好了。"

"那么，干吗生气呢？"

"人家是气你，这么晚了，也不乘辆轿子，就这么淋了雨来了，也不怕生病。"浣青婉转地说。

狄世谦看她娇嗔满面，似笑还瞋，心里已不胜其情。再看她穿着件粉红色的衣服，红绫裙子，外面罩着小毛边的白缎背心，说不出的娇俏动人，就更加心动神驰。挽住了她，他说："别生气了，都是我不好，好不好？只希望有一天，你成为我的人，能朝朝暮暮在一起，也免掉这份相思之苦。你以为我的日子好过吗？自从游湖相遇之后，我的这一颗心，就系在你的身上。从早到晚，没一霎时定得下心来。以往我一杯在手，一卷在握，就其乐无穷，而现在呢？看不成书，睡不好觉，甚至有时只图一醉，都醉不了。这份牵肠挂肚，是我从来都没有经历过的。喏，给你一样东西看，是昨晚睡不成觉写的。"狄世谦从袖中取出了一个纸卷，递给了浣青，浣青接过来，打开一看，上面墨迹淋漓，写的是一阕词：

梦也无由寄，念也无由递，梦也艰难念也难，辗转难回避。

醉也何曾醉，睡也何曾睡，醉也艰难睡也难，此际难为计。

听了这一篇话，看了这一阕词，句句字字，无不敲进了浣青的内心深处。她只觉得柔肠百折，腹中尽管有千言万语，却一个字也说不出口。握着那张纸，她再也按捺不住，泪珠就成串地滚落了下去，濡湿了那张词笺，漾开了那些字迹。正好琨儿端着酒菜进屋来，不禁娇嗔地对狄世谦说：

"狄少爷，你这是怎的？你不来，我们家的小姐早也念着，晚也念着，眼巴巴地把你盼来了，你就逗着人家哭了！"

浣青慌忙拭去了泪，回头瞪了琨儿一眼说："谁哭来着？你这丫头最多事！我不过是……"

"一粒沙眯了眼睛！"琨儿接话说，冲着他俩嘻嘻一笑。放好了菜肴，布好了碗箸，她一面退开，一面说："我想你们宁愿我走开，不要我侍候，我就在隔壁小间里，你们有事，只管叫我一声就是了。""你去吧！也别多嘴了，这里没你的事了，你睡你的觉去吧！"浣青说。"是，小姐。"琨儿退开了。狄世谦望着浣青，微笑了一下。

"好一个聪明丫头！"他赞叹地说。

"跟了我，也就够可怜了。"浣青伤感地说。

"别伤心了，浣青，告诉你一句话，迟早我要让你跳出这个火坑。"浣青轻轻地摇了摇头，勉强地笑着说：

"算了，我们别谈这个，来喝点酒吧！"

狄世谦入了座，浣青殷勤执壶，婉转劝酒，几杯下肚，狄世谦有了几分酒意，看着浣青，眉细细，眼盈盈，风姿楚楚，柔媚可人。心里更是爱不忍释，不禁诅咒地说：

"我狄世谦如果不能救你，就不算人！"

"你醉了！"浣青说。"真的，浣青，我明天回去就和我父亲说，我要娶你。你妈这儿，多少钱能够解决，你问个清楚。"

"你真的醉了。"浣青笑得凄凉，"别说你父亲不会允许，你的夫人也不会答应，如果你要纳妾，他们宁愿你去买一个无知无识的女孩子，也不会愿意你娶我，这是败坏门风的事。你自己也明白的。更何况我妈对我，也不会轻易放手，这事根本就不可能！我们只是做梦罢了。"

这倒是实情，但是，男欢女爱，情投意合之际，谁肯去接受那丑恶的真实？狄世谦凝视着浣青，握住了她的手，他诚挚地说："浣青，如果我能克服重重困难，你可愿跟我吗？你知道，我的家庭也很复杂，我不可能给你一个很好的名义，你只能算是小星。"浣青低下了头。"只怕我连小星也不配呢！"她低声说。

"别这样说！"狄世谦紧握了她一下，"凭你的容貌，凭你的才气，诗词歌赋，琴棋书画，你哪一样不能？你比那些世家小姐、名门闺秀，不知要强多少！拿我的妻子来说吧，她和我家门当户对，出身于书香之家，但她父亲遵着古训'女子无才便是德'来教育她，她竟连字也不认识，更别谈诗词歌赋了！我和她常常终日相对，却找不出一句话来谈，还有什么闺房之乐可言！浣青，你不知比她强多少，你所差的，只是命运不济而已。这天地之间，实在是太不公平了！"

"唉！"浣青低叹了一声，深深地望着狄世谦，眼里虽漾着泪，唇边却浮现着一个好美丽好美丽的笑容。"风尘之中，能赢得你这样一个知己，我也该满足了。"

"你还没回答我，你愿跟我吗？"狄世谦再问。

"你可知道……"浣青的头垂得低低的，"那周少爷想要赎我的事吗？"

狄世谦惊跳了起来："你妈答应了？""还没呢，但是，我妈答应了人家，要我明天陪他们去游湖呢！""不要去！"狄世谦命令似的说，又紧握了她的手一下，握得她的手发痛。"我能不去吗？"浣青哀婉地说。

狄世谦闭了一下眼睛，放开了握着浣青的手，他转过头去，面对着窗子，用手支着头，闷闷地发起呆来。

浣青站起身子，绕到狄世谦身后，把双手放在狄世谦的肩上，她柔声地说："算了，我们别为这些事烦恼吧，何必耽误眼前的欢乐呢？你瞧，窗子都发白了。"是的，春宵苦短，良辰易逝，那窗纸已隐隐泛白，远处也已传来鸡啼之声。狄世谦站起身子，揽着浣青，走到书桌边去，一眼看到桌上的诗笺，他高兴地说：

"你写了些什么？""不好，乱写的！"浣青脸红了，要抢，狄世谦早夺入手中，凑到烛光下去看，只见上面也是一阕词：

花谢花开几度，雨声滴碎深更，寒灯挑尽梦不成，渐见曙光微醒。

心事有谁知我？年来瘦骨轻盈。灯红酒绿俱无凭，寂寞小楼孤影！

狄世谦看完，再看浣青。一时感慨万千，满腹柔情，难以言表，忍不住在书桌前坐下来，说：

"让我和你一阕！"提起笔来，他在那阕后面，一挥而就地写：

相见方知恨晚，双双立尽深更，千言万语诉难成，一任小城渐醒。

低问伤心底事？含愁泪眼盈盈。山盟莫道太无凭，愿结人间仙影！

浣青看着他写，等他写完，抬起头来，他们四目相瞩，两手相握，无数柔情，都在两人的目光中。终于，浣青低喊了一声，投身在狄世谦的怀里，他紧紧地揽住了她，揽得那样紧，似乎这一生一世，也不想再放开她了。

三

春天在风风雨雨中过去了。

对浣青而言，这一个春天过得特别快，也过得特别慢。喜悦中和着哀愁，欢乐中掺着痛苦，一生没有经历过的酸甜苦辣，都在这短短的几个月里尝遍了。日子在灯红酒绿中消逝，也在倚门等待中消逝。日升日沉，朝朝暮暮，她期待着，她热盼着。他来了，她又喜又悲；他去了，她神魂失据。而前途呢？狄世谦真能把她娶进门吗？谁也不知道。

这天黄昏，她倚栏而立，窗外细雨霏微，暮霭苍茫。远眺西湖，波光隐约，山影迷蒙。她不禁想起前人的词句："春愁一段来无影，着人似醉昏难醒，烟雨湿栏杆，杏花惊蛰寒。睡壶敲欲破，绝叫凭谁和？今夜欠添衣，那人知不知？"是的，今夜欠添衣，那人知不知？狄世谦已经有五天没有来过了。五天，多漫长的日子！她拒绝了多少的应酬，得罪了多少的客人，看尽了养母多少的脸色……等待，等待，等待……只是等待！偶尔出去应酬一次，心里牵肠挂肚的，只怕他来了，总是匆匆告辞，而他，却没有来！

今天会来吗？这一刻会来吗？或者已到了门口呢！或者

就会进房了呢？但是，没有，没有！一切静悄悄，他没有来，他大概已把她忘了，像他那种世家公子，怎会看上她这欢场之女？他只是一时寻欢作乐，逢场作戏而已！可是……不，不，他不是那种人，他不是那样的薄幸人！他对她是多么的一往情深呵！他不会忘了她，决不会！她心里就这样七上八下地转着念头，这是一种怎样的煎熬呵！最后，所有的念头都汇成了一股强烈的、内心的呼号：来吧！来吧！世谦，求你来吧！珠帘呼啦啦的一响，她猛地一震，是他来了吗？回过头去，心就沉进了地底，不，不是他，只是丫头琨儿。失望使她的心抽紧，而在滴着血了。

"小姐，"琨儿掀开珠帘，走到栏杆边来，满脸笑吟吟的，"狄少爷……""来了吗？"浣青急急地问，心脏又加速了跳动，血液也加速了运行。"怎么不请进来呢？"

"哦，不是的，小姐。"琨儿摇摇头说，"不是狄少爷，只是他的童儿靖儿来了，他说他们少爷派他来说一声，要过两天才能来看你，问你好不好，要你保重点儿。"

"哦，是靖儿？"浣青虽失望，却也有份安慰，总之，他还没有遗忘了她。知道靖儿是狄世谦的心腹，她说："靖儿呢？还在吗？""在下面等着呢，他问您有没有话要他带给狄少爷。"

"你叫他上来，我有话问他。"

"带他到这儿来吗？""不，带到外间就好了。"浣青顿了顿，又问："我妈在吗？"

"她出去了，到吟香楼串门儿去了。"

"那好，你就带靖儿上楼来吧。"

靖儿被带上来了，浣青在外间的小客厅里见他。那是个聪明伶俐而善解人意的书童，今年十六岁，长得也眉清目秀的，是狄世谦的心腹，就如同琨儿是浣青的心腹一般。见到浣青，靖儿行了礼，立即说：

"我们少爷问候小姐。"

"你们少爷好吗？"浣青关怀地问。

"好是好，只是……"靖儿欲言又止。

"怎的呢？"浣青追问着，"你只管直说吧，没什么好隐瞒的，是他身子不舒服吗？所以这么多天没来了。"

"不是的，是……"靖儿又哽住了。

"你说吧！靖儿，不管是怎么回事，都可以告诉我。"浣青有些急了，靖儿吞吞吐吐的态度使她疑窦丛生。

"是这样，"靖儿终于说了，"这两天，我们府里不大安静。"

"这话怎讲？""我们少爷和老爷老太太闹得极不愉快，少奶奶和少爷也吵得天翻地覆。""为什么？"浣青蹙起了眉。

"奴才不敢讲。"靖儿垂下了头。

"你说吧，靖儿，"浣青几乎在求他了，"到底是怎么回事？是为了我吗？""是的，小姐。"靖儿的头垂得更低了。

"你们老爷怎么知道的呢？"浣青忧愁地问，"不是每回来这儿都很秘密的吗？""老爷早就知道了，"靖儿说，"这回吵起来并不是为了少爷来这儿。老爷说，少爷偶然来这里一两次也不算大过。这次是因为少爷说，要把您娶进门去，老爷……"

"不许，是吗？"浣青看他又停了，就代他说下去。

"是的，老爷说……""说什么呢？"浣青更急了。

"他说……他说，我们少爷要纳妾，宁愿在丫头里挑，就是不能收……""我懂了。"浣青苍凉地说，"你们少爷怎么说呢？"

"少爷和老爷争得很厉害，他说您虽然是这儿的姑娘，但是知书识礼，比大家子的小姐还好呢！老爷说女子无才便是德，知书认字，作诗填词，反而乱性，说……说……说会败坏门风呢！"浣青咬咬嘴唇，低低叹息，轻声说：

"完全在我的意料之中。"俯首片刻，她又问：

"你们少奶奶怎么说？"

"她说她父亲是翰林，她是大家子的小姐，假如我们少爷要把青楼里的姑娘……"靖儿猛地住了口，感到说溜了嘴，瞪视着浣青，不敢再说了。"你说吧，不要紧。"浣青咬了咬牙。

"她说……她说……您如果进了门，她就回娘家去。"

浣青调眼望着窗外，默然无语，好半天，动也不动。室内静悄悄的，靖儿和琨儿都呆呆地站在那儿，谁都不敢开口。时间不知道过去了多久，终于，浣青的目光从窗外收回来了，她的脸色出奇地苍白，嘴唇上毫无血色，眼睛又黑又大又深邃，直直地注视着靖儿，眼里没有泪，只有一份深深刻刻的凄楚，和烧灼般的痛苦。她开了口，声音是镇定而清晰的：

"靖儿，你们少爷这几天的日子不大好过吧？"

"是的，他几天都没睡好过了，整天唉声叹气的，又不放心你，所以派我来看看。"

她又默然片刻，然后，咬咬牙，很快地说：

"靖儿，回去告诉你们少爷，我谢谢他的问候，再告诉他，别为了我和老爷老太太争执了，其实，即使你们家老爷老太太应允了，我们太太也不会放我。何况……我也……实在不配进你们家呢！所以，请你转告他，我和他的事，就此作罢了。"说完，她站起身来，向里间屋子走去，一面说：

"靖儿，你再等一下，帮我带一个字帖儿回去给你们少爷。"进到里屋里，她取出花笺，提起笔来，迅速地写了一阕词，一阕拒婚词：

风风雨雨葬残春，烟雾锁黄昏。

楼前一片伤心色，不堪看，何况倚门？旧恨新愁谁诉？灯前聊尽孤尊。

自悲沦落堕风尘，去住不由人。

蜂狂蝶恶淹留久，又连宵，有梦无痕！寄语多情且住，陋质难受殷勤！

把花笺折叠好，交给了靖儿，叫他即刻回家，靖儿看她脸色不对，也不敢多说什么，只得去了。靖儿走了之后，她就关好了房门，吩咐琨儿，今晚不见客。整晚，她把自己关在卧室里，呆呆地坐在窗子前面，不吃，不喝，不睡，也不说话。琨儿急了，一直绕在她身边，哀求地说：

"你怎么了？小姐？要生气，要伤心，你就痛痛快快地哭它一场，别这样熬着，熬坏了身子，怎么办呢？"

但是，浣青就是不开口，不哭，也不动，那样直挺挺地坐着，像个木头人。养母也进来看了她两次，深知缘故，反而高兴，也言不由衷地安慰了几句，就退了出去，只叫琨儿好生侍候，防她寻短见。但浣青并没有寻短见的念头，她只是痴了，傻了，麻木了。

就这样，一直到了深夜，琨儿已把劝慰的话都说尽了，急得直在那儿团团转，浣青仍然是老样子。就在这时，楼下忽然传来一阵急促的打门声，接着是大门开阖的声音，听差招呼的声音，有人急匆匆地冲进了院子，冲上了楼，然后，是丫头们的惊呼声："哎呀，狄少爷，怎么这么晚了还来呀！"

浣青陡地一震，这时才抬起头来，目光灼灼地望着房门口。琨儿更是惊喜交集，如同救星降临，她直冲到房门口去，打开了门，挑起帘子，嘴里乱七八糟地嚷着说：

"我的少爷，你总算来了，你救救命吧！你再不来，我们小姐命都要没有了。"谁知，狄世谦来势不妙，一把推开了琨儿，他大踏步地跨进房，满身的酒气，衣冠不整，脚步踉跄，涨红了脸，他一下子就冲到浣青的面前。"啪"的一声，他把一张折叠的花笺直扔到浣青的身上，气势汹汹地喊着说：

"这是你写的吗？浣青？你说！你这个没有心肝的东西！为了你，我和家里吵翻了天，你倒轻松，来一句'寄语多情且住，陋质难受殷勤'，就算完了吗？一切作罢！你说得容易！你说，你拒绝我，是为了那个姓周的吗？你这个水性杨花的女人！你说，是吗？是吗？是吗？"

浣青整个晚上，都憋在那儿，满腹的辛酸和苦楚，全积压在心中，一直没有发泄。这时，被狄世谦一吼一叫，又一阵抢白，那份委屈，那份伤心，就再也按捺不住。站起身来，她瞪大了眼睛，面孔雪白，张着嘴，想说什么，却一个字都没有说出口，就站立不住，直挺挺地晕倒了过去。琨儿尖叫了一声，赶过去蹲下身子，一把抱住浣青的头，一迭连声地喊："小姐！小姐！小姐！"

浣青面如白纸，气若游丝，躺在那儿动也不动。琨儿又惊又痛又急又气，抬起头来，面对着狄世谦，她哭喊着：

"狄少爷，你这是做什么？人家小姐为了你，一个晚上没吃也没喝，你来了就这样没头没脑地骂人家，你怎么这样没良心！"狄世谦怔了，酒也醒了，扑过去，他推开琨儿，一把抱起了浣青，苍白着脸喊："姜汤！姜汤！你们还不去准备姜汤！"

一句话提醒了琨儿，急急地冲到门外去，一时间，养母、丫头、老妈子们全惊动了。狄世谦把浣青放在床上，大家围绕着，灌姜汤的灌姜汤，打扇的打扇，掐人中的掐人中，足足闹了半个时辰，浣青才回过气来，睁开眼睛，一眼看到狄世谦，她这才"哇"的一声，哭出声音来了。

她这一哭出声音，大家都放了心，养母瞪了狄世谦一眼，老大的不高兴，却无可奈何地说：

"好了，好了，解铃还须系铃人，狄少爷，你闯的祸，还是你去收拾吧！"养母、丫头、老妈子们都退出了房间。浣青用袖子遮着脸，哭得个肝肠寸断。狄世谦坐在床沿上，俯下身子，拿开浣青的手，让她面对着自己，看着那张依然苍白而又泪痕狼藉的脸，他又心痛，又心酸，又懊悔，顿时间有千言万语，却不知从何说起，只觉得一阵酸楚，冲入鼻端，眼中就泪光莹然了。低低地，他一迭连声地说：

"原谅我，浣青，我是在家里受了气，又喝多了酒，我自己也不知道说了些什么，我只是受不了你说要分手的话。原谅我，原谅找，浣青，都是我不好，都是我不好！"

浣青泪眼模糊地望着他，然后，她发出一声热烈的轻喊，就一把揽住了狄世谦的头，哽咽着喊：

"世谦，世谦，世谦，我们怎么办呢？怎么办呢？"

四

整个的夏季，狄府在争执、辩论和冷战中过去了。狄世谦一向事父至孝，很少有事情如此之坚持。在狄府中，狄世谦是独子，难免被父母宠爱，但是宠爱归宠爱，家法却是家法。在老人的心目中，许多旧的观念是牢不可破的。虽然，有很多世家豪门，豢养歌妓姬妾，都是常事，但狄府中却不然，老人一再强调说："我们家世世代代，没有纳过欢场女子，这种女人只要一进门，一定会弄得家宅不和，而且淫风邪气，都由此而起，甚至败风易俗，造成家门不幸。这事是万万不可！万万不可！"

事既不谐，狄世谦终日愁容满面，呼酒买醉。这是他第二次和父亲争执得各不相让了，数年以前，父亲曾要儿子参加科举，希望能出个状元儿子，谁知世谦虽喜欢诗词歌赋，偏偏就讨厌八股文，更别提诏诰时务策之类的东西了。而且，他啸傲江湖，生性洒脱，对于仕宦，毫不动心。虽然父亲生气，母亲苦劝，他仍然不肯参加大比，反而振振有词地说：

"您两老就我这一个儿子，何必一定要我离乡背井地去参加考试，考上了，我也不是做官的材料；失败了，反而丢人，何苦呢？"最后，老人们拗不过儿子，也只得罢了。这些年来，一想起来，老人就要嘀咕不已。事情刚平，又出了浣青这件事儿，老人不禁仰天长叹了：

"天哪，天哪，你给了我怎样一个儿子，既无心上进，又沉溺于花街柳巷，只怕数代严谨的门风，就将要败在这个儿子手上了。"听了这些话，狄世谦更加泄气了，眼看和浣青的事，已将成泡影。又眼看浣青终日以泪洗面，形容憔悴，在十分无可奈何之际，仍然要过着送往迎来，强颜欢笑的日子，他就心如刀绞。爱之深，则妒之切，他时时责备她和别人交往，责备了之后，又流着泪忏悔。日子在痛苦与煎熬中流逝。两人相见时，总是泪眼相对，不见时，又相思如捣。浣青常常对世谦说："知有而今，何必相遇！"

就这样，夏天过去了。秋天来临的时候，那有钱有势的周家开始积极谋求起浣青来。不但来往频繁，而且正式和养母谈论起价钱来了。养母本就把浣青当作摇钱树，现在，看浣青虽然年岁不大，却越来越不听支使。而且，自从和狄世谦相遇之后，就更加难以控制。每次见客，不是泪眼相对，就是满面愁容，以致客人越来越少。因此，养母也巴不得有人赎走浣青，敲他一笔钱，可以再买一个年轻貌美的女孩子。养母对于是谁赎浣青，根本不在乎，她只认得钱。但狄世谦的经济大权，都在两老手中，他是无法赎浣青的，那么，出得起钱的，就只有周家了。

这晚，琨儿急急地走进浣青的房间，对浣青低声地、焦灼地说："小姐，事情不好，太太已经开出价钱给周家了，是一千两银子呢！包括我的身价。"

"一千两！"浣青惊跳起来，说，"周家怎么说？"

"他们说数字太大了，但是，已经说定了，说银子凑足了就送来。太太说，什么时候送足了银子，就什么时候抬花轿来接人！""哦！"浣青面如死灰，倒在椅子中，泪水沿着面颊，滚滚而下。"我妈也真狠心，这些年来，我给她攒了多少钱了，她最后还要靠我捞一笔！"

"进了这种地方，谁不是这种下场呢！"琨儿叹息地说，"倒是早些和狄少爷商量个办法才好！"

"他要是有办法，早就拿出办法来了！"浣青哽咽着说，"他哪里有什么办法！""最起码，问问他能不能拿出一千两银子来赎你，我们虽然进不了他家门，也可以在城里租间屋子，小家小户地过日子。""你想得太天真了！"浣青说，"他怎会有一千两银子呢？如果他有，早就不让我待在这儿了，为了那些姓周的啦，姓万的啦……他和我也不知闹过多少次了！

他到底是个做儿子的，一切事都做不了主呀！"

"那么，这事怎么办呢？"琨儿急得直跺脚，"难道你就这样跟了那姓周的吗？""我是死也不去的。"浣青流着泪说，眼睛定定地望着桌上的烛光，"大不了还有一死呢！"

"哦，小姐！"琨儿喊，"你可别转这念头呀！我想，事情总会有转机的！"真的，人生的事，往往会有些意料不到的转机！就在浣青已经认为完全绝望的时候，狄世谦却兴冲冲地来了。一把握住了浣青的手，他似喜似悲地说：

"浣青，我们或者终有团聚的一日了。"

"怎么呢？"浣青惊讶地问，"你家里同意了吗？"

"并不是完全同意了，但是，我爹给我开了一个条件，如果我能完成一件事，你就可以进我家的门。""什么事呢？""我必须去应考，如能考中，就可以娶你为妾；如果失败了，也就失去你。""你是说，中了举就行吗？"

"不，不但要中举，还要中进士。"

"哦！"浣青吁了一口气，"那并不是简单的事呢，明年不就是大比之年吗？""明年八月，我有一年准备的时间。"

"你有把握吗？"浣青忧愁地问。

"考试的事，谁也不会有把握的。"狄世谦说，深深地叹了一口气。握紧了浣青的手，他凝视着她的眼睛，低声地说："但是，为了你，我必须去试一下，是不是？但愿命运能帮助我。请你等我两年，考上了，我们将永不分开，失败了，你就别再等我了！"浣青注视着狄世谦，她的目光是深幽的、悲凉的、痛楚的，而又期盼的。"你父亲的条件是苛刻的！"她咬咬牙说，"多少人应了一辈子的试，还混不上一个举人！"

"我会去尽我的全力，浣青，你相信我，我有预感，觉得自己一定会考中。""真的吗？""真的！"浣青轻叹，把头倚在狄世谦的肩上，她分不出自己心中，到底是悲是喜，是忧是愁，只觉得五脏六腑，都那样翻搅着，抽痛着。对于前途，她并不像狄世谦那样乐观，别说科举的艰难，即使考中了，老人家是不是真肯守信？这"应考"的条件会不会只是缓兵之计？而且，就算一切都顺利，狄世谦能考中，老人家也守信，这两年之间，又怎会没有一些变化？何况那姓周的虎视眈眈，青楼中焉能久待？她越想越没有把握，越想越烦恼。忍不住地，她又轻叹了一声，说：

"世谦，不管等你多久，我都愿意，只是，你得先把我弄出这门哪！我总不能待在这儿等你的！那周家已经准备用一千两银子来赎我了呢！""一千两！"狄世谦惊呼，"你妈答应了？"

"是呀！"狄世谦沉默了，咬着牙，他半天都没有说话，只是重重地呼吸着。浣青担忧地抬起眼睛来，悄悄地注视着他，低低地唤："世谦？"狄世谦推开了她，转身就向门外走，浣青急急地喊：

"世谦，你去哪儿？""去筹这一千两！"狄世谦说，"我爹既然开出了条件，就必须保证在我考中之前，你不会落进别人手中，我要把你赎出来，先把你安顿好，我才能安心去考试，否则，还谈什么呢？"说完，他头也不回地，大踏步地就冲出门外去了。浣青望着他的背影，感于那份似海般的深情，她怔怔地站在那儿，眼泪就不知不觉地溢出了眼眶，滚落到衣襟上去了。琨儿站在一边，不住地点着头，感叹地说：

"毕竟狄少爷是个有心的人，我就知道他一定会想出办法来的！""还不知道他家里肯不肯拿出这一笔钱来呢！"浣青忧心忡忡地说。"一定会拿出来的！"琨儿说，"狄老爷一心一意要狄少爷争取功名，准会先让他安心的！"

"我看未必呢！"晚上，狄世谦终于来了。坐定之后，就在那儿唉声叹气，浣青一看他的表情，心就沉进了地底，勉强走上前去，她强笑着安慰他："事情不成也就罢了，我好歹跟我妈拖着，拖过两年再说。""你明知道拖不过！"狄世谦说，"我爹是说什么也不肯，他真是个铁石心肠的人！但是，浣青，你妈能讲价吗？"

"怎么？""我娘看我急了，她悄悄对我说，她可以拿出她的体己钱来，但是只有五百两！""五百两！"浣青呆了呆，猛地转过头去，对琨儿说，"琨儿，这些年来，我们的体己钱有多少？"

"大约有二百两。""簪环首饰呢？你去把值钱的簪环首饰全找出来，打个包儿交给狄少爷。""是，小姐。"琨儿急急地去了。

"我想，那些首饰还值点钱，"浣青对狄世谦说，"你找一个可靠的家人，拿去变卖了，如果还凑不足一千两的数字，你就去找侯少爷帮帮忙吧！当初是他介绍我们认识的，告诉他，成就了我们，我一生一世感激他！"

狄世谦愣愣地瞅着浣青。

"怎么了？你听清楚了吗？别想跟我妈讲价，她是没价好讲的！世谦，你怎么了？一直发呆？你听见了吗？"

"浣青！"狄世谦长叹，"想我狄世谦何德何能，受你青睐，又想我狄世谦，何等无用，竟不能庇护一个弱女！今日用尽了你的私蓄，卖尽了你的钗环，我于心何安？于心何忍？"

"说这些做什么？"浣青含泪说，"反正将来跟了你，有的是好日子过，钗环首饰算什么呢？等你博取了功名，衣锦还乡的时候，再买给我好了！只怕到时候，你做了大官，就把我忘了！"狄世谦听了，心里又急又痛，拾起了桌上的一支金钗，他一掰为二，大声说："我狄世谦如果有朝一日负了你，就如此钗，不得好死！"

浣青慌忙捂住了他的嘴，说：

"干吗发这样的重誓！我信你就是了。赶快去办正事吧！你凑了银子来赎了我之外，还得去帮我找一栋小家小户的房子，买个老妈子，让我可以过日子才好。"

"这些不用你嘱咐，"狄世谦叹口气，凝视着浣青，不胜怜惜，"只是，我怕在这两年中，你要吃不少的苦，我恐怕没有能力给你买好房子……"

"别说了，我都了解。"浣青打断了他，含泪带笑地瞅着他，"我不怕吃苦，世谦，我等待着苦尽甘来的那一天，只希望你……"她喉中哽住了，半天才抽噎着说，"好好读书，好好考试，好好保重，而且，心里永远要有个我！""浣青，我永不负你！永不！永不！为了你，我必定要考中，必定！你放心吧！"狄世谦斩钉截铁地说，把浣青紧紧地拥进了怀里。

琨儿整理了一大包钗环过来了，看到了这对相拥的人儿，她也忍不住热泪盈眶了。转头向着窗外，她举首向天，为她的女主人默祷着："苍天哪！苍天！请您保佑我们小姐和狄少爷吧！保佑他们终成眷属吧！"

五

这是杭州城里的一条小巷子，房子多半都简单平庸，但所喜的是个住宅区，沿着巷子一直走下去，可以直通郊外，以达湖畔，居民多数为单纯的农家及小贩，所以还算是宁静。在这巷底的一栋平房里，浣青带着琨儿和一个老妈子，已经住了好几个月了。再也不是绫罗锦缎包裹着，再也不是山珍海味供养着，再也不是歌舞笙箫的日子，更不能凭栏远眺，饱览湖光山色。这儿没有楼，凭窗小立，只能看到自己院子中的几竿修竹——

且喜还有这几竿修竹，以及对面人家的屋檐和短篱。

但是，浣青从来没有生活得这么满足过，从来没有生活得这么快乐过，也从来没有这样幸福、甜蜜、充满了憧憬与希望过。狄世谦开始准备着功课，明年大比，浙江的乡试仍在杭州举行，乡试通过，才算举人，有了举人的身份，才能赴京参加会试，会试录取，就算进士，然后才能在天子面前，参加殿试。目前，会试与殿试都还是很遥远很遥远的事情。第一步，狄世谦必须通过乡试才行，到明年，浙江各府各州的人才，都将齐集杭州，而录取名额，仅有数十名，考的又是狄世谦素所不喜的经义、试论、诏诰等枯燥乏味的东西，何况经义所用的八股文，是格式严谨而限制繁多，极难让人尽兴发挥。这些考试内容，既都不是狄世谦的内行，如今从头准备，虽然他才华甚高，颖悟力强，书也念得多，但仍然攻读甚苦。可喜的是，他目前还不必离开杭州，换言之，每旬日之中，他几乎就有三四天是在浣青这儿度过的。浣青的屋子虽然狭逼，她依旧给狄世谦准备了一间书房，那是全栋房子里最好的一间房间，收拾得窗明几净，雅致朴实。案头上，她用一个竹节雕刻的花瓶，总是盛上几枝花。秋天，是一束雏菊，冬天，是几枝蜡梅，到春天来临时，就又换上桃花了。永远，这屋里总是缭绕着一股花香、茶香和浣青的衣香。

浣青不再和他赌酒作乐，或联诗填词。她督促着他，安慰着他，也陪伴着他。每当他来，她为他备茶备水，亲自下厨，做些新鲜的小点心。当他夜深苦读时，她为他挑灯，为他添衣，为他做宵夜。当暑日炎天，她为他挥扇，为他拭汗，为他端上一水缸的清凉水果。当秋天萧索，落叶遍地，他苦吟难耐，感慨叹息时，她会为他轻歌一曲，解他烦恼。而当春宵良辰，花前月下，他无心读书时，她会为他燃上好几支蜡烛，研好磨，准备好纸笔，然后默默地为他捧上一本经书。因此，狄世谦常常抓着她的手说：

"浣青！浣青！你不但是我的腻友，还是我的良师！"

狄府中的老爷老太太以及狄世谦的夫人，都永远不能了解，为什么狄世谦对浣青这样难舍难分。那少奶奶曾苦询小童靖儿，知道浣青这儿桌椅不全，衣食难周，而浣青自离蝶梦楼后，就荆钗布裙，脂粉难施，有时几乎完全是农村姑娘的装束打扮。少奶奶对于这份"沉溺"，就根本大惑不解了。虽然，那靖儿也曾说："那杨姑娘呵！不管她穿怎样的衣服，不管她戴不戴金呀玉呀的，她那模样呵，就是像个大家小姐，又高贵，又动人！"

　　童儿出言无忌，少奶奶早怒从心起，眉一皱，眼一瞪，靖儿看看不对劲，早就一面行着礼，一面溜了。

　　那狄老爷也曾严询靖儿，靖儿直言不讳：

　　"每次少爷去杨姑娘那儿，都是从早到晚地读书作文章，比在家里还用功呢，只因为那小姐督促得紧，又天天帮他温习着，他不读也不成哪！"

　　老人点了点头，既如此，也就眼睁眼闭，让他多往那边去跑跑吧，少年心性，或者还真需要个闺中腻友来管束管束呢！等他真进了京，见了大世面，或者他也就不再要这个杨浣青了。目前，不妨先利用她为饵，让狄世谦能用功读书。因此，他一再强调地对世谦说：

　　"你要是不争气，落了第的话，你和那个姓杨的姑娘，就立即一刀两断！你别以为那时候我还会让你像现在这样方便！"狄世谦深知父亲是言出无二的，为了浣青，那震动他整个心灵，牵动他五脏六腑的女子，他读书又读书，苦干又苦干。

日升日落，春来暑往。在书本中，在煎熬里，一年的时光就这样过去了。终于，八月来临，考期已届，那最紧张的时候到了。八月初，开始第一场考试。三天后第二场考试，再三天第三场考试，一共九天，考试完毕。这九天，浣青不知道自己过的是怎样的日子，她可能比狄世谦更紧张，更受苦。为了家下人等照应的方便，狄世谦在九天中，都没有到浣青这儿来。只有靖儿，每到考完的那天，都会来报告一声，至于考得好还是坏，靖儿也不知道。浣青是食不下咽，寝不安席，虽然琨儿百般劝解，一再说吉人自有天相，浣青就是不能安心。然后，九天后，最后一场考完，狄世谦终于来了！

　　狄世谦看来憔悴、消瘦，而且筋疲力尽。躺在靠椅上，他默默地望着浣青，紧紧地握着她的手，似乎累得话都不想讲。浣青一看到他这模样，心就疼得都绞了起来，一语不发，她只是静静地依偎着他。好半天，她才低语：

　　"你瘦了！"狄世谦抚摸着她的面颊，怜惜地说：

　　"你也瘦了，知道吗？"

　　浣青垂下了头。"你怎么不问我考得怎么样？"狄世谦问。

　　"已考完了，不是吗？"浣青很快地说，"苦了这一年，也该轻松一下了，别谈它吧！取了，是我们的运气，万一时运不济，还有下一次呢！是吗？"

　　"下一次！下一次还要等三年呢！"

　　"三年，三十年又怎样？"浣青一往情深地说，"反正，生为你的人，死为你的鬼，我总是等着你！"

　　"浣青！"狄世谦激动地喊。

"来吧，"浣青振作了一下，高兴地说，"我叫琨儿去准备一点酒，准备点小菜，我陪你喝几盅！"

狄世谦被她勾起了兴致，于是，他们饮了酒，行了令。浣青抱着琵琶，为他轻歌一曲，歌声曼妙，袅漾温柔。狄世谦望着她：酒意半酣，春意半含，轻启朱唇，婉转清歌。使他不能不想起李后主的句子：

"晚妆初过，沉檀轻注些儿个，向人微露丁香颗，一曲清歌，暂引樱桃破。"他醉了，他为她吹箫，他和着她唱歌，夜深了，他拉她到湖畔去，要效古人"秉烛夜游"，他们弄了一条船，荡漾在深夜的湖面，秋风徐徐，秋月淡淡，秋水无波。他醉了，在她面前，他总是那样容易醉。

一转眼，就到了放榜的日子了，前一天，狄府中和浣青那儿，就都没有人能睡觉。浣青整夜守候，她知道，如果狄世谦中了，报子们一定会报到他们家去，那么，狄世谦准会叫下人们再报到她这儿来。她不敢睡，守着！守着！守着……等着，等着，等着……燃上了一炷香，她静静地坐在那炷香的前面，合着眼睛，她默祷着，不停地默祷着，不休地默祷着，时间好缓慢好缓慢地移过去，好缓慢好缓慢地消逝。五更了，天蒙蒙地亮了，远处，开始陆陆续续传来鞭炮之声，有人已经知道中了，而狄世谦呢？狄世谦呢？

一阵急促的门声，她惊跳起来，用双手紧压着胸口，她怕那颗心会蹦出胸腔外面去。闭着眼睛，不敢听，不敢想，不知来人是报喜还是报忧。然后，琨儿从门外直冲了进来，一迭连声地喊："中了！中了！中了！靖儿来报的喜！我们少

爷中了第十五名举人!"浣青深吸了一口气,还不敢睁开眼睛,还不敢相信这是事实,半晌,才猛地回过神来,不禁喃喃地低语:

"谢谢天,谢谢天,谢谢天!"

说完,才转过头去,嚷着说:

"琨儿,我们准备的鞭炮呢?"

话没完,院子里已响起一阵噼里啪啦的鞭炮声,震耳欲聋,是那慧心的琨儿和靖儿,早就把鞭炮燃起来了。

乡试一中,是无上的喜事,但是,紧跟着中举之后的,就是离别了。因为会试要在京里举行,试期就在来年二月初九日。从杭州到京里,路上就要走好几个月,所以必须马上收拾行装,准备启程,狄府中上上下下,都为这事而忙碌了起来。至于浣青和狄世谦呢,更是离愁百斛,诉之不尽了。

"我这次进京,将住在我姨父家中,"狄世谦婉转地告诉浣青,"如果考试的运气也像乡试这么好,一考就中的话,我势必得留在京里任职,那时,我一定会派人来接你进京团聚。如果运气不好,考不中的话,我就要留在京里,等三年后再考。所以,此次一别,不论中与不中,都不是短时间。我千不放心,万不放心,就是不放心你!"

"你好好地去吧,世谦,"浣青含泪说,"不管你去多久,我等着!永远等着!只是,你千万别辜负了我这片心,要时时刻刻想着我!""我如果忘了你,我就死无葬身之地!"

"瞧!你又发起誓来了,我信任你,世谦。但,时间是无情的,只希望你能早日接我去!要知道,等你走后,每一日对我都比每一年还漫长呢！"

"我又何尝不是！"狄世谦说，挽着浣青，耳鬓厮磨，说不尽的离愁别意，说不尽的叮咛嘱咐，"我去了，你要好好地爱惜身体，不许瘦了，不许伤心，要安心地等着我。我会留下一笔钱给你，万——两年间，我都不能接你，也不能回来。你有什么事，或者钱不够用，你就要琨儿到我家去，千万别找我太太，她是个醋坛子，不会帮你忙的，也别找我父亲，他守旧而顽固，也不会帮你。只有我娘，心肠软，又疼我，你可以叫琨儿去找她，知道吗？如果日子实在过不下去，你就求我娘把你接到家里去吧，告诉她，你反正是我的人了！"

"我都知道，你不用说，只希望你一两年之内，就能和我团聚，否则，只怕你回来的时候，我已经不在了！"浣青泪眼迷蒙，冲口而出地说。"怎么说这样的话呢！"狄世谦变了色，沉着脸说，"你这样说，叫我怎么走？""哦，原谅我！"浣青扑进了他的怀中，把泪水全染在他的襟上。"我只是心乱如麻，我不知道你走了之后，我怎么活得下去！""你要活下去！还要好好地活下去！知道吗？"狄世谦捧着她的脸，深深地望着她的眼睛，有力地说，"你要明白，博取功名，赴京应考，都是为了你！以一两年的相思，换百年的团聚，我们都得忍耐着，忍耐到相聚的那一天！浣青，你要为我好好地活着！""你永不会负我吗？"浣青呜咽着问。

"要我再发誓吗？""哦，不，不，我相信你。"

"你呢？会为我好好地活着吗？会为我好好地保重吗？我还有一层的不放心，当我走了之后，你养母说不定又会来噜苏你……""你把我想成怎样的人了呢？"浣青说，"好不容易跳出了那个火坑，我难道还会回去吗？何况，我现在已是你的人了，我说过，生为你的人，死为你的鬼！我如做了任何对不起你的事，我就天打雷劈！""瞧！你也发起誓来了！"狄世谦勉强地笑着说，眼里也溢满了泪，却一直拿着罗巾，代她拭泪。"浣青，浣青，你姓杨名浣青，但愿像春日垂杨，永远青青！我以杨柳和你订约，我想当后年杨柳青时，必当团聚！"

"真的吗？""真的！""如后年无法团聚呵，我就会像冬日的杨柳般枯萎！"

"你又来了！为什么不说点吉利话呢！"

"哦，算我没说过！"就这样，离别时的言语总是伤心的，千言万语，诉尽深更。窗外，正是秋雨潇潇，窗内，一灯如豆，此时此情，谁能遣此！前人有词云：

一声声，一更更，窗外芭蕉窗里灯。此时无限情。

梦难成，恨难平，不道愁人不喜听。空阶滴到明。

恐怕就是这一瞬间的写照吧！

于是，就在深秋的一个早晨，狄世谦带着靖儿，和五六个得力的家人，出发进京去了。

剩给浣青的，是一连串等待的日子，期待的日子，和寂寞的日子。

六

第二年的杨柳青了。消息传来，狄世谦竟不幸落第。于是"后年杨柳青时，必当团聚"的誓言，竟成空句！杨柳青了再黄，黄了再青，年复一年，狄世谦一去，就此杳无音讯。

第一年，浣青在信心的维持下，在热烈的期盼下，日子虽然难挨，却还支持在一份对未来的憧憬上。她闭门不出，终日吟诗填词以自娱，等待着下一年的来临。虽然，她知道，狄世谦一次不中，必当等到三年后再考，那么起码，她还要再等三年，但是，她说过的，三年算什么？三十年她也愿意等！她等着，等着，等着！

第二年，日子越来越漫长，生活越来越清苦。她开始希望狄世谦能派人送回片纸只字来，只要几个字，让她知道他还念着她，没有沉溺在京城的繁华里。但是，没有，她什么都没等到。年底，她按捺不住，派琨儿去狄府中打听，并去拜见狄老夫人。可是，琨儿失败了，她数度前去，却数度被门子家丁们拒于门外，侯门深深深似海，她根本见不到老夫人。只从下人们嘴中，得回一项事实，狄世谦确实曾派遣家人带信回家过，却没有提起过浣青。

"他已经把我忘了，琨儿。"浣青流着泪说，"派人回来，都不给我片纸只字，他竟薄情如此！京城里多的是红粉佳人，他早就忘了我这躲在西湖湖畔陋屋中的杨浣青了！"

"小姐，狄少爷不是这样的人，他只是不便于要家人送信给你而已！你等着吧，他一定会派一个心腹来的！"

是的，等吧！继续那无尽期的等待吧！

当然，那住在小巷里的杨浣青和琨儿是再也不会料到狄世谦已数度令人带信给她们，而这些信都被狄世谦的妻子隐藏了。当初跟狄世谦赴京的家人，原都受过少奶奶的密嘱和贿赂，这些信件是一个字也不会落到浣青手中的。而且，门人家丁们，也早受过少奶奶之命，琨儿又怎会见到老夫人呢？毕竟，少奶奶是名正言顺的狄府夫人，而浣青只是和少爷有一段情的青楼女子，下人们谁会同情与帮助一个青楼女子呢？

于是，这等待变成了一个渺无尽期与渺无希望的等待了！

第三年，生活变得非常拮据起来，狄世谦临走所留下的钱已经用完，浣青的钗环首饰早已于当初赎身时卖尽，如今，只得典当皮毛衣裘和绫罗锦缎，等到这一批衣物也当尽卖光之后，浣青已几乎三餐难继，琨儿再度去狄府求助，再度被赶了出来，含着泪，连她也失去了信心：

"小姐，我怕狄少爷是真的不打算管我们了呢！"

听琨儿这样说，浣青反而帮狄世谦说起话来：

"不，这里面一定有误会，世谦远在京城，路远迢迢，或者他曾要人带信带钱给我，而在路上遗失了呢！"

她并不知道，狄世谦曾有信函给父母，再三恳求照顾浣青的生活，但老人家固执成见，根本没有放在心上。老夫人不识字，连这回事都不知道，即使知道，她也不会把儿子在外面弄的什么勾栏女子放在心上，男人嘛，总喜欢拈花惹草的，过几天就忘了。至于少奶奶，更从中百般破坏，于是，浣青就完全孤立无援了。在这种孤立无援而又生活困苦的情形下，浣青的养母却及时露了面。养母自从拿了一千两银子后，又买了个名叫梦珠的姑娘，谁知道这姑娘一直红不起来，因此，蝶梦楼已车马冷落。养母知道狄世谦进京后，就想转浣青的念头，但深知浣青的固执，所以，直等到浣青已穷途末路，她才来到浣青家中，鼓其三寸不烂之舌，说：

"浣青哪，想那狄少爷一去不回，只怕早就把你忘了，男人心性，你还不了解吗？痴情女子负心汉，这是自古如此的。如果他真还记得你，会这样置你生活于不顾吗？我看哪，你还是回到蝶梦楼来吧，你今年才二十一，好日子还多着呢！你当初既然赎了身，回来之后，一切都算你自己做主，将来要跟谁要嫁谁都可以，我只是侍候你，你给我点零用钱就好！"

浣青冷笑了，望着窗外，坚定地说：

"您绝了这个念头吧！我就是饿死，也不再回蝶梦楼，不管你们怎么说，我仍然要在这儿等狄世谦！"

养母摊摊手，无可奈何地去了。

等待！等待，无尽期的等待！

生活更苦了，浣青打发走了老妈子，和琨儿开始做些针线活过日子。琨儿弄了一架纺车，干脆纺纱织布，完全开始了最最艰苦的卖布生涯。往往，主仆两个，工作到深夜，才能维持第二日的生活。岁月在艰难与孤苦中挨过去，一日又一日，杨柳第四度青了。这年又届会考之年，浣青把所有的希望，都放在这次会考之上，她相信，只要狄世谦考中，一定会和她联系，或者，狄世谦是因为上次没考中，不好意思和她联系呢！她等着，她仍然在等着。她不知道，狄府中的家人，给狄世谦的回报是说：杨姑娘已经搬家了，不知道搬到哪儿去了。万里迢迢，相思难寄。浣青做梦也不会想到，狄世谦曾做过那么多的安排，写过那么多的信，而今魂牵梦萦，不亚于她，而对她的"神秘失踪"还大惑不解呢！如果他能不参加考试，他一定会赶回杭州。而考试的时间已经到了。

二月初九的会考，等到录取名单报到杭州来的时候，已是春光明媚，鸟语花香的季节了，这天，琨儿冲进了房间，又是笑，又是泪，又是喘，上气不接下气地嚷着：

"中了！中了！终于中了！"

不用再多问任何一句话，浣青已知道琨儿说的是什么。她呆呆地站在那儿，手里还兀自拿着一束纺纱，整个人却完全呆住了。不说，不笑，也不动，急得琨儿直喊：

"小姐！你怎么了？小姐！"

喊了半天，浣青才悠悠然地透出一口气来，唇边浮起了一个欣慰万分的微笑，眼泪也簌簌地滚落了下来。把手按在琨儿的肩上，她长叹一声说：

"琨儿，我们总算苦出头了！"

是吗？是真的苦出头了吗？命运弄人，大妇猜忌，未来的前途，谁能预料？是的，狄世谦中了，不但中了，还立即被授为翰林院庶起士，留京任用。消息传来，狄府中贺客盈门，鞭炮从早响到晚，唱戏、宴客，热闹得不得了。而浣青这儿，四壁萧条，冷清清的无人过问，每晚每晚，一灯如豆，浣青主仆两人，坐在灯下，纺纱的纺纱，织布的织布，但闻机杼声，但闻女叹息。却没有谁把这陋院佳人，当作新中进士的妻小！那督促儿子博取功名的老人，被喜悦冲昏了头，更是早就忘了那使他达到目的的杨浣青了！只在看到狄世谦急如星火递回的家书中，有这样几句："儿承父教，幸不辱命，今已授翰林院庶起士，三年五载内，恐无法返乡，祈二老恕儿不孝之罪。当年赴京时，有小妾浣青，住在×街×巷，承父亲大人允诺，迎娶进门，如今数载不通音讯，不知流落何方，恳请大人着家人等细心察访，收留府中，以免儿负薄幸之名，蒙不义之罪……"

老人回忆前情，儿子能榜上题名，那杨浣青也不无功劳。而且，当日原答应过儿子，如果能中进士，就许浣青进门。如今，儿子不愿负薄幸之名，老人也不愿轻诺寡信。于是，叫来了家人，他真心想把浣青接进门来。但，家人早已受过少奶奶的贿赂和密嘱，禀报说："禀老爷，以前少爷来信时，少奶奶就命小的们察访过了，那杨姑娘已经搬走了，听说已搬到湖州，还是在干她的老行业呢！""这样吗？"老人脸变了色。本来对这事就不热心，现在更不愿置理了。"这种女人！幸好当初没纳进门来，否则，不定干出什么玷辱门楣的事来呢！既然如此，也就由她去吧！"

于是，关于浣青的下落，同样的一份答案，被传进了京里，狄世谦闻言色变。想当初，山盟海誓，为了她，才离乡背井！杨浣青！杨浣青！她是杨柳长青，还是水性杨花？狄世谦又恨又急又痛。但是，由于对浣青的了解和信任，他对这答案多少带点儿怀疑。叫来了靖儿，他嘱咐说："你立刻束装回乡，一来准备接少夫人进京，二来打听杨姑娘的下落。关于杨姑娘的种种传闻，我并不深信，但是，这些年来，杨姑娘一点资讯也没有给我，想必是早有变化，无论如何，你是我的心腹，务必打听出一个确实的底细来！如果一切都只是谣言，杨姑娘依然未变，那么，这次接少夫人来京，就把杨姑娘一起接来吧！"

"是的！少爷。"靖儿衔命返回杭州时，杨柳已经第五度青了。换言之，离狄世谦中进士，已经整整一年了。

谁能想象浣青这一年中的生活？以前的等待还有目的，现在的等待却是为何？已经中了进士，做了官，仍然置她于不顾！没有交代，没有书信，没有一言半语，也没有片纸只字！事实战胜了信念，失望碾碎了痴情，她无心纺纱，无心织布，只是坐在窗前，每日以泪洗面。琨儿同样被失望击倒，但她却不能不振作起来，支持她那可怜的、面临崩溃的主人。

"小姐，大概狄少爷要把京里的房子家具都弄好了，才能接你呀！"浣青瞪着琨儿，大叫着说：

"你明知道不是！你和我一样清楚，他已经把我完全忘了！完全忘了！"于是，琨儿也哭了起来，一面哭，一面说：

"那么，小姐，你还惦着他干吗？瞧你，这些年来，已熬得不成人样了！我看，你还是回蝶梦楼吧！说不定，再过一年半载，你会遇到别的知心合意的人呢！"

"别的知心合意的人！"浣青吼叫着说，"天下男人，哪一个是有心有肺的！狄世谦尚且如此，别人更不堪一提了！蝶梦楼？"她咬咬牙，"不！我还要等！"

还要等！等吧！那份固执的痴情哪！终于，她的"等"得到了结果，靖儿回来了。靖儿一进家门，就成了狄府的宝贝，都知道他是狄世谦最得力的侍儿，狄府中老的少的，都有那么一车子的话要问他，少爷瘦了？胖了？公事忙不忙？下人们得力否？北方生活习惯吗？菜吃得来吗？想家吗？需要什么吗？……那么多那么多的问题。靖儿先不敢提浣青，只说要接少夫人进京，两位老人也深中此心，只因为狄世谦尚无子嗣，夫妻久别，总不是办法。两老都急于要抱孙子哪！少夫人更是喜悦万分，心急似火。但，那聪明、善妒而又手段高强的少夫人看到狄世谦派回来的是靖儿，心里就也有了数。对于浣青，她一直在暗中侦伺着，知道那女子硬是痴心苦守，数载不变，心里就有些不安。等靖儿一回来，这不安就更重了，只怕那狄世谦安心想接的不是她，而是那青楼中的狐狸精呢！

于是，背着人，她把靖儿叫进了屋里，严厉地说：

"靖儿！你这次回来，一定还别有任务吧！"

"少奶奶指的是什么？奴才不知道。"靖儿机灵地回答。

"不知道？"少夫人猛地一拍桌子，厉声说，"你想在我面前装什么鬼？你不是要来察访那个狐狸精的吗？"

"少奶奶！"靖儿慌忙跪下了，"小的不敢。"

"什么敢不敢？你以为我不知道你这个下作奴才！只会装神弄鬼地唬少爷，带他去那些花街柳巷，如果少爷的身子弄坏了，我就找你！""奴才不敢！奴才不敢！"靖儿一迭连声地说，跪在那儿直磕头。"靖儿，你知道你是从小被我们家买来的吗？"

"奴才知道！""你要是不学好，我就禀明老爷，把你卖掉！"

"请少奶奶开恩，奴才一定学好！"靖儿慌忙说，吓得不知所措。"你想跟我进京去服侍少爷吗？"少夫人再问。

"小的愿意！""什么愿意不愿意？我如果不要你，就由不得你！不过是个小奴才罢了！""求少奶奶带奴才去！"靖儿慌忙说，一个劲儿地磕头。

"那么，你可要听我的吩咐去办事吗？"少夫人咄咄逼人地再问。"小的听命！""那么，你过来！"靖儿匍匐过去，少夫人对他密嘱了一大篇话，靖儿一惊，抬起头来，瞪视着少夫人，冲口而出地说：

"不！""你说什么？"少夫人眉头一皱，眼睛一瞪，又猛地拍了一下桌子，"你办得好，我会重赏你，你要是不办呵，你也别想在我们家待下去了，记住，我还是你的主母呢，别以为你少爷现在会在这儿护着你，他远在京城里呢！办还是不办？你就说一句吧！要不要到老爷面前去打小报告，你也说一句吧！事后要不要再给狐狸精通风报信，你都说说清楚吧！"

"小的不敢，小的听命，小的一切照少奶奶的吩咐办事！"

靖儿只得说，不住地磕头。"那么，起来吧，明天去办事去！有一丁点儿办得不对呵，你自己也知道结果会怎么样！"

于是，这天，靖儿来到了浣青这儿，在他身后，另有少夫人的两个心腹家人跟着，抬着一大包的银子。琨儿开的门，一看到靖儿，这丫鬟喜出望外，已乐得快晕倒，连跌带冲地冲向了里屋，她结舌地喊：

"小……小姐，快……快去，是……是……靖儿呢！"

浣青浑身一震，腿软软的只是要倒，琨儿一把扶住了她，又笑又喘地说："你快去呀，他在外屋里等着呢！"

浣青深吸了口气，把手紧压在胸口，半天动弹不得。然后，她忽然振作起来了，推开琨儿，直奔到外屋的门口，她用手扶着门框，望着靖儿，她又想哭又想笑，不敢相信地喊：

"靖儿，真是你？"靖儿正呆呆地打量着这屋子，当初少爷留下的那些好家具早都不存在了。一张破桌子，几张木板凳子，屋角的纺车，织布梭子，满屋子的棉花絮儿，挂着的纱绦子，家徒四壁，一片凄然。不用问，靖儿也知道浣青这些年过的是什么日子了，看着屋里这一切，他鼻子酸酸的直想掉眼泪，碍着身后的仆人，只得忍着。听到浣青一喊，他抬起头来，眼前的浣青，青布袄儿，蓝布裙子，大概怕棉絮沾上头发，头上用块蓝布包着，脸上没有一点儿脂粉，憔悴、瘦弱而苍白。但是，那对眸子，却那样炯炯有神地瞪着他，里面包含的是数年来的等待与期望。靖儿的鼻又一酸，眼泪直冲进眼眶里去，他慌忙掩饰地俯下头去，低声地说：

"奴才奉少爷之命，来给杨姑娘请安。"

浣青闭了闭眼睛，泪水直流下来，终于来了，她没有白等呵！身子站不稳，她用手支着门，虚弱地问：

"你们少爷好吗？怎么这么久，一点消息都不给我呢？琨儿去过你们府里，也见不着人。不过，好歹我们是熬过来了。"她软弱地微笑，泪水不停地流着，"你们少爷怎么说呢？"

"少爷……"靖儿欲言又止，悄悄地看看身后的仆人，想到少夫人的嘴脸，想到自己的身份，他心一横，咬咬牙说，"少爷叫奴才给姑娘送了银子来了！"

送银子？浣青怔了怔，立即想明白了，当然哪，他一定知道自己急缺银子用，要治装，要买点钗环，要准备上路，哪一项不需要银子呢？她望着靖儿，眼光是询问的，唇边依然浮着那个可怜兮兮而又软弱的笑。靖儿不敢再抬眼看她。他转头吩咐跟随的人放下了银子，很快地说：

"这儿是一千两，少爷说，让姑娘留着过日子吧！"

"靖儿？"浣青蹙起了眉，惊愕地喊。

"少爷要奴才告诉姑娘，"靖儿不忍抬头，眼睛看着自己的鞋尖，像倒水似的说，"他在京城里做官，三年五载都回不来，要姑娘别等他了，遇到合适的人家就嫁了吧。京城里规矩多，不合姑娘的身份，姑娘去了，大家面子上都不好看。一千两银子留给姑娘，少爷谢谢姑娘的一片心。请姑娘谅解他不能接姑娘进京，并请姑娘也忘了他吧！"

浣青扶着门，眼睛越睁越大，脸色越来越白，听完了靖儿的一篇话，她有好一刻动也不动。然后，嘴一张，一口血就直喷了出来，身子摇摇欲坠，用手紧扶着门，她挣扎着，喘息着喊："琨儿！琨儿！"琨儿一直站在旁边，现在早就泣不成声，奔过去，她扶着浣青，哭着叫："小姐！小姐！"浣青挣扎着，用手一个劲儿地推琨儿，喉咙里干噎着，眼里却没有泪。哑着嗓子，她推着琨儿说：

"去！去！琨儿，把那一千两银子摔出去！去！去！琨儿！"琨儿哭着，应着，身子却不动。浣青一跺脚，厉声地大喊："琨儿！"琨儿慌忙答应着，过去要扔那银子，可怜那么重的包袱，她怎么拿得动，她不禁哭倒在桌子旁边。靖儿心一酸，再也熬不住，眼泪就也滚落了下来，哽塞地，他吞吞吐吐地说：

"姑……姑娘，你……你也别生气，那银子，你不要，我叫人抬走就是了。姑……姑娘，你也保重点儿，说不定……说不定以后还会有好日子呢！姑……姑娘，你……你……也别太伤心，奴才是吃人家饭，做人家事，也是没办法呵！"

靖儿吞吞吐吐的几句话，原是想暗示浣青，自己是受少夫人的指使，但听到浣青耳中，却全然不是那样一回事，似乎连靖儿都还有人心，那狄世谦却薄幸至此！等待，等待，等待到的是这样的结果！浣青急怒攻心，悲愤填膺，她喘着说：

"靖儿！你等一等！"奔进里屋，她取出一块白绢，咬破手指，滴血而书：

东风恶，可怜吹梦浑无据，
浑无据，山盟海誓尽成空句！

相逢只当长相聚，谁期反被多情误，

多情误，今番去也，再无回顾！

写完，她拿着这白绢，再走了出来，将白绢交给靖儿，
她咬着牙说："把这个拿去，交给你们少爷，告诉他，他既
绝情如此，我也无话可说，但是，我会记着的，记着这一笔
账！去吧！你们！抬着你们的银子去吧！"

靖儿有口难言，含着泪，他和那两个家人抬着银子出来
了。那两个家人目睹这一幕，恻隐之心，人皆有之，只畏惧
少夫人的威严，不敢多说什么。靖儿收起了那块白绢，央告
着两个家人说："请别把这白绢的事告诉少夫人吧，留着它给
少爷做个纪念吧，总算他们交往了一场。"

两个家人叹息着应允了。

这儿，浣青支走了靖儿，已力尽神疲，再也支持不住，
就倒在床上了。琨儿扑在床边，痛哭不已，浣青反而冷静了
下来，双目定定地望着屋梁，静静地说：

"琨儿，去找我妈来，我们重回蝶梦楼去！从今以后，不
是天下男人玩我，而是我玩天下男人！"

一月以后，浣青在蝶梦楼重树艳帜。同时，狄府的少夫
人带着靖儿和家下人等，也出发进京去了。

七

在进京的路上，少夫人已严嘱靖儿，进京后要对狄世谦如何如何禀报关于浣青的一切。少夫人的精明厉害，苛刻狠辣，原是整个狄府的家下人等都知道的，也都畏惧着的。以前上面还有老爷老夫人，而现在一进京，就完全是少夫人的天下了。靖儿焉敢不从，只得唯唯应着。可是，一路上，靖儿眼前浮起的，都是浣青那间棉絮纷飞的屋子，和骤闻事变后那张惨白的脸和火灼般的眼睛。靖儿怀里所揣着的那张浣青的血书，像块烧红的烙铁般烧灼着他，想起浣青所吐的鲜血，想起浣青的瘦骨支离，他暗自沉吟地想：

"她熬不过多久了。"于是，他觉得，自己也是参与谋杀她的凶手！于是，他懊恼，他惭愧，他恨自己在临走前为何不冒险去蝶梦楼禀明真相！奴才，谁叫他是个奴才呢！而杨姑娘，那薄命的杨姑娘，谁叫她不生在大户人家，名正言顺地配给少爷呢？

现在，什么都晚了，什么都挽回不了了。

终于，大伙人马抵达了京城，好一阵忙乱的见面迎接、问候、安顿和整理行李，安插下人。狄世谦看到来人中没有浣青，心已经凉了一半，当着夫人的面，不好盘问靖儿，只不住用询问的眼光看他，靖儿总是低着头，满面悲戚之色，他更不安了。而夫人亦步亦趋，他更不便盘问，直到夜深人静，和少夫人关在房里，少夫人才轻描淡写地说：

"本想带那个杨姑娘一起来的，叫靖儿寻访了好久，她早就去了湖州，还是干她那行，后来，等我们要进京的时候，她倒回杭州来了，依然在那个蝶梦楼里，老爷气得不得了，我们也只得罢了。到底是青楼女子，耐不住寂寞的。"

狄世谦半信半疑，私下叫来靖儿，也证实了夫人的话，他又恨又气，又悲又愤，当着久别的夫人，也不好说什么，何况夫人又一再安慰着说："天下漂亮的姑娘多着呢，等慢慢地，我帮你物色几个好人家的女儿，包管比那杨姑娘还强！"

他无可奈何，既恨浣青的不争气，又恨自己不能面责浣青的负信背义，咬牙切齿地暗恨了一阵，依然是一百万个"无可奈何"！何况每日上朝，公务繁忙，家小初到，私事冗杂，这事也就搁下去了。这样一直过了好几个月，少夫人看靖儿守口如瓶，谅他不敢再多说什么，防范就比较松懈了。又看狄世谦生活忙碌，最近又升任了翰林院编修，公务更忙，对那杨浣青似乎早已忘到九霄云外，就更加放心了。于是，这天，靖儿的机会终于来了。这天，狄世谦带着靖儿出门去拜客，本来另有一个家人跟着，因为临时想起一件事来，又把那家人打发回去了。就剩下狄世谦和靖儿，骑着两匹马。靖儿看无人跟着，这才说：

"爷，咱们到郊外走走，好吗？"

"干什么？"狄世谦问。

"有话禀告爷。"靖儿垂下了头。

狄世谦看靖儿的神色，心里已猜到了几分，一语不发，他首先就策马向西门而去，靖儿紧跟在后，出了西门，已是荒郊，那正是深秋时分，遍山遍野的红叶。主仆两人，策马入山，到了一个枫林里。靖儿看四野无人，这才滚鞍下马，跪在狄世谦面前，磕着头，流着泪说：

"奴才该死，有负爷的重任，奴才该死！"

"怎么回事？你慢慢说来！"狄世谦也下了马，皱着眉说。

"关于杨姑娘。""怎样？"狄世谦急急地问。

于是，靖儿将整个真相和盘托出了：那小巷，那陋屋，那棉纱，那纺车，那初见靖儿的兴奋，那中计后的口吐鲜血，那悲愤，那绝望……以及那块白绢的血书！他从怀中掏出了那一直收藏着的血书，双手捧上。狄世谦早已听得痴了，呆了，傻了！这时，他一把夺过那血书来，展开一看，血迹虽已变色，仍然淋漓刺目。他握紧了那绢帕，咬紧了牙，眼睛涨得血红，扬起手来，他劈手就给了靖儿一掌，靖儿被打得摔倒在地，匍匐在地下，靖儿哭着说：

"少爷生气，要打要骂，全凭爷，只是在少奶奶跟前，别说是奴才说的。还有杨姑娘那儿，怎样想个方儿，救她一救才好！"几句话唤回了狄世谦的神志，倚靠在一棵枫树上，他仰首向天，泪如雨下。喃喃地，他悲愤地低喊：

"天哪！天哪！你何等不公！"

"少爷，都是奴才不好，奴才罪该万死！"靖儿也哭得泣不成声，一直跪在地下磕头。

"你起来吧，靖儿！"狄世谦平静了一下，仔细地收起了血书，忍着泪说，"事情也不能怪你，这是命！你起来，详细地告诉我，那杨姑娘从没有收到过家里的钱吗？也从没收到我写去的信吗？""从没有，爷。她们主仆两人，全靠纺纱织布维持着，家里什么东西都没有。""难为她，竟苦守了这么多年！"狄世谦又流下泪来。"现在呢？她真的重回蝶梦楼了吗？"

"是的，爷。"狄世谦咬住嘴唇，半天没有说话，靖儿也不敢开口，好久好久，狄世谦才扬起了眉毛，带泪的眸子里闪烁着一抹奇异的光芒。"但是，她还活着，是不是？"他说。

"是的，爷。"狄世谦点了点头。"那么，我们回府去吧！回到府里，都不必提这件事。走吧！"他上了马，策马回府。真的，回去之后，他丝毫也没露出任何声色，好像根本没这回事一样。

但是，第二天一早，他就上了一本，以双亲年老，膝下无人为由，辞官回乡省亲。皇上欣赏他一片才气，辞官不准，却给假三年。既请准了假，他立即回府，整理行装，少夫人愕然地说："我才来几个月，你就请假回乡，这算怎么回事呢？"

狄世谦脸色一沉，严厉地说：

"你懂不懂三从四德？我要回乡，如果你不愿意，尽可留在京城。"少夫人吓了一跳，再也不敢说话了。

西湖湖畔，杨柳又青了。

浣青重树艳帜，已经整整一年，蝶梦楼的名气，比以往更大，只为了浣青一改以前矜持倨傲的态度，重返青楼的她，既放荡又洒脱，惹得蜂狂蝶闹，门庭若市。浣青本就以美色著称，再加上琴棋书画，无所不能，以前名气虽大，却过分冷漠。而今，她是一团火，走到哪儿，烧到哪儿，喝酒、行乐、笑闹、歌唱，无所不来，无所不会。妖冶之处，令人心荡神驰，而高雅之时，又俨然贵妇。因此，王孙公子，达官贵人，拜倒在她裙下者，不知几何！而为她挥金如土以致倾家荡产者更不知有多少！她成了杭州家喻户晓的名妓。

就在这时，狄世谦回来了！

这天晚上，蝶梦楼的门人仆妇等一个传一个地喊进去：

"狄少爷来了！""狄少爷来了！""狄少爷来了！"浣青正在蝶梦楼中宴客，招待几个有钱的商旅。厅内灯红酒绿，觥筹交错，笑语喧哗，娇声谑浪，传于户外。骤然听到"狄少爷"三个字，浣青怔了怔，立即问：

"哪一个狄少爷？"琨儿赶出去看了看，回身就走，进来对浣青说：

"是狄世谦狄少爷！"浣青的脸色青一阵白一阵，瞬息万变。然后，她立刻堆满了笑，扬着声音说："原来是狄少爷呵，怎不快请进来呢！"琨儿走出去，对狄世谦微微裣衽：

"狄少爷，我家小姐有请！"

狄世谦心情激荡，悲喜交集，看到琨儿，已难自持，他用充满感情的声音喊："琨儿！"但琨儿已翩若惊鸿般，充耳未闻地转身就进去了。

狄世谦只得走进厅来，触目所及，是浣青穿着一身鲜红的衣裳，半裂衣襟，露出里面雪白的肌肤和半截抹胸，坐在一个客人的膝上，手里握着酒杯，正凑着那客人的嘴里灌酒，同时笑得花枝乱颤。这一击使狄世谦几乎晕倒，他连退了两步才站定。浣青的眼角已经瞟到了他，笑着喊：

"狄少爷，您请坐。琨儿，叫梦珠出来侍候狄少爷，给狄少爷拿大酒杯来！"狄世谦连连后退，对琨儿说：

"你家小姐既然有客，我愿意在旁边小厅里等着。"

"那怎么行？"浣青赶了过来，一把拉住，硬行拖到席上去，装疯卖傻地说，"谁不知道狄少爷是新科进士，贵客上门，岂有怠慢之理！琨儿，拿大酒杯来，让我好好地贺狄少爷三杯！"狄世谦眉头一皱，心如刀绞，在这种情形下，就有千言万语，也一句都说不出口。那浣青更是打情骂俏，周旋于宾客之间。酒杯拿来，她硬灌了狄世谦三杯，自己也一饮而尽，笑谑张狂，越来越甚。狄世谦目睹这一切，先是如坐针毡，接着，反而冷静下来了，一语不发，默默地望着浣青，她越放肆，他越心痛，她越张狂，他越怜惜，最后，他已分不出自己的心情，是哀，是痛，是伤心？他只是痴痴地坐着，痴痴地望着浣青的装疯卖傻。

终于，那些客人也觉得情形有些异样，而且知道狄世谦身份不同一般，就都纷纷告辞。最后，酒席撤了，室内只剩下浣青、琨儿和狄世谦。"狄少爷要在这儿留宿吗？请交代一声。"琨儿问。小脸蛋一片冷冰冰的。"如果留宿，照例要留下银子来，狄少爷带了吗？"

狄世谦看看琨儿，再看看浣青，喉中哽着老大的一个硬块，一句话也说不出来。半晌，才含着泪，回头对门外喊：

"靖儿！"靖儿进来了，"靖儿，告诉杨姑娘，我上次派你回来做什么？"

靖儿对着浣青跪下了。没有几句话，他就把整个事情，都原原本本地说了出来，包括怎样家中传信，说浣青已去了湖州，无法送款。狄世谦怎样派他来打听底细，要接她进京，怎样少夫人设计，派人监视他送银子，要绝她痴想。一点一滴，前前后后，说了个一清二楚。浣青的脸色苍白了，退后一步，她严厉地看着靖儿，厉声说：

"你这话当真？""我发誓今日所说，句句是实。"靖儿流泪说。

浣青抬起头来，直视狄世谦，目光凄厉。

"这是你们设计好的一篇话，再来骗我吗？"她问。

狄世谦深深地望着她，眼底是一片痛苦、悲切，而又诚挚的痴情，哑着嗓子，他说：

"如果不是真的，我为何刚升了编修，却辞官回杭州？如果不是真的，当初接家眷，为何不派别人，却派靖儿？浣青，浣青，你想想吧！"浣青呆呆地愣住了，好一会儿，她就愣在那儿，动也不动，半晌，她垂下头来，猛然间看到自己衣冠不整，她迅速地把手按在襟上，要去扣那纽子，急促中，却找不到那纽襻儿，她的嘴唇抖动着，终于，哇的一声，就大哭了起来。这一哭，直哭得天昏地暗，风云变色。狄世谦赶过去，一把揽住了她，眼泪也滚滚而下。那琨儿和靖儿，也忍不住，跟着他们哭，一时间，整个屋子里，哭成了一团。

好久好久，浣青才平息下来，琨儿端来洗脸水，浣青洗了脸，匀了妆，穿好了衣裳，才在狄世谦身边坐了下来。长叹了一声，她说："或者，这是我命该如此！"

狄世谦含泪望着她，惊奇着这么多年以后，她虽然憔悴消瘦，却依然美丽动人，仔细地打量她，他有种恍如隔世之感，用手抚摸着她的鬓发和面颊，他安慰地说：

"总之，都过去了，是不是？以后，我们可以重新开始了。"

"重新开始？"浣青喃喃地问，眼光蒙蒙眬眬的，"你知道我现在是什么吗？你知道我已声名狼藉吗？"

"我不在乎。"狄世谦说，"这次，没有力量可以把我们分开了。""你真的还要我？""我要！"浣青盯着他，脸上闪耀着一片无比美丽的光彩，眼底却有股说不出来的凄凉。她微笑了，那笑容既甜美，又幸福，却带着抹难以了解的悲壮。"你不嫌我吗？"她再问，"当日虽然杨柳青青，今日已是残花败柳，你知道吗？""你在我心目里永远不变。今天你弄到这个地步，不是你的错，是我的错。只怪我当初没有一个好的安排。"狄世谦说，"我明天就把你接出去。"浣青又微笑了，笑得更美，更动人。深深地叹口气，她低低地，自语般地说："有你这几句话，我还求什么呢？"

然后，她重新振作起来了，重新有了精神，重新有了生气，重新有了真正的快乐和笑容。她站起身来，一迭连声地叫人"重新"摆酒，她要"重新"地，真正地和狄世谦喝两杯。酒来了，他们对饮着，举起杯子，他们互谅过去，互祝未来。握手言欢，乐何如之！酒酣耳热，浣青说：

"有酒不能无歌，我要为你歌一曲，好久以来，我没有真正地唱过歌了。"抱起琵琶，她沉吟片刻，微笑着说：

"记得当初，曾有杨柳青青之约，不料一晃眼，杨柳已经青了六度了，而我呢，也已成为败柳了。"

"胡说！你依旧青翠！"

"知道《章台柳》那支歌吗？"

"当然。"那是个老故事，传说韩翃有宠姬柳氏，因兵乱而失散，韩翃遣人寻访，作章台柳之词，词曰："章台柳，章台柳，昔日青青今在否？纵使长条似旧垂，亦应攀折他人手。"现在，浣青指的就是这阕词。"你知道章台柳，我却要为你唱一支《西湖柳》。"浣青说。于是，她拨动琵琶，扣弦而歌：

西湖柳，西湖柳，为谁青青君知否？

杨柳年年能再青，只有行人不回首。

西湖柳，西湖柳，昔日青青今成帚，

纵使长条似旧垂，可惜攀折众人手！

唱完，她放下琵琶，用那对又带笑又带泪的眼睛默默地瞅着狄世谦。狄世谦听了那歌词，接触到这目光，只觉得心中一寒，悚然而惊。他立即挨过去，双手紧紧地握住了她的手，双目紧紧地盯着她的眼睛，诚挚地说：

"浣青，怎么又唱这种泄气的歌呢？难道你还不信任我？以为我会嫌你？我会怪你？浣青，六年离别，今日相聚，我们正该高兴才是。浣青，以前的艰难困苦都过去了，让我们重建百年的美景吧，好吗？浣青？好吗？"

浣青悲凉地笑着，怜恤地望着他，伸手整理着他的衣襟，低语地说："你家里现在就肯收容我了吗？你夫人现在就肯接纳我了吗？尤其，在我声名如此之坏的时候！"

"我不会让你去受他们一丁点儿的气！"狄世谦急急地说，"我要在西湖边给你另造一栋房子，有楼台亭阁，有花园水榭，我要给它题名叫'青青园'，在园中种满杨柳。我就和你住在那儿，整日吟诗作对，泛舟湖中，过神仙生活。等我三年假满，我将带你赴京上任……""你的夫人呢？"狄世谦的脸色一沉。"凭她的所作所为，我们夫妇之间，已恩断义绝！"

"你的父母呢？难道为一个青楼女子，竟置孝道于不顾！"浣青说着，没有等狄世谦答复，她又嫣然而笑了，"算了，我们不谈这个，这一次，我相信你一定有一个很好的安排，我等待你的安排，而且信任你！来！让我们再喝一杯吧！"

她斟满了杯子，笑捧到他的面前来。看到她醉意盎然，笑容可掬，他放下了心里的疙瘩，也忍不住带泪而笑了。就着她的手，他饮干了那杯酒。她再斟了一杯，自己举着，一饮而干。于是，他们相视相望，带泪带笑，谈不尽的未来，诉不尽的过去。酒杯常满，酒壶不空，两人笑着，哭着，饮着……他们醉了。浣青的面颊被酒染红了，眼睛被酒点亮了，带着那样浓重的醉意，她朗吟着晏几道的句子：

> 彩袖殷勤捧玉钟，当年拼却醉颜红，舞低杨柳楼心月，歌尽桃花扇底风！从别后，忆相逢。几回魂梦与君同？今宵剩把银釭照，犹恐相逢是梦中！

夜深了，人静了，春宵苦短，酒尽更残。浣青执着狄世谦的手，依依地说："世谦，今日重逢，我真不知是真是幻，人生得一知己，死而无憾，何况我一个青楼女子，能得到你这样的痴情人，今生也就够了！""怎么说说又伤感起来了？"狄世谦问。

"不，我是太高兴了！"浣青说，笑得动人，"请在这厅中稍候，我去把卧室整理一下，再请你进来。"

"叫琨儿去弄，何必自己动手。"

"不，我要亲自为你叠被铺床。"

她再深深地看了他一眼，盈盈一笑，就转身进屋里去了。

狄世谦在外厅等着，半晌，里屋寂无动静。想必她正卸去钗环，对镜梳妆，他不愿打扰她，时间长了，他微感不妙，站起身来，他大声地喊："浣青！"里面寂无回音，琨儿闻声而入，惊问：

"怎么了？""浣青在里面！"狄世谦说，冲过去要推开那扇门，门却从里面闩上了。他扑打着门大喊："浣青！浣青！浣青！"里面什么声音都没有。琨儿苍白着脸跑出去叫人，靖儿和下人们都来了，他们冲开了那扇门。

浣青高高地悬在梁上，她脚下是一张横倒的凳子。

他们解下她来，已断气多时。在书桌上，有一张纸，墨迹淋漓地写着她最后的几句遗言：

败柳之姿，难侍君子，唯有一死，以报知己。

狄世谦握着这张遗笺，他没有哭，也没有说话，安静得像是什么事都没有发生过一样，只是静静地站在那儿，静静地看着她的遗容。三天后，狄世谦把她葬在西湖湖畔。在葬礼行前的一刹那，琨儿却忽然触棺而亡。狄世谦点头长叹着说：

"好，好，谁料到青楼之中，有此奇女，更有谁料到，还有此义仆！"他毫不堕泪，也毫不惋惜，只把她们主仆两人，葬在一起。在墓前，他手植杨柳一株，并立了一块小小的墓碑，碑上简简单单地刻着四个字：

杨柳青青

葬礼举行后的第二天，狄世谦带着靖儿，就此失踪。狄府中曾派出无数的家丁仆人，四处寻访，但这主仆两人，却杳无踪迹。有人传言，他们已遁入空门。但是，狄府访遍了杭州附近的寺庙，也始终没找到他们。也有人说，他们遁入深山去了，可是，世界上的山那么多，谁能踏遍深山去找寻呢？总之，狄世谦再也没有回来过。那望子成龙的老父，终于失去了他的儿子，而那只是想"独占"丈夫的少夫人，却守了一辈子的活寡。人生的事情，往往就是这样的，你不能判定谁对谁错，尤其在不同的时代观念下，更难判断是非。但是，悲剧却这样发生了。

日复一日，年复一年，时光冲淡了人们的记忆，淹没了往日的痕迹。没有人再知道杨浣青，更没有人再记得那个故事！而西湖湖畔，杨柳青了又黄，黄了又青，浣青的墓木与石碑，早就淹没在荒烟蔓草与时代的轮迹中，再不可考，再不可察了。只是，传说，在那湖畔，靠近九溪十八涧之处，有一株奇异的杨柳，不知为了什么，却秋不落叶，冬不枯萎，年年常青！

一九七一年三月十四日午后

于台北

画梅记

一

是梅花盛开的季节。春节还没有到，北边的气候，已经那样冷，那样萧索。可是，梅花却自顾自地绽放起来，白的如雪，红的如霞，一株一株，一簇一簇，山间谷底，溪畔园中，到处点缀着。尤其是腊月里第一场雪后，梅花开得更盛了。白雪红梅，相映成趣。全城的仕女王孙，几乎都出动了，又到了一年一度踏雪赏梅的时节了。闲云寺在城西郊外，虽然只是个寺庙，却以梅花而出名。寺园中遍是梅花，红红白白，掩掩映映。每到梅花盛开的季节，香传十里，而游人如鲫。许多名媛闺秀，轻易不出闺门，却也以上香为由，每年总要到闲云寺来逛逛。更有那些年少多金的富家子弟，把这儿当作一个猎艳的所在，每日无事就到这儿来寻找"奇迹"。因此，这也是闲云寺香火最盛的一段时期。闲云寺热闹起来了，住持净修大法师带着一些小沙弥，整天里里外外地迎接着"贵客"。净修法师是否能"净"？是否能"修"？这是个颇富哲理的问题。寄住在闲云寺里的何梦白也曾笑问过净修法师这问题，法师却含笑回答：

"净在于灵，修在于心，至于区区躯壳，仍为凡胎而已！真能做到不食人间烟火的，世间有几个呢？"

何梦白认真地思索过老和尚的这几句话，初初听来，似乎有些"自我掩饰"的成分；细细思索，却别有深味。何梦白不能不佩服那老法师了。寄住在闲云寺已将近一年，何梦白常常和净修法师谈古论今，深敬其人的博学和坦荡。他永远记得，去年那个冬夜，自己因为寻亲未遇，身无分文，流落在这儿，饥寒交迫地倒在闲云寺门前，被老和尚所收留的一幕。"小施主，你预备到哪儿去？"

"我是个秀才，本来预备寻着亲戚，借点盘缠去京里应考的。""你父母呢？""都去世了，家道衰微，才来投亲的。"

"你会些什么？""琴、棋、诗、书、画。"

老和尚笑了。"小施主，会此五样，不是人，是神呢！"

何梦白悚然而心惊了。

"现在，你预备怎么办呢？"老和尚继续问。"我也不知道。""我知道。"净修法师点点头说，"你累了。你已经走了很多的路，你需要休息。而闲云寺是个最好的休息的地方。你住下来吧，明天，我将和你研究研究你会的那五样东西。"

就这样，何梦白留在闲云寺里了。而从第二天起，当老和尚和他谈起诗书的时候，他才惶恐地发现，自己竟是那样的浅薄，那样的无知！他不敢再说自己"会"什么，他只有学习的份儿。十天之后，他诚心地对净修说：

"我看，我也不去应考求功名了，干脆在这儿落了发，你收我做个徒弟吧！""你吗？"老和尚笑吟吟地摇摇头，"你尘缘未了，进不了佛门，何况落发与不落发，都是形式而已。你太年轻，还有一大段前程呢！你有你自己的路要走。你知道，入我门者，有两种人，一种是无知无识的傻瓜，另一种是超凡脱俗的超人。你呢？你两种都不是。""你是哪一种呢？"何梦白反问。

老和尚沉思片刻。"我吗？"他慢吞吞地说，"各有一半。"

何梦白不再追问了，他似有所悟，又似乎完全都不懂。但他知道，他弄不弄明白都没有关系，净修反正是个奇特的老人，而他，欣赏这个老人。而这个老人，也同样欣赏他。于是，他在这闲云寺住了一年了。

一年中，净修并不白白供给他三餐，很快地，净修就发现他在字画方面确实不凡，由于老和尚认识不少人，所以，他让何梦白卖画为生，并勉励他积蓄一点钱，继续上京应考。但是，何梦白只是个流落的少年书生，谁肯真正出钱买一个无名小卒的字画呢？他每日所进，不过三文五文，聊够糊口而已。好在，他并不急。住在闲云寺中，他也有那份"闲云野鹤"般的自如。只是，当梅花盛开，游客成群，看到那些携老扶幼而来的人，他开始感到了一种难言的惆怅、落寞、感慨和乡愁。或者，这就是净修认为他不能入空门的道理，他的感情太丰富，他的心灵太脆弱，忧郁和感怀自伤的情绪那样轻易地就向他袭来了。这日，整天他都心神恍惚，念不下书，作不好文章，也画不好画。午后，净修告诉他，城里的望族江家要来上香，因有女眷，请他回避一下。于是，他走到了寺后，那儿有一条小溪，溪上有架拱形的小木桥，小溪两岸，都是梅花，清香馥馥而落花缤纷。他在桥下的一棵梅花树下坐了下来，握着一本书，却对着那半已结冰的流水，默默地发起怔来。

天气很冷，这儿又相当冷僻，因为是寺后，游客都不过来，四周静悄悄的，他披了件破棉袄，在树下仍不胜寒瑟。一阵风来，筛下了无数的花瓣，撒在他的身上，撒在地上，也撒在那清澈的溪水中。看那花瓣逐波而去，听那溪流的泠泠朗朗和浮冰相撞时的丁零声响，他不禁低低叹息了。想起自己前途茫茫，流落异乡，情绪就一分一分地沉重了起来。

他正想得入神，忽然间，听到一阵环佩的轻响，接着，有样东西从头顶上直直地落了下来，不偏不倚地落在他的怀中，他一看，原来是枝白色的梅花。由于这一惊，他不自禁地"呀"了一声，同时，头顶上，也有个清清脆脆的声音，失惊地低呼了一声："啊呀！有个人呢！"他抬起头来，向那声音的来源看过去，一眼看到在那小木桥上，正亭亭玉立地站着一位十五六岁的女子，梳着宫装髻，簪着珍珠簪子，穿着粉红色小袄儿和白锦缎的裙子，外面罩着件大毛的白斗篷，乍一看去，倒有点像和番的王昭君呢！这时，她正那样吃惊地大睁着一对黑白分明的眼睛，怯怯地瞪视着他。在她手中，握着一束白梅花。那模样，那神态，那装束，和那盈盈然如秋水的眼睛，朗朗然如柳带的双眉，以及那份夺人的美丽，使何梦白整个地呆住了。

那女子半天没从惊慌中恢复过来，她显然不知桥下有人，而无意间坠落了一枝白梅。这时她真像个闯了祸的孩子，不知该怎样善后，只是呆呆地瞪着他。何梦白站了起来，握住了那枝梅花，他不由自主地走向那女子。那女子看他逼近了过来，就更加惊慌了，她很快地对他上上下下地打量了一番，立即做了一个十分错误的判断和决定。从怀里，她掏出了一个小荷包儿，远远地对他扔过来，嘴里低喊着说：

"不许过来！给你银子好了！"

何梦白愕然地站住了。她以为他是什么？强盗？土匪？还是乞儿？他张着嘴，想解释，又不知如何解释，就在他错愕发愣的时候，那女子已转过身子，像逃避瘟疫一般，急急地向寺里跑去。何梦白惊觉过来，一把抓起地上的荷包，大踏步地追上前去，嘴里乱七八糟地嚷着：

"姑娘，你等一等！姑娘，你等一等！"

那女子跑得更急了，何梦白在后面紧追着，又忽然想起来，自己这样追在一个女子身后，实在有些不成体统，再看自己，衣冠褴褛，潦倒落魄，那狼狈的形象，难怪别人要误会了。就不由自主地收了步子，仰天长叹地说：

"咳！没想到我何梦白，一介书生，满怀抱负，竟落魄到被人看成乞儿的地步！"谁知，他这几句苍凉的话，竟使那女子倏然收住了步子。她惊愕地回过头来，喘息未停，惊魂未定，却大睁着一对近乎天真的眸子，一瞬不瞬地盯着他。张开嘴，她嗫嚅地，瑟缩地，半惊半喜地，半羞半怯地，犹豫了许久，才终于说出一句话来："你……你就是……何梦白?"

"怎么?"何梦白更加吃惊了，"你知道我吗?"

"那……那寺里新近换上的对联，都是你写的吗?"那女子好奇地、深深地望着他。

"哦，原来你看到了那些对联!"何梦白恍然大悟，"是的，就是在下!"那女子眼底的惊奇之色更深了，再一次，她上上下下地打量着他。何梦白在她的眼光下畏缩了，他知道自己那副落拓相，是怎样也无法隐藏的。从没有一个时候，他比这一瞬间，更希望自己能衣冠楚楚，风度翩翩。他退缩了一下，把破棉袄的衣襟拉了拉，却更显得手足无措，和捉襟见肘。那女子吸了口气，却发出一声低低的叹息，轻声地说：

"既然读了书，怎不进京去图个上进呢?"

"小生也想进京，只是寻亲未遇，流落于此!"

"哦!"那女子低吁了一声，眼底眉梢，顿时笼上一层同情与怜恤之色。正想再说什么，却从寺里匆匆地跑来了一个穿绿衣的丫鬟，梳着双髻。一面跑，一面喘吁吁地嚷着说：

"啊呀! 小姐! 你又到处乱逛了! 让我找得好苦! 老夫人在发脾气呢! 赶快去吧，轿子都准备好了，要回府了呢! 全家就等你一个!"那女子来不及再顾他了，回头看了看那丫鬟，她仓促地对何梦白再抛下了一句："荷包留着，好歹去买件皮袄御御寒，天气冷得紧呢! 留得青山在，才不怕没柴烧呀!"

说完，她不再管何梦白，就转过身子，跟在那丫鬟背后，匆匆忙忙地向闲云寺的方向跑去了。何梦白本能地再追了两步，举着那荷包儿喊："姑娘！姑娘！"可是，那女子和那丫鬟，已经走得无影无踪了，只有梅影参差，花木扶疏，小径上，杳无人迹，而衣香犹存。梅花树后，晚霞已映红了天空。而闲云寺里，晚钟初响，钟声回荡在山谷中、小溪畔，敲破了黄昏，敲醒了那兀自拿着荷包发愣的人。何梦白终于回过神来。低下了头，他开始审视着手里那个小荷包，大红锦缎做的，上面绣着一枝白梅花，绣工精细而纤巧，荷包口上系着红丝绦子，打着个梅花结。梅花！这女子和梅花何其有缘！他拈了拈那荷包，并不重，只是些碎银子而已。他又伫立了片刻，才忽然想起，应该知道一下那女子到底是谁才对。握着荷包，他迅速地奔向寺里，却只见人来人往，求签的求签，上香的上香，大殿、旁殿、偏殿……都找不着那女子和丫头的身影。那女子已经走了！一个不知姓甚名谁的女子，一个与他毫无关联的女子，却留给了他一个荷包，一枝梅花，和一份莫知所以然的惆怅。

这晚，何梦白失眠了，辗转反侧，他只是不能入睡，眼前浮动的，全是那女子的形影。那样亭亭玉立站在桥头上，那样手持白梅花，身披白斗篷，素雅，飘逸，如仙，如梦……他叹息了。那是谁家的女子呢？看那服装，看那丫鬟，必然是某个豪门中的千金小姐。想自己衣食不全，贫困潦倒，纵有满腹诗书，又有何用？如果自己也是个大家公子，或者还有缘得识这位佳人。如今……罢，罢，想什么呢？梦什么呢？一个穷小子，是没有资格梦，也没有资格想的。

就这样，一点痴心，已然萦怀，何梦白通宵不寐。黎明的时候，他摆弄着那个小荷包，打开了结，里面有些碎银子，别无他物。他拨弄着，翻来覆去地看着那荷包，于是，忽然间，他在那荷包的衬里上，发现了刺绣着的三个字："江冰梅"。江冰梅？这是那女子的名字吗？江冰梅？怪道她要在荷包上绣一枝梅花呢！他猛地醒悟了，是了，净修法师曾说过，江家的女眷要来上香，那么，这必然是江家的小姐了！江家！他知道这家庭，那江一尘老先生是个落第的举子，念过不少书，家道殷富，也做过几任小地方官，如今告老还乡，卜居在城中，宅第连云，奴婢成群。唉！偏偏是江家的小姐，他何梦白何其无缘！如果是个小户人家的女子，他还有可能攀附，如今……罢，罢，想什么呢？梦什么呢？

天亮了，晨钟敲亮了窗纸，何梦白无情无绪地起了床，满脑子充盈着的，仍然是那个苗条的影子，那窄窄的腰身，那怯怯的神态，和那冰雪般纯洁清新的面貌。把那绣荷包儿紧揣在贴身的衣袋里，他没有去买皮袄，他舍不得动用里面的银子，并非吝啬，而是因为这银子曾经玉人之手。早餐后，他坐在自己借住的那间简陋的斗室里，对着桌上铺着的画纸发愣，他该画画了，这是谋生的工具。画画！他脑中唯一的画面，只是那手持梅花，站在桥头的女子呵！

于是，忽然间，他的兴趣来了，提起笔来，调好颜色，他细细揣摩追想着那女子的面貌，画了一幅《寒梅雪艳图》，把那桥，那女子，那手持梅花的神态，全都画在画纸上。连背景，带服装，都画得丝毫不爽。这张画足足画了一整天，画完后，自己细看，那女子栩栩若生，宛在目前。他叹了口气，略一思索，又在那画的右上角，题下了几句词：

破瓜年纪柳腰身，懒精神，带羞嗔。手把江梅，
冰雪斗清新。不向鸦儿飞处着，留乞与，眼中人！

　　题完，他在左下角又签下了自己的名字。然后，他把这幅图悬挂在墙上，默默地看着。在他的题词里，他很巧妙地把"江冰梅"的名字嵌了进去。在他，这只是一种聊以自慰的方式而已。但，当净修法师看到这幅图之后，却曾惊异地注视良久，然后掉过头来，含笑而沉吟地看着何梦白，点点头，调侃地说："小施主，所谓伊人，在水一方呵！"

　　何梦白蓦然间脸红了。净修法师却自顾自地，笑呵呵地走了出去。一面走，一面留下一句话来：

　　"世间没有做不到的事，只要自己先站起来！"

　　何梦白悚然而惊。从这一日起，他每天面对着墙上的美人，开始用功苦读起来。

二

　　一转眼，过了年，灯节到了。

　　闲云寺里，善男信女们捐赠了无数的彩灯，一时张灯结

彩，游客如云，好不热闹。

人多的场合，总使何梦白有种被遗忘的感觉。晚上，他也曾在寺中各处转了一圈，看了看那些彩灯。下意识中，他未尝不希望再碰到那个江冰梅！或者，她也会来凑热闹呢！但是，他知道今晚城中还有"灯市"，比这儿更热闹得多，年轻女子，多半去灯市而不会到寺庙里来，到闲云寺的，都是些老人，来上一炷香，求神保佑他们的下辈子，如此而已。转了一圈，他就无情无绪地回屋里，燃起一支蜡烛，开始在烛光下写一篇应考必须准备的八股文章。净修法师进来看了看他，劝告地说："不要太用功了，大节下作什么文章，不如去城里逛逛，有舞龙舞狮还有唱戏的呢！"

"不，师父，我还是在这儿静一静的好！"

净修法师点点头，走了。

何梦白继续写着他的文章，一篇写完，他累了。把头伏在桌上，他想休息一下，却不知不觉地睡着了。

他这一睡，就睡了很久，他一点也不知道，这时有个不知名的人，由于庙中人太多，想找个安静的地方避避，却误打误撞地走进了他的房间。他的房门原本就虚掩着，那人推开了门，看到里面有人伏在桌上睡觉，本想立即退出去，但是，墙上的那幅《寒梅雪艳图》吸引了他的注意。他悄悄地走了进来，仔细地看了看墙上那幅画，露出了一脸惊异的神情。然后，他转过身子，走到桌边，默默地、研究地打量着那个熟睡的年轻人：端正的五官、清秀的面貌，虽然憔悴，却掩饰不住原有的那股英爽。但是，服装破敝，一件薄薄的棉衣，已绽露出里面的棉胎，显然无法御寒，他虽熟睡着，却蜷缩着身子，似乎在梦中，仍不胜寒瑟。那人摇了摇头，接着，就发现何梦白桌上摊开的文章。他不由自主地拿起那本册子，一页一页看过去，越看就越惊奇，越看就越眩惑。最后，他终于忍不住在桌边坐了下来，提起桌上的一支笔，在那文章上圈圈点点起来。看完了最后的一页，他站起身子，再度凝视着那个年轻人，深深地，深深地凝视着那个年轻人。何梦白的身子蠕动了一下，发出一声轻微的叹息，他正在做梦，梦到自己在寒风凛冽的雪地里奔跑，在他前面，那个名叫江冰梅的女子正忽隐忽现地显露着，他不停地追逐，好疲倦，好寒冷……他的身子缩得更紧了，把头深深地埋进了臂弯里。

那不知名的人对他注视良久，又沉思片刻，然后，他走了过去，悄悄地脱下了自己身上的一件狐皮大氅，轻轻地盖在何梦白的身上。何梦白只动了动，并没有从睡梦中醒来。那人不再惊动他，走到墙边，他摘下了墙上那张《寒梅雪艳图》，卷成一卷，就拿着它退出了那房间，并细心地为他关上了房门。片刻之后，那人坐在净修法师的书斋里了。从怀中取出一个二十两重的银锭子，他放在净修法师的桌上，从容地，安静地，而诚恳地说："我刚刚撞进了那个何梦白的房间，他睡着了，我没有惊动他，这个银子，请您转交给他。他是靠卖字画为生的，是吗？也就是你对我提过的那个落魄的书生，是吗？"

"是的，施主。""那么，对他说，这银子是买他这幅画的。"他举了举手里的画卷，"这张《寒梅雪艳图》。"

净修法师惊愕地张大了嘴。

"但是……但是……"净修法师嗫嚅地说，"据我所知，他这幅画是不卖的呢！""不卖的吗？"那人拈须微笑，"那就算他押给我的吧！"

"施主，此话怎讲？""二十两银子押一幅画，这数字还不够吗？"

"太够了！所以我不解呵！二十两银子可以买个画师了！一张名画也要不了二十两银子呀！"

"坦白说吧，买画是个借口，资助他二十两银子是真，我看了他的文章，这少年绝非久居人下者！我可以和你打赌，他必有飞黄腾达之日！请你告诉他，要他用这银子作盘缠，及时进京，参加明年的大比，有此等才华，别自己耽误了大好前程！他如果真舍不得那幅画，让他成功之后，拿银子来赎回去！""哦！"净修法师恍然大悟，他注视着那人，轻吁了一口气，"阿弥陀佛！他是遇到贵人了！"

"再有一件事，不必告诉他我的名字，我不想要他来道谢或是什么的，你只要告诉他，快些进京去吧！"

"如果他一定要去道谢呢？"

"那样吗，"那人又微笑了，"三年五载内，我总不会离开这儿，等他功成名就，再来道谢吧！"

净修法师不再说话，抬起眼睛来，他深思地望着面前的人，那人也微笑看着他，于是，忽然间，净修法师若有所悟，他不自觉地笑了，深深地点了点头：

"施主放心吧，我一定转达你的意思！"

于是，当何梦白一觉睡醒，惊奇地发现自己竟披着件上好的狐皮大氅，桌上的烛火已残，而自己的文章，已完全被圈点改正过，再一抬头，又发现墙上那张《寒梅雪艳图》已不翼而飞。他是那样惊奇，那样不解，跳起身来，他一口气冲进了净修法师的书斋。一眼看到，法师正静坐在书桌后面阅读经文，他才发现自己有些莽撞，慌忙收住了步子，垂手而立，嘴里讷讷地说："师父，对不起，师父……"

净修法师抬起头来，安静地看着他，微微一笑。

"我正等着你呢！小施主。"

"你一定知道，这是怎么回事了？"何梦白举了举手里的大氅。"坐下吧！小施主。"净修法师示意他坐下，然后慢吞吞地把桌上那银锭子推到何梦白的面前。"收下这银子吧，这是你的。""什……什么？"何梦白张口结舌，"这到底是怎么回事？""你的时运转了，小施主。有位贵人留了这银子给你，并且取走了你那幅画。他看过你的文章，怜惜你的才华，要你用这银子作盘缠，上京博取功名！至于那幅画，算是典质给他的，等你成功了，再来赎取！"

"天下有这等事！"何梦白不相信地睁大了眼睛，"如果我失败了呢？""他算买了你那幅画！"

"那幅画值二十两银子吗？"

"小施主，"净修法师静静地说，"你是聪明人，还不了解吗？""哦，"何梦白困惑地锁了一下眉，轻声地低语，"他只是找借口来帮助我而已。""施主知道就好了！""天下竟有这样的好心人！"何梦白怔怔地说，眼眶却渐渐地湿润了，"帮助我一大笔银子还是小事，最难得的是他竟还能赏识我！"抬起眼睛，他望着净修法师，"请告诉我，这人是谁？""我不能告诉你，"净修法师说，"这位贵人并不想要你知道他是谁。可是，小施主，只要你能成功，我相信你总有一天可以见到这位贵人的！所以，听贫僧一句话，即日进京，好自为之吧！说不定……"他顿了顿，紧紧地注视着何梦白，语重心长地说，"还有许多的奇遇在等着你呢！你如果真感激那个善心人，就别辜负人家一番心意吧！"

何梦白定定地看着净修法师，好半天，一动也不动，只是呆呆地坐着，一副痴痴傻傻的样子。然后，他就猛地跳了起来，一拍桌子说："生我者父母，知我者此人及法师也！我若无所成，何面目对此人，又有何面目见法师！师父，我马上上路，明日就告辞了，请以三年为期，我必归来！"

"成功地归来！"法师补充地说。

"是的，成功地归来！"何梦白一甩头，豪放地说，拿起了桌上的银锭子，"请转告那位贵人，三年之后，我将赎回那幅画！"法师微笑着，用一份充满了信心的眼光，目送何梦白那个昂首挺胸离去的背影。好久好久，法师了无睡意，眼前一直浮现着何梦白那张神采飞扬的面庞。

"他会成功的。"他低低地自语，重新摊开了面前的经卷。

三

第二天，何梦白就告别法师，进京去了。

接下来，何梦白面临的是一连串艰苦的、奋斗的岁月。对任何一个读书人，考场都是最大的目标和最大的挑战。首先，是风餐露宿，仆仆风尘到京，然后，寄居在会馆中，苦读，苦读，苦读！时光在书本中缓慢地流逝，在笔墨中一点一滴地消失，日子近了，更近了，更近了，更近了，终于，到了考试的那一天！

一个读书人要面临多少次考试？首先要通过地方上的考试成为秀才，再参加乡试成为举人，然后是会试、殿试……一个读书人要经过多少的困苦？多少的挑战？多少的煎熬？谁知道？谁了解？时间流逝着，一天，一天，又一天。春来暑往，秋尽冬残……时间流逝着，永远不停不休地流逝着。这样，三年的时间过去了，何梦白怎样了？成功了？失败了？通过了那些考试？还是没有通过那些考试？是的，何梦白是个幸运者。没有辜负那位"贵人"的赏识，没有辜负净修法师的期望，他竟像神迹一般，连连通过了乡试、会试与殿试的三关考试！那时代，北直隶自成一省（相当于现在的河北省），乡试与会试都在北京。何梦白成功地连破三关，三年之后，何梦白摇身一变，已从一个默默无闻的穷秀才，变成新科进士了。

一旦中了进士，就再也不是从前寒苦的日子，名誉、金钱、宅第都随之而来。瞬息间，何梦白已买奴置宅，初尝富贵荣华的滋味。于是，这年冬天，他披着一件狐皮大氅，带着仆从，骑着骏马，来到了一别三年的闲云寺门前。

闲云寺别来无恙，依然是梅花盛开，红白掩映。依然是游客如云，香火鼎盛。当何梦白出现在净修法师的面前时，没有一句话，净修法师已一切了然了。何梦白一语未发，就已双膝点地，净修法师一把拉起他来，含泪说：

"小施主，你真守信！三年之约，你果然不负所望！江老爷泉下有知，也该瞑目了。""江老爷！"何梦白惊呼，"那是谁？"

"助你赴京的那位贵人呀！江一尘老爷！"

"是他？"何梦白的脸色瞬息万变，似惊，似喜，似意外……接着，就倏然间转白了。"怎么？你说'泉下'吗？难道他……难道他……""小施主，你先坐下来，喝杯茶，听贫僧慢慢地告诉你。"净修法师把何梦白延进书斋，坐定了，何梦白已迫不及待，只是焦灼地追问着。净修法师看着何梦白，眼眶里不由自主地溢满了泪，长叹一声，他喃喃地说："天下事真难预料，你已衣锦荣归，而那江一尘全家，却已家破人亡了！"

何梦白面如白纸："师父！你这话可真？到底是怎么回事？"

"你走后的第二年，江家遭到了一场大火，整栋房子，烧得干干净净，火是半夜起的，全家几乎都葬身火窟，江老爷和夫人，可怜，都升天了！"

何梦白深抽了一口气，咬紧了牙，他垂下头去。抚摸着身上那件狐皮大氅，他顿时泪盈于睫，物在人亡，此景何堪！他半晌无语，失望、伤心、感慨、悲痛使他心碎神伤，好一会儿，他才忽然想起了另一件事，三年来，一直牵肠挂肚的另一件事！抬起头，他喘息地，颤声地问：

"那位江小姐呢？""阿弥陀佛！"净修法师合掌当胸，"那位小姐是除了丫头仆人之外，江家唯一幸免于难的人！"

"谢天谢地！"何梦白嚷了一声，迅速地跳起身来，"她住在哪儿？我这就去找她！""小施主，少安勿躁！"净修法师按住了他，"她已经不在这城里了！""不在这城里？到何处去了？"

"听说进京去投奔她舅舅了。"

"进京？那么她人在京里了？"何梦白焦躁地追问，"她舅舅姓甚名谁？住在京里哪条街哪条胡同？"

"哦，小施主，你不要急，她舅舅姓甚名谁，我也不清楚。当时和那小姐一起逃出火场的，还有她的丫头翠娥和老家人江福，以及其他一些婢仆。听说也抢救出一批财物，所以能办了江老爷夫妇的后事。后事办完之后，那江福就陪同小姐，带着翠娥进京去了。很抱歉，小施主，贫僧也不知道那小姐的下落，但是，江福是个忠心可靠的老家人，他们身边也还有些钱财，听说舅家也是大户人家，所以，想必生活上不会吃什么苦。只是……"净修法师停了停，轻叹了一声，低语着说，"可怜江老爷的一番心，也都白费了。"

"一番心？什么心？"何梦白愣愣地问，心里的失望和痛苦都在扩大着。"记得江老爷留下过你的一幅画吗？"

"是的。""贫僧不知小施主是否见过那位江小姐，但是那幅画却画得神似江小姐，而且题词中隐嵌了那位江小姐的名字，当时江老爷颇为惊奇，等到看过你的文章后，又对你大为赏识，所以出资助你赴京，他知道你若成功，一定会守信归来。你知道天下父母心，总不愿自己的女儿嫁个穷秀才，那位江老爷呵，原是想要你做女婿的呢！所以直到失火之时，那位小姐还没许人家呢！""哦！"何梦白跌脚长叹，"天！我何梦白怎么这样无缘！天！为什么竟会有那样一场无情之火？"

"小施主，你也别伤心了。须知天有不测风云，人有旦夕祸福，人生际遇，皆有天定。有时，说是有缘却无缘，又有时，说是无缘却有缘，生命都是这样的！"

何梦白凄然垂首，片刻，又猛地一昂头，用力地捶了一下桌子，坚决地说："无论如何，我要找到她！"站起身来，他看着净修法师，"我以前住的那间屋子，还能借住吗？"

"只怕委屈了你。""你以为我和三年前完全不同了吗？"

"还是一样，"净修点了点头，"你是个有心的好男儿！去寻访吧，愿菩萨助你！你到城里酒馆中，很容易打听出当时江家逃出火场的仆人有没有还在城里的，或者，你可以访问出那小姐的舅舅姓甚名谁，住在何处。"

"谢谢法师的指点。"何梦白留下来了。一连十天，他带着仆人，到处查询江家旧仆的下落，终于给他找到了好几个，一个是厨娘，几个是听差，却没一个知道那舅氏的名姓住址的。另外还有几个小丫头，更是一问三不知。打听的结果，唯一知道的，只是火场的恐怖，和当时小姐惊恐悲伤过度，几乎疯狂的情形，别的就再也没有了。何梦白也去了江家遗址，一片瓦砾堆，焦木歪倾，断壁残垣，杂草丛生。看来颇令人心惊和鼻酸。往日的一片繁华，只剩下了荒烟蔓草！真给人一份人生如梦，何时梦觉的感觉。何梦白站在那残迹中，可以想象江冰梅当时骤临剧变的惨痛。回忆那姑娘披着白毛斗篷，手持梅花，站在桥头的那份柔弱与娇怯，他就不能不泫然而欲泣了！呵，天乎天乎，佳人何在？重新走在闲云寺的梅园中，重新来到那小溪畔，前情种种，如在目前。园里梅影参差，落花缤纷，桥头积雪未消，溪中残冰未融。他伫立久之，依稀见到江冰梅那天真的神韵、俏丽的身影，当时所赠的绣荷包，至今仍在怀中。可是，天乎天乎，佳人何在？夜晚，剪烛灯下，取出那绣荷包，在灯下把玩着，里面的银子，始终没有动用过。那荷包上的一枝白梅，依然栩栩如生。闭上眼睛，那女子的衣香鬓影，恍惚可闻。呵，天乎天乎，佳人何在？经过十天没有结果的搜寻之后，何梦白不能不放弃了追访，黯然地告别了净修法师，带着随从人等，回到京城。

京都中繁华满眼，歌舞升平。何梦白以年少成名，官居要职，原有享不尽的荣华富贵。可是，他始终不肯娶妻，洁身自守，在他的官邸中，多少的朝朝暮暮，都在他那寂寞的书斋中度过了。许多同僚，帮他纷纷做媒，许多大官贵爵，愿得他为婿，都被他所婉拒了。江冰梅，江冰梅，他心中只有一个江冰梅！可不是吗？那应该是他命定的妻子，当初那幅画和那个绣荷包，岂不是双方的信物吗？他怎能舍她而再娶？但是，玉人何在？玉人何在？

日复一日，时光如驰。何梦白在朝中的地位，渐居显要。眨眼间，离开他中进士，又已三年了。他已经成了京中著名的人物，官邸豪华，仆从如云，每次出门，车水马龙，前呼后拥，他再也不是一个等闲人物了。而且，随着时光的流逝，他的年纪一年比一年大。中国古训，不孝有三，无后为大。他开始明白一件事，那枝白梅，只是个梦中的影子，他已经永远失去她了！惋惜着，叹息着，他勉强自己不再去思念那江冰梅，而开始议婚了。就在这时候，就在他已完全放弃了希望的时候，一件意外的事情发生了。

四

这天，何梦白下朝回府，坐着轿子，前后都是骑着马的护从。正走在街道上，忽然前面一阵人马喧嚣，一片呼喝叫嚷之声，轿子和人马都停了下来。何梦白掀开了轿帘，伸出头去问："什么事情？马撞着人了吗？"

"不是的，爷，"一个护从答着，"有个疯子，拦着路在发疯呢！""疯子吗？"何梦白说，"好好地劝开他吧！"

"哦，不是的，"另一个侍从说，"是个老乞丐，拦着路要钱呢！""那就给他点钱，让他让路吧，告诉前面，别仗势欺侮人家！"何梦白是有名的好心人。

一个护从传令去了，但是，不一会儿，前面的家仆就跑了过来，对何梦白说："禀告爷，前面是个疯老头儿，只是拦着路撒野，口口声声说要见爷，说有一样宝贝要卖给爷，怎么劝他，给他钱，他都不走！""有这样的事？"何梦白诧异地问，"怎样的老头儿？会是个江湖异人吗？""哦，绝对不会，只像个老乞丐！"

"那么，多给他点钱，打发他走吧！"

家仆去了，一会儿，就又无可奈何地跑了回来：

"不行，爷，那真是个疯子，他说他的宝贝要卖十万两银子，给他十万两银子，他才走！我看，叫人把他捆起来打一顿算了。""哈！"何梦白笑了，"他有什么宝贝呢？十万两银子，我全部家财也没有十万两银子呢！你们看到他的宝贝了吗？"

"看到了，只是个纸卷儿。"

"纸卷儿？"何梦白皱了皱眉，心里若有所动，是文章？是字画？会也是个被埋没的天才吗？装疯卖傻，夤缘求见，未始不可能！怜才之念一起，他立即说："不许打他，把他带来，让我看看他到底有什么宝贝！"

"爷……"家仆阻拦地叫。

"不要多说了，带他来吧！"

家仆无奈地退了下去。于是，那老头儿被带过来了，何梦白看过去，那是个须发皆白的老头，貌不惊人，容不出众，穿着一身破破烂烂的黑衣服，满身灰尘，满面风霜，怎样也看不出是什么"天才"！到了何梦白的面前，那老头双膝一跪，双目却炯炯然地看了何梦白一眼，说：

"小的拜见何大爷！""听说你有宝贝要卖给我，是吗？"何梦白微笑地问，他不想刁难这个老头。"是的，是一张画，请爷过目。"

那老人说着，双手奉上了一个纸卷儿，何梦白接了过来，带着几分好奇，他慢慢地打开了那纸卷儿。立即，他浑身一震，猛地惊跳了起来，脸色倏然间就变得苍白了。那竟是他若干年前所绘的那张《寒梅雪艳图》！一把抓住了轿檐，他大声问：

"你是谁？从何处得来这幅画？"

"小人江福，叩见大爷！"老人说，徐徐地磕下头去，声音却微微地颤抖着。

江福！不用再问，何梦白已明白了！张着嘴，他惊愕地瞪视着面前这个老人，一霎间，有千言万语想要问，想要知道，但是，这街上不是谈话的地方。好半天，他无法回过神来，看江福那副狼狈贫困的样子，他可以想象江冰梅目前的情形，或者，她已经嫁人了；或者，她已经堕落了；更或者，她已经死了！这一想，他猛地打了个寒战，这才醒悟了过来，慌忙唤起左右，他大声地吩咐：

"搀起他来，给他一匹马！"

江福磕了头，站起身来，垂手而立。

"江福！"何梦白喊。"是的，爷。""你先跟我回府，到了府里再慢慢谈。""是的，爷。"江福说，凝视着何梦白，老眼中竟溢满了泪。片刻之后，何梦白已带着江福回到府里，把江福引进小书房中，何梦白屏退了左右，立即，他劈头一句话就急促地问："先告诉我，你们家小姐还好吗？"

"哦，爷，不大好。""怎的？快说！嫁人了吗？"

"还没有。""那么，是还活着了？"何梦白深深地吐了一口气，坐下身子，示意江福也坐下，江福不肯，只是垂手站立着。何梦白再吸了口气，说："告诉我吧！把详细的情形告诉我！你们一直住在哪里？""一直在京里。""哦！我的天！"何梦白喊，"你居然到今天才来找我吗？"

"小的不知道何大爷就是当初在闲云寺的那位爷呀！小的只是个奴才，什么都不懂呀！"

"慢慢来吧，慢慢来，"何梦白整理了一下自己的思绪，"你们不是进京来投靠舅家的吗？怎么弄得这样狼狈？你从头到尾地告诉我。"于是，江福开始了一段长长的叙述。

原来，火灾之后，江冰梅葬了父母，带着一些财物珠宝，就跟江福和丫鬟翠娥，远迢迢地来到京城。谁知到了京中之后，才知道舅舅已返原籍山东去了。他们身边的钱，不够去山东，而京里又举目无亲，就在这时，冰梅因自幼娇生惯养，不堪旅途劳顿，加上家庭惨变、寻亲未遇的种种刺激，终于不支病倒。他们只好变卖首饰，延医诊治，一面租了一栋小房子，搬到里面去住。江冰梅一病两年，变得瘦骨支离，而所有可变卖的东西，几乎都已典当一尽，只得靠江福出外做工，翠娥做些针线绣活，维持生活，这样勉强拖延，叨天之幸，冰梅的病竟然痊愈了。但经过这一病之后，她已万念俱灰，心如死水，每日不说也不笑，如同痴人。江福和翠娥更加焦虑，百般劝解，那冰梅只是不理，而生活日益拮据，他们又搬到了更小更破的屋子里，就这样拖宕着岁月，直到今天。"那么，你怎会想到来找我？又怎会保留了这张画？当初失火，这画怎会保全，而带来京里？"何梦白一连串地追问着。

"哦，爷，这些都是天意。"江福叹口气说，"当初我们老爷用二十两银子买您这幅画那天，是小的跟他去闲云寺的，所以小的知道这回事儿。据翠娥后来告诉我，老爷把这幅画拿回家之后，就交给了小姐，要她好好保存着，别的什么话都没说。小姐得到这幅画，却十分欢喜，怕悬挂着弄脏了，就收在她的箱子里，没事时就打开箱子，拿出来赏玩……"江福看了何梦白一眼，补充地说，"您知道，咱们家老爷只有小姐一个掌珠，自幼是当公子般带的，诗、书、画都懂得呢！"

"我了解，"何梦白说，"你再说下去！"

"所以，失火那晚，咱们抢出了小姐的箱子，就也抢救出了这幅画。可是，在那样的灾难里，我们谁也没想到过它。我们进京时，带着小姐的箱子，也带来了这幅画，却也没想到它可以帮我们的忙。小姐生病的时候，倒也把这幅画拿出来研究过，只是对着画长吁短叹。爷……您知道，您画上签的是您的号'梦白'，但是，您在朝廷里用的是您的名字'何曙'，咱们怎会把这两个名字联想成一个人呀！"

"唉！"何梦白长叹了一声，"后来呢？"

"直到昨天，我们实在没有东西可以卖了，小姐又是那样痴痴傻傻地无从商量。翠娥就把这幅画找出来给我，要我拿到字画店里去试试看，能不能换个三文五文的，我也抱着姑且一试的心情，就拿去了，哪知那店东一看，就惊叫起来，问我是真画呢还是假画。我不知道他的意思，他才指着那签名说，这就是您何大爷呀！"

"于是，你今天就拿着画来拦轿子了。"

"是的，爷，请您原谅。"江福垂下了头，"我也做过大户人家的家人，我知道侯门难入呀，除非拦着轿子撒赖，实在想不出办法来。""办得好，江福！"何梦白赞美地说，"你是个忠心的而又能干的家人！"江福双膝一软，对何梦白跪下了。

"爷，小的不值得夸奖，只是尽小的本分。只请爷看在咱们过世的老爷面上，帮帮我们那苦命的小姐吧！"

"江福，你起来！"何梦白沉吟片刻，坚定地说，"如今这时候，顾不得什么礼仪和规矩了，你这就带我去看看你们小姐！""哦……哦，这个……"江福面有难色。

"怎么了？""小的只怕窄屋陋巷，不是大爷千金贵体可以去的地方。""江福，你忘了？我又是什么出身？如果没有你老爷的那二十两银子，我现在恐怕在讨饭呢！"

"哦，爷！"江福低呼，"您虽不在意，但是咱们那小姐……""怎样？你怕她会觉得不安吗？"

"不是，爷。""到底怎么，别吞吞吐吐了！"

"哦，爷！"江福喊了一声，顿时间老泪纵横了，"我们那小姐已是半死的了呢！""什么意思？"何梦白的心倏然一紧。"你不是说她的病已经痊愈了吗？""身体上的病是痊愈了。但是，爷，她……她……她现在根本不认得人，不说话，不哭，也不笑，她……她是完全……完全痴呆了呢！""哦，我的天！"何梦白倒进了椅子里，用手支着头，喃喃地、反复地说，"我的天！我的天！"

"所以，爷，"江福拭着泪说，"您不用去看她了，只请您帮忙赁栋好点的房子，让她能过得舒服一点吧！"

何梦白沉默了好一会儿，然后，从椅子里跳了起来，坚决而果断地说："走吧！江福，别多说了，带我看你们小姐去！"

五

没有带任何一个仆人，只和江福分别骑着两匹马，何梦白来到了那个像贫民窟般的陋巷里，然后，置身在那大杂院中所分租出来的一间小屋里了。

屋中除了木板凳子和桌子之外，四壁萧条，一无所有，房里光线黝黯，空气混浊。初初走进房间，何梦白根本没发现那悄悄地坐在屋角中的江冰梅，直到江福走过去喊了一声：

"小姐，有客人来了！"

何梦白才那样大吃了一惊，愕然地瞪视着屋角，简直不敢相信自己所看到的。江冰梅蜷缩在一张椅子中，头发长长地束在脑后，形容枯槁，面黄肌瘦，双目黯然无光，脸上毫无表情，呆呆地坐在那儿，像一尊古坟里掘出来的石像。一件破旧的麻布衣服裹着她，没有钗环，没有首饰，没有一切，她再也不是梅花林里那个娇怯美丽的女子了，她只是一具活尸！

何梦白怔住了，震惊得无法说话了。一个丫鬟赶了过来，跪在地下说："小婢翠娥给何大爷磕头！"

何梦白稍稍地恢复了一些神志，他看着那丫头，虽然也是衣衫褴褛，面容憔悴，但他仍然认得出她就是那天在梅园中所见过的丫头。他吸了口气，喉中哽塞地说：

"起来吧！翠娥。"翠娥起来了。何梦白重新看着江冰梅。

"她这副样子已经多久了？"他终于问。

"差不多两年了。"翠娥说。

"两年！"何梦白低呼，"你们就过这样的日子吗？"

"是的，爷。"何梦白闭上眼睛，痛楚地摇了摇头。睁开眼睛，他深深地注视着江冰梅，走了过去，他试着对她说话：

"姑娘，你还记得我吗？"

江冰梅毫无反应。"姑娘，你还记得闲云寺的梅花吗？"

江冰梅恍若未闻，连睫毛都没有抬一下。

何梦白咬了咬牙，知道自己是在做徒劳的尝试，转开了头，他看到翠娥正在悄悄拭泪。他略一沉思，就朗声地喊：

"江福！""是的，爷！""我要马上做一件事，你必须明白，这不是讲规矩避嫌疑的时候，我要你们立即迁到我的府里去！"

"哦，爷。"江福迟疑地喊。

"我府中有一个小楼，又安静又舒服，你们即日给我搬进去，这儿有二十两银子，你马上去给你小姐和你们买些衣服钗环。住进去之后，我才能延医诊治，你小姐的病不是绝症，我相信治得好！""哦，爷！老天爷保佑你的好心！"江福大喜过望，忍不住跪下了，泪流满面，翠娥也哭泣着跪下去了。只有江冰梅，仍然呆呆地坐着，不闻，不看，眼睛直直地瞪着前方。

　　三天之后，江冰梅迁进了何府的小楼中，这小楼在府中的花园里，自成一个单位，五间明亮整洁、精致玲珑的房子。何梦白又买了好几个丫头老妈子来侍候江冰梅。同时请了医生，服药治疗。每天早晚，何梦白都会到这小楼中来探视江冰梅，嘘寒问暖，照顾得无微不至。

　　时间慢慢地过去，江冰梅始终没有恢复神志。但是，由于医药的帮助和食物的调养，她却逐渐丰腴了起来。她的面颊红润了，头发光泽了，眼睛明亮了……一天天地过去，她就一天比一天美丽。翠娥每日帮她细心地梳妆，细心地穿戴，她虽依然不言不语，却慢慢地懂得用眼睛看人了。有时，当何梦白来探视她时，她会默默地瞅着他，竟使他不能不充满了满怀感动的情绪。他深信，在她那意识的底层，仍然潜伏着她原有的热情，他所需要的，是唤醒她那沉睡的意识。

　　于是，这一天终于来了。

　　江冰梅搬进何府已经半年了，她进来时是夏季，转瞬就到了冬天了。何府的花园中，种满了梅花，这天早上，何梦白就注意到有一枝白梅先开了。早朝之后，他回到府中，换了便服，走到花园，那白梅的一股淡淡清香，直入鼻中，他不由自主地想起了闲云寺中的白梅，溪边的白梅，桥头的白梅，和那坠入怀中的一枝白梅！他心里怦然而动，禁不住伸手摘下那枝白梅来，拿着那梅花，他走进了江冰梅的房间。

江冰梅已被翠娥打扮得齐齐整整，坐在廊前晒太阳。她的面颊被阳光染红了，眼睛在阳光下闪着光彩，那细腻的肌肤，那姣柔的面貌，她已和半年前判若两人了。她穿着件白缎的小袄，系着水红色的裙子，罩着水红色绣花背心，外面披着白狐皮斗篷，乍然一看，宛然又是那日站在桥头的江冰梅！何梦白心中又怦然一动，大踏步地走上前去，他把那枝白梅轻轻地放进了她的怀中，说：

"记得那枝白梅花吗？"

江冰梅猛地一震，她的目光迅速地被那枝白梅吸引了，好半天，她就那样瞪视着那枝白梅，一动也不动。然后，她怯怯地，怯怯地，用手去轻触那白梅，再悄悄地抬起眼睛，悄悄地注视着何梦白。这种表情和举动使何梦白振奋了，把握住了这个机会，他迅速地说：

"记得我吗？记得闲云寺的白梅吗？记得那小溪和小木桥吗？"江冰梅瞅着他，眼底露出一股无助的、苦恼的、思索的神情来。"哦！"何梦白突然想起一件东西来，从怀中掏出了那个跟随了他已经若干年的绣荷包，他把那荷包抛在她的膝上，说，"那么，可记得这荷包吗？"

江冰梅俯首看着那荷包，于是，像奇迹一般，她猛地发出一声轻呼，骤然间开了口：

"是那个荷包呀！""是的，是那个荷包！"何梦白急急地说，拾起荷包，举在她的眼前，"你看看！就是你那个荷包，绣着一枝白梅花的荷包，许多年前，你用它来周济一个穷秀才的荷包！记得吗？想想看！想想看！""哦！"江冰梅的眼珠转动着，如大梦方醒般瞪着何梦白，接着，她就从椅子中直跳起来，嚷着说，"那幅画！我那幅画呢？""那幅画一直跟着你，正如同这荷包一直跟着我呀！"何梦白说，由于欢喜，眼里竟充满了泪。扶着江冰梅的手腕，他把她带进屋中，在屋里的墙壁上，那幅《寒梅雪艳图》中的女子，正默默地瞅着他们呢！

　　故事写到这儿应该结束了，剩下来的，都是一些必定的事情，一些你我都知道的事情。团聚，婚姻，男女主角共度了一大段美好的人生！是的，这就是人类的故事，一些偶然，一些奇遇，一些难以置信的缘分，构成不同的故事，不同的结果。正像净修法师所说：

　　"人生际遇，皆有天定。有时，说是有缘却无缘，又有时，说是无缘却有缘，生命都是这样的！"

　　生命都是这样的，你信吗？

一九七一年五月三日夜
于台北

禁门

前　言

在说这个故事之前，我们必须回溯到那个久远的年代，去尽力了解那个时代的风俗、习惯、忠孝节义的思想，以及那时候人们所畏惧的事物和传说。

那时候的人们怕鬼，怕狐，怕神，他们相信一切神鬼狐的存在。那时候的人们怕火，因为大部分的建筑都是木造，一旦失火，就不可收拾，家破人亡，常因一炬。因此，上一篇的《画梅记》中，我曾提到火，这儿，我要说另外一个有关火的故事。那时候的人们崇尚节义，他们提倡"忠臣不效二主，烈女不事二夫"的思想。关于忠臣及烈女的故事，不知有多多少少，至今仍脍炙人口。于是，鬼、火，及一个烈女的一份纯真的恋情，就造成了我今天要说的这个故事，这个神秘而离奇的故事。

如果你有闲暇而又不厌倦，请听吧，请听。

一

她的名字叫韩巧兰，但是，他一直叫她巧巧。

他的名字叫白元凯，但是，她也一直叫他凯凯。

韩家住在城头，白家住在城尾，两家都是城中的望族，都拥有极大的庄院及画栋雕梁的宅第，又沾上了点儿"一表三千里"的亲戚关系，因此，韩家与白家来往密切，也因此，巧兰和元凯自幼就成为青梅竹马的一对。

孩子们不懂得避讳，孩子们也不懂得虚伪，他们一块儿玩，一块儿吃，一块儿学认字、读书，她常跟着母亲住在他家里，他也常跟着母亲住在她家里。他们疯过，闹过，淘气过，也吵过架，勾小指头绝过交，又勾小指头和过好……但是，由衷地，他知道他喜欢她，她也知道她喜欢他。

他们第一次来到"寒松园"是他带她去的，那时，他九岁，她七岁。瞒着家人，他悄悄地带着她溜出城，到离城足足有四里路的郊野，停在这栋荒芜、阴森、而又孤独的废园门口。望着那爬满藤蔓的园门，和那半倾圮的红色围墙，以及那从墙内向外斜伸出来的几枝古松，他说：

"瞧！这就是咱们家的'寒松园'！"

她打量着那已空废的庄园，踮着脚，试着要窥望那墙内的神秘。他拉拉她的手说："走！我知道后面的围墙有个缺口，我们可以钻进去，里面好大好大，有好多房间，我上次和哥哥钻进去看过，我带你去看那个闹鬼的小花园。"

她瑟缩了一下，摇摇头说：

"不！我怕！""怕什么？这是大白天，鬼不会出来的！我们上次来，也没遇到鬼呀！何况，有我呢，我会保护你！"

"你不怕鬼？"她怀疑地问。

"我不怕！""可是……可是……大家都说，寒松园是真的有鬼，好可怕好可怕的鬼，所以你祖父才封掉了这个园子，搬到城里去住的。""我祖父胆子太小了，要是我，我就不搬。这寒松园比我们现在的屋子大多了，里面有好几进花园，一层套一层的，可惜现在都是荒草。传说以前我的祖宗们盖这园子，花了不知道几十万两的银子呢！现在就让它空着，太可惜了！都是我祖父胆子小！""你祖父见到那个鬼了吗？什么样子的？"

"说有男鬼，还有女鬼，长得青面獠牙，可怕极了，每天夜里，还有鬼哭，鬼叫，鬼走路，鬼叹气……"

"啊呀，别说了，我们还是走吧！"

"走？你还没有进去看过呢！"

"我不进去了！""巧巧！没想到你的胆子也那么小！没出息！"

"谁说我胆子小？""那么，就跟我进去！"

"好吧！"巧兰咬了咬牙，"进去就进去！"

于是，两个孩子绕到了围墙的后面，在荒烟蔓草之中，找到了那个倾圯的缺口。元凯先爬了上去，再把巧兰拉上了墙头，只一跳，元凯已落进了园中的深草里，巧兰只得跟着跳了下去。紧紧地死攥着元凯的手，她惊怯地、惶然地打量着这阴森森，暗沉沉，遍是浓荫与巨木的大院落。

树木连接着树木，深草已淹没了小径，迂回的曲栏上爬满了藤蔓和荆棘，曾是荷塘的小池长满了萍草，小亭子、小石桌、石凳上都是灰尘及蛛网。元凯拉着巧兰，小心地从荆棘丛中走过去，从树木低俯的枝丫中钻进去。然后，巧兰看到了那栋曾是雕栏玉砌的屋子，楼台、亭阁、卧桥、回廊，如今已遍是青苔，绿瓦红墙，都已失去了色泽，但仍然依稀可辨当日的考究与精致。屋门紧紧地关着，窗纸早被风吹日晒摧毁，零落地挂在窗槛上。元凯拉着巧兰，走上了那青苔密布的台阶，俯在窗口，元凯低低地说：

"你看里面！"巧兰畏怯地看了一眼，好深的房子，家具尚存，都是些厚重的檀木家具，现在全被灰尘和蛛网掩盖了，大厅四侧，重门深掩，不知掩着多少神秘和恐怖。一阵风来，巧兰脑后的细发都直竖了起来，她不自禁地打了个寒噤，轻轻地说：

"走吧！我们走吧，我妈会找我了。"

"你还没看到闹鬼的园子呢！"

"我不去了！""那你留在这儿，我一个人去！""哦，不要！不要留我一个人，我跟你去！"

元凯胜利地扬了扬眉，即使是孩子，男性也有他那份与生俱来的英雄感。绕过了正屋，这才能发现这栋院落的庞大，一片绿茵茵的竹林后面，是一排短篱，残余的茑萝，仍有几朵鲜红的花朵，在杂草中绽放。短篱上有扇小门，一块横匾上刻着"微雨轩"三个字。走进小门，是另一进院落和另一进房屋，也同样精致，同样古老，同样荒凉。再过去有道石砌的矮墙，矮墙上是个刻花的月洞门，上面同样有个横匾，题着"吟风馆"三个字，再进去，是"望星楼""卧云斋""梦仙居"等。然后，终于，他们停在一道密密的高墙前面，高墙上的门又厚又重，上了两道大锁，横匾上题着的是"落月轩"。在那门上，不知何年何月，有人用两道朱符贴着，如今，朱符已被雨水和日晒变了色，上面依稀还有些字迹，但已完全难辨。这已是寒松园的深处，四周树木浓密，杂草深长，除了风声震撼着树梢之外，寂无声响。元凯压低了声音，像是怕谁听到似的，对巧兰说：

"就是这道门里，所有的鬼魂都在里面！所以这是两扇禁门。"巧兰打了个冷战。"我们走吧！好吗？"她近乎哀求地说，"或者那些鬼会跑出来！""那门上有符，他们出不来了。"

"如果他们出不来，你祖父为什么要搬家呢？"

"这个……"元凯答不出来了，正好一阵风掠过去，那重门之内，似有似无地传来了一声幽幽然的叹息，元凯自己也觉得背脊发凉，胸腔里直往外冒凉气，握紧巧兰的小手，他不自觉地有些紧张，说："已经看过了，就走吧，反正这门关得紧，我们也进不去！"巧兰巴不得有这一句话，掉转头，他们循原路向外走，穿过一重门，又一重门，走过一个园子，又一个园子，两个孩子在杂草中钻出钻进。不知怎的，巧兰总觉得在他们身后，有个无形的鬼影在悄无声息地跟踪着他们，她加快了步子，半跑半跌半冲地跑着，元凯只得紧追着她，那园子那样大，假山、流水、荷塘、小亭、拱桥、曲栏……她都无暇细看，一心一意只要跑出去。有一阵，她以为她这一生都跑不出这个园子了，但她终于来到了那围墙的缺口，两人相继跳出了围墙，巧兰刚刚长长地吐出一口气，就猛地被一只大手一把抓住了，巧兰吓得尖叫了一声，定睛细看，却原来是白家的家丁阿良，被派出来找他们的。阿良跺着脚在喊：

"小少爷！你疯了，带韩姑娘到这儿来，里面有鬼的呢！也不怕恶鬼把你们给吃了！"

"恶鬼！"元凯不服气地喊，"你看到过恶鬼了？"

"阿弥陀佛，我可没看过，但是，跟你祖父的根生，说他听过鬼哭呢！""说不定是哪一房的丫头哭，他就说是鬼哭，他老了，耳朵根本听不清楚！""哈！"阿良忍俊不禁，"他现在老了，耳朵才不行的呀！跟你祖父的时候，他还是个书童呢！好了，好了，少爷，姑娘，你们快回去吧，让我找了一个下午了！如果给老爷知道你们跑到寒松园来啊，小少爷，你就……"

"你敢告诉老爷！"元凯喊。

"好，我不告诉老爷！你也答应不再到这儿来！"

"不来就不来！"元凯看着巧兰，悄悄地笑着，"你回去也别说，这是我们的秘密。"

"不说！"巧兰点点头。

"勾小指头！"两个孩子郑重地勾了小指头。

但是，后来，这两个孩子又来过一次。

二

再到寒松园的时候，他十五岁，她十三岁了。

他们仍然从那个缺口进去。寒松园别来无恙，只是草更深，树更浓，蛛网更密，楼台倾圮得更厉害，门窗斑驳得更陈旧。青苔荆棘，藤蔓葛条，到处都是。他们没有深入，因为荆棘刺人，小径难辨。坐在缺口下的一块巨石上，他们只是默默地望着这荒芜的庭院。

"记得第一次来的时候，你吓得要死。"

"那时我太小。"巧兰说，"现在我不怕了。"

"为什么？"她抿着嘴角儿一笑。"你在，我不怕。"她说，"如果是我一个人，我还是会怕的。""别怕鬼，巧巧。"他说，凝视着她，"我不相信鬼会伤人，何况，我会保护你。"他会保护她？以前，他也说过这个话，她不明白为什么现在听起来，和以前的滋味就不同了。从两年前起，她已经学会作诗，而他呢？早已才名四播了。十三岁，尴尬的年龄，却已了解《诗经》里的"关关雎鸠"了。他呢？她不知道。悄悄地从睫毛下看他，剑眉朗目，英姿飒爽。他会保护她？现在？将来？一辈子？她蓦然间脸红了。

"想什么?"他问,心无城府的。

"想……哦,想……这个大园子。"她嗫嚅地说,"为什么会闹鬼?""听说是……我曾祖的曾祖吧,有个姨太太,年纪轻,又漂亮,却和那时寄居在寒松园的一个秀才有了暧昧,我曾祖的曾祖发现了,就逼令那姨太太跳了井,那口井,就在落月轩的后园里,谁知那秀才却也多情,知道那姨太太跳井后,就在落月轩的小书斋里上了吊。从此,那落月轩就开始闹鬼,又是男鬼,又是女鬼的。到了我曾祖的父亲那一代,又因为我的曾曾祖母虐待一个姨太太,那姨太太也跳了那口井,从此鬼就闹得更凶了。我祖父的一个丫鬟,也不知为了什么,在那落月轩的小亭子里上了吊,他们说是鬼找替身,所以,我祖父就决心搬出来了。自从搬进城之后,就再也没出过事。而这寒松园的鬼,就远近出名了。"

巧兰听得出神,她的思绪被那个最初跳井的姨太太吸引了。大家庭的老故事,周而复始,她听惯了许多这一类的故事。那对殉情的男女,他们死有未甘吗?他们的魂魄至今仍飘荡在这园子里吗?她低低地叹了口气。"怎的?"他问。"没什么。你相信那些鬼吗?"

"说实话,我不信。我敢住在那落月轩里,你信吗?看那鬼会不会把我怎样。""哦,不要,千万不要!"她急急地说,"知道你胆子大就行了,何必去冒险!""你怕什么?怕我死吗?"元凯说,侧过头去望着她,眼光落在她那稚嫩而又纤柔的面庞上。她又脸红了,随着她的脸红,他猛然觉得心中怦然一动,如果说他开始了解了人生的男女之情,恐怕就在这一刹那之间。也就在这一瞬间，他才蓦然发现，面前这张自幼看熟了的面庞，竟有那样一份崭新的美丽与光彩，他的目光紧紧地盯着她，无法从她的面颊上离开了。"不许胡说八道！"她低低地叱骂着，"也不避讳，我不爱听死字。""可是……你怕我死吗？"他固执地问，逗弄着她。自己也不知道为什么要逗弄她。

"好了，好了，怕，怕，怕！好了吧，别再说了，行不行？"她一连串地说，脸更红了。

他笑了，有股莫名其妙的满足。

"告诉你一件事，"他说，"我不死，我要永远保护你！"

永远！这是两个奇异的字，表示的是一种无止境的永恒。对一个十三岁的小姑娘来说，能了解多少呢？但她是那样容易脸红呵！成长经常就是在这样不知不觉中来临的，谁也避免不了。

是的，谁也避免不了。十六岁，她已出落得如花似玉，揽镜自照，也懂得自己长得不俗。他呢？十六岁就中了乡试，成为秀才，只等大比之年，赴省会去参加省试。才子佳人，自古就有写不完的佳话。韩家与白家是世交，又是亲戚，孩子们自幼不避嫌疑，如今虽已长成，却仍然维持来往。元凯和巧兰不再勾小指头，不再吵架，不再忽而绝交，忽而和好。他们变得彬彬有礼，表面上，似乎客气而疏远了。但是，私下里，他常那样长长久久地盯着她，她也常那样娇娇怯怯地回视着他，无数柔情，千种心事，就在这彼此的凝视中表达了。表达得够多，表达得更深，表达得够明白。于是，一天，巧兰的母亲从巧兰的首饰盒里找到了一张小纸条，上面题的竟是：

　　　　手里金鹦鹉，胸前绣凤凰，偷眼暗形相，不如从嫁与，作鸳鸯。

　　不用盘问，那韩夫人也知道这是那白家才子的笔迹，私相授受，暗中传情，这成何体统！而且，他是那样骄傲和自负呵！叫来女儿，韩夫人义正词严地把巧兰狠狠地训了一顿。那巧兰低俯着头，含着泪，红着脸，默然不语。训完了，韩夫人气冲冲地再加了一句：

　　"从今以后，再也不带你去白家，也不许那白元凯到我们这儿来！"

　　巧兰如电打雷劈，惊惶地抬起头来，哀恳地对母亲投来柔肠寸断的一瞥，不敢申辩，不敢说话，不敢抗拒，但那泪汪汪的眸子是那样让人心疼呵！韩夫人故意不去理会她，站起身来向门外走，一面走，一面说：

　　"我现在要去找白家那小子论论理！"

　　"妈！"巧兰这才惊惶而哀求地叫了一声。

　　"别多说了！你还不在家里给我闭门思过！"

　　母亲自顾自地走了，剩下巧兰，关在自己的绣房里，流了一个下午的眼泪。心里如被千刀宰割，头脑中昏昏沉沉，坐也不是，站也不是，真不知如何是好。丫头绣锦明知小姐心事，是劝也劝不好的，也只能在一边陪着小姐叹气。这样，好不容易地挨到了晚上，母亲从白家回来了。走进巧兰的房间，她的脸仍然板得冷冰冰的。

"巧兰！"她严肃地叫。

"哦，妈妈！"巧兰哀楚而担忧地应了一声，不敢抬起眼睛来，"我已经去把元凯那小子好好地骂了一顿。"

"唉，妈妈！"巧兰轻叹了一声，头垂得更低了。

"我也和你白伯伯、白伯母谈过了。"

"噢，妈妈！"巧兰再说了一句，泪水已溢进眼眶里了。是羞？是怯？是无奈？她细小的牙齿紧咬住了嘴唇。

"所以，我们决定了，再也不许你们见面了，一直等到……"做母亲的不忍心再去作弄那个已痛苦不堪的女儿，终于说了出来，"一直等到你们结婚之后！"

"哎，妈妈！"巧兰惊呼了一声，迅速地抬起头来，带泪的眸子乍惊乍喜地落在母亲的脸上，不敢相信自己听到的是事实，只是那样大睁着眼睛，愣愣地望着母亲的脸。韩夫人再也熬不住，笑了。一面笑，一面说：

"傻丫头，你的那段心事，做娘的哪一点哪一丝不知道呢？自小儿，我就和你白伯母说好，把你许给那元凯了，所以由着你们在一块儿玩。只因为你们还小，就混着没说明，现在，你们也大了，懂事了。刚刚我去和白家商量，下月初四，是黄道吉日，就正式行文定之礼。至于婚礼，等再过两年，你满了十八岁的时候再举行，让妈再留你两年，教教你女红和侍候公婆的规矩！怎样？巧兰，做妈的安排得如何？合了你的意吗？""哦！妈呀！"巧兰轻叫着，一头钻进了母亲的怀里，把满脸的泪水染在母亲的衣襟上。

"瞧瞧！这么大了，还撒娇！"韩夫人笑着，也不自禁地用手去揉眼睛，"唉，算元凯那孩子有福气，这样花朵一般的一个女儿，就给了他了。只是，巧兰，如今既然说明了是未婚夫妻，你们可不能在婚前见面了！也得避避嫌疑，知道吗?"

"妈，都听您的。"巧兰轻语，不肯把头从母亲怀里抬起来。"都听我的！"韩夫人又好笑又好气地说，"如果把你许给了前面开布店的张老头家的小癞子，瞧你还听不听我的！"

"噢，妈妈！"巧兰又叫，细声细气地，爱娇地，矫情地，不依地。韩夫人搂着她，又笑了。

三

文定之礼如期举行了。

从此，巧兰不再去白家，元凯也不再来韩家了。但是，相反的，两家的家长却来往频繁，不断地把小两口近来的情况转告给彼此。巧兰是越来越出落得漂亮了，一对剪水的双瞳，两道如柳的细眉，加上那吹弹得破的皮肤……难怪要以美色著称于全城了。元凯也自幼就是个漂亮的男孩子，英挺俊拔，与日俱增，再加上才气纵横，全城没有少年可以和他相比。因此，这韩白两家联姻，竟成为整个城市中的佳话。当时，街头巷尾，都盛传着一首儿歌：

城头韩，有巧兰，城尾白，有元凯，韩白成一家，才子配娇娃！

两个年轻人，虽然彼此见不着面，但是，听到这样的儿歌，回忆过去在一起的情况，预测将来的幸福，也就甜在心头了。巧兰开始忙着她的嫁妆，那时候的规矩，一个能干的新娘子，嫁过去之后，必须给男家上上下下所有的亲属一件她亲手做的手工，男人多半给钱袋或扇坠套子，女的多半是鞋子和香袋。白家是个大家庭，翁姑之外，还有兄嫂和几个娘姨，两个小侄儿，针线是做不完的，何况细针细线的刺绣，一双鞋子可以绣两个月。巧兰刺绣着，一针一线拉过去，每针每线都是柔情。她忙着，忙得愉快，忙得陶醉。未来，她想着未来，念着未来，梦着未来！未来！她期待着那个"未来"！而"未来"的事谁能预料！

一年匆匆而过，巧兰十七岁了，距离婚期尚有一年，就在这时候，像晴天霹雳般，一件完全意料之外的悲剧发生了！

那是夏季，气候酷热，天干物燥，就在一天夜里，白家忽然失火，由于风势狂猛，火势一发就不可收拾。白家屋子多，毗连密切，一间间烧下去，完全无法控制。那晚，全城都可以看到白家的火光，烈焰冲天，把半个天空都烧红了。韩家也全家惊动了，望着火焰的方向，巧兰的心就沉进了地底。韩夫人勉强地安慰着巧兰说：

"不一定是白家，可能是隔壁的人家，哪有那么巧，会是白家呢！"说是这么说，心里却一百二十万个不放心。韩家派去了大批家丁，探信的探信，救火的救火，一个时辰以后，探信的飞马回来，喘着气说："是白家！已经是一片火海，我们冲都冲不进去，街坊和邻居们大家都出动了，但是水不够，离河太远，井水太慢，救不下来呢！""人呢？"韩老爷跳着脚问，"房子没关系，人救出来没有？""那儿乱成一片，小的没有看清楚！"

"还不赶快去查清楚！带咱们家所有的人丁一起去！先救人要紧！知道吗？""是的，老爷。"来人快马加鞭地去了。巧兰和韩夫人依偎着，彼此安慰，彼此焦虑，彼此恼乱，整整一夜，韩家没有一个人能睡。大家都站在楼台上，翘首望着城尾的火光，直到黎明的时候，那火焰才慢慢地敛熄了下去。巧兰已急得失魂落魄，恨不得能生两只翅膀，飞到白家去看看。但是，她是个女儿家，又是个未过门的儿媳妇，怎能亲自去看呢！偏偏派去的人，迟迟未归。巧兰满屋子乱绕，跺着脚，叹着气，骂那些不中用的家人。韩老爷看女儿急，自己心里更急，看天色已亮，就亲自骑着马去探望了，这一去，就又是三个多时辰，直到晌午时分，韩老爷才灰白着脸，疲惫万分地带着家人回来了。韩夫人急急地迎上前去问："怎样，老爷？""所有的房子全烧掉了。"韩老爷沉痛地说。

"人呢？"韩夫人焦灼地问。

"巧兰，你退下，我要和你妈单独谈谈。"

巧兰惊惧地看了父亲一眼，心里立即涌上了不祥的预感，不敢多问，她退回到自己的房间，在床前跪了下来，默默地祷告着神的保佑，并暗暗发誓说："如果白郎已死，我韩巧兰必相随于地下！"

丫鬟绣锦，闻言心惊，忍不住劝解地说：

"不管怎样，小姐，你总要看开一点呀！而且，情况也不会坏到那个地步！"巧兰默然不语，但决心已下。既然心里打定了主意，她倒也不惊慌了，只是安静地等母亲来告诉她消息。片刻之后，母亲来了，苍白着脸，含着泪，她握着巧兰的手说：

"巧兰，你公公婆婆都幸免于难，但是嫂嫂死了，元凯为了去救侄儿，现在受了重伤，你爹本想接他来家，但你是未过门的媳妇，有许多不便，现在他们都被你公公的弟弟接走了。元凯那孩子，是生是死，我们还不能预料，但是，他不像个夭折的命，我们只有求神保佑了。"

巧兰点了点头，眼泪沿颊而下，转头望着窗外，她举首向天，谢谢天！毕竟他还活着！只要他一天活着，她就一天不放弃希望，他一旦不治，她也绝不独活。下定了这样的决心，她显得出奇平静，只是轻轻地说了句：

"妈，好歹常派人去看看！"

"傻孩子！这还用你说吗？"韩夫人叹口气说，站起身来，"你也休息休息吧！愁坏了身子，对元凯也没帮助，是不是？"

巧兰再点了点头。母亲长叹了一声，去了。

这之后，是一连串担惊受怕的日子，巧兰食不知味，寝不安席，迅速地，她消瘦了下去，憔悴了下去。韩家每日派人去探问消息，一忽儿说情况好转，一忽儿又说情况转坏，这样拖宕着，足足拖了将近一个月。然后，有一天，派去的家丁回来后，就进入了韩老爷和夫人的房间，经过一番很久的密谈，夫人哭得眼睛红肿地出来了。走进巧兰的卧房，她含着泪说："巧兰，我无法瞒你，拖了一个月，他还是死了。"

巧兰转过身子，用背对着母亲，手扶着桌沿，身子摇摇欲坠。但是，却喉中哽塞地，很平静地说：

"妈，我早料到他会不治的，或者，他一开始就死了，你们只是要骗我一个月而已。"

"巧兰！"做母亲的泪下如雨了。

"是吗？"巧兰回转了身子，双目炯炯然地注视着母亲。"是吗？他早就死了？失火的那晚就死了！你们怕我受不了，故意骗我，现在才告诉我！"

"哦，巧兰，"韩夫人拥住了女儿，"反正他是死了，你管他什么时候死的呢！""我竟连葬礼都没有参加！"巧兰低低自语，"元凯既去，我何独生！"说完，她猛地打开桌子的抽屉，拿出一把利剪，往喉中便刺，韩夫人惊呼了一声，和绣锦同时扑了上去，丫鬟仆妇们也闻声而至，大家按住巧兰，抢下了那把剪刀，喉上已经刺破了皮，幸好没有大伤。韩夫人一面帮女儿包扎，一面忍不住放声痛哭起来，一面哭，一面说：

"巧兰，想我快五十的人了，就生了你这么一个女儿，你既无兄弟，又无姐妹，你爹和我，把你像珍珠宝贝似的捧大了，给你定了亲，原以为是份好姻缘，谁知白郎短命，骤遭不幸。而你要相从于地下，就不想想你自己的父母，垂老之年，晚景何堪？巧兰巧兰，你自幼像男孩般念书识字，也算是知书达理的孩子，难道你今日就只认夫家，不认娘家？你死容易，要置父母于何地？难道要让做娘的也跟着你死吗？"

一番话点醒了巧兰，想自己是个独生女儿，自幼父母钟爱，娇生惯养。而今父母俱老，承欢无人，自己如果真的撒手而去，两老何堪？但是，如果不寻死，元凯已去，此心已碎，剩下的岁月，又如何度过？巧兰思前想后，一时间，自己也不知道该如何是好，看母亲哭得泪眼婆娑，就再也忍不住，抱住母亲，也失声痛哭起来了。

好久好久，母女两个才收住了泪，经过这一闹一哭，巧兰人也倦了，神也疲了。韩夫人让巧兰躺在床上，坐在床边，她再一次恳求似的说："女儿，看在爹和妈的分上，答应妈不再寻死！答应妈！巧兰！""哦，妈，哦，妈。"巧兰呜咽着，"我怎么办呢？怎么办呢？""你先休养着，把身子养好了，我们再商量。"

巧兰瞿然而惊。"妈！"她喊，"你不是想要我改嫁吧！"

"这问题，我们以后再谈，好吗？"韩夫人含糊其词地说。

巧兰从床上跳了起来，她已哭干了的眼睛烧灼般地盯住了母亲，坚决地，一个字一个字地，咬牙切齿地，说：

"妈！我答应您，我不再寻死。但是，如果您要我改嫁，是万万不能！忠臣不效二主，烈女不事二夫！我今生不能嫁给白元凯的人，也要嫁给白元凯的鬼！我嫁定了白家！决不改嫁！""好吧，好吧，你先休息吧！"母亲劝慰地说，转过头去，低低地叹了口气。决不改嫁！十七岁，何等年轻，来日方长，这事还有的是时间来商量，现在，是决不能操之过急的！不如姑且应了再说，只要她不寻死，什么都可以慢慢改变的。"我答应你，不另定亲事，你睡吧，女儿。"

巧兰躺下了身子，颈项上的伤痕在痛楚着，心底的伤痕在更剧烈地痛楚着，痛楚得使她不能思想，不能说话。终于，她昏昏沉沉地睡了过去。

四

巧兰病了。这一病就是三个多月，韩府上上下下的人，都不敢在她面前提白家，提元凯。三个月之后，她渐渐恢复了过来，但依然苍白、消瘦而憔悴。舍去了所有颜色鲜艳的衣服，她浑身素白，不施脂粉，尽管如此，她却更显出一份纯洁和飘逸的美。韩夫人看着她，又怜，又爱，又心疼，却无法治疗她的那份心病。一天，韩夫人似有意又似无意地对她说："白家都搬到寒松园去住了。"

"寒松园！"巧兰一怔，多多少少的回忆，都与那寒松园有关呵！她心底像被一把小刀划过去，说不出有多痛楚。"那园子不是闹鬼吗？""传说是闹鬼，不过，白家除了去寒松园，也没有别的地方可去了，总不能一直住在亲戚家呀！"

巧兰沉吟了一下，片刻，才感慨地说：

"那地方对他们是太大了。"

"是的，"韩夫人接道，"我也觉得，虽然他们又整理过了，可是，看起来还是阴森森的。"

"哦，你去过了？"巧兰立即问。"当然。你白伯母还一直问着你呢，说不定明后天，她就会来看你，听说你病了，她好关心呢！"

"哦！"巧兰哦了一声，就默然不语了，坐在窗前，她若有所思地望着窗边的一个绣花架子，架上还是白家出事前，她所绣的一幅门帘，画面是双燕点水、莲花并蒂，那原是嫁妆呵！她愣愣地发起呆来，韩夫人看她神色惨淡，也不敢多说什么，只能摇摇头，悄悄地退了出去。

三天后，白夫人真的来了。巧兰一看到白夫人，就含泪跪了下来。白夫人一把拉住，用带泪的眸子，审视着面前这娇弱温柔的面庞，禁不住叫了一声：

"我那苦命的儿子呵！"

这一叫，巧兰就熬不住，泪下如雨了，白夫人紧揽着巧兰，也哭个不停。好半天，两人才收了泪，丫鬟捧上水来，两人重新匀了脸，坐定了。白夫人这才握住巧兰的手，注视着她，恳恳切切地叫了声："巧兰！""伯母。"巧兰应着。"我来看你，是要劝你一件事。"

"伯母？"巧兰怀疑地抬起头来。

"唉！"白夫人长长叹息，"看你如花似玉，这样标致，这样可爱，我那苦命的儿子怎么这么没有福气！"说着，白夫人又垂下泪来了，一阵唏嘘之后，才又说，"巧兰，你年纪还小，好在只定了亲，没有过门。你别太死心眼，还是另定一头亲事吧！咱们是世交，我决不能眼睁睁地看着你给元凯守望门寡，白耽误了你的大好青春。你知道，没过门的媳妇也不能算是失节，孩子呀，你听了我的话吧！"

巧兰一唬跳了起来，白着脸说：

"伯母！您这是什么意思？我韩巧兰虽然浅陋，也曾读书认字，知道贞节的大道理，既已定亲，此身就属白家了，白郎早逝，是我薄命，除认命以外，夫复何言？伯母，难道您因为元凯去世，就不认我这个媳妇了？"

"哎哟，巧兰，你这是说的什么话？"白夫人忍不住又哭了。"能有你这样的媳妇，是我前生的造化，谁叫我那儿子不争气呵！""这是命定，伯母，您也不必劝我了，我的心念已决。只因为父母在堂，我不能追随元凯于地下。如果逼我改嫁，我就唯有一死！""巧兰，巧兰，你怎么这样认死扣呢！"

"别说在贞节和大义上，我不能改嫁，"巧兰回转头去，望着窗外说，"就在私人感情上，我也不能背叛元凯，不瞒您说，伯母，元凯和我是一块儿长大的呢！"

"但是……但是……他已经不在了呀！"

"他在！"巧兰的眼眶湿润，语气坚决，"在我的心里，也在我的记忆里！"白夫人愕然久之，然后，她看出巧兰志不可夺，情不可移，敬佩和爱惜之心，就不禁油然而起。站起身来，她离开了巧兰的房间，和韩夫人密谈良久，都知道改嫁之事，只能缓图。白夫人最后说："女孩儿家，说是说要守，真过了一年半载，伤心的情绪淡了，也就会改变意志了，你也别急，一切慢慢来吧！唉，真是个难得的孩子！"一年半载！谈何容易，时光在痛苦与思念中缓缓地流逝了。巧兰满了十八岁，更是亭亭玉立，娇美动人。韩夫人眼看女儿已经完全长成，却终日独守空闺，就心如刀绞。于是，改嫁之议又起，整日整月，韩老爷夫妇，不断在巧兰耳边絮叨着，劝解着，说服着。这样日以继夜地说服和劝解，终于逼得巧兰做了一个最后的决定，这天，她坚决地对父母说："我看，我一日不嫁，你们就一日不会死心！"

"巧兰，体谅体谅做父母的心吧！"韩夫人说。

"那么，把我嫁了吧！"

"什么？你同意了？"韩夫人惊喜交集地喊。

"只同意'嫁'，而不同意'改嫁'！"

"这是什么意思？""想我是白家的人，守寡也没有在娘家守的，所以，把我嫁过去吧，让我在白家安安心心地守吧！古来捧着灵牌成亲的，我并不是第一个！""巧兰！"母亲惊呼，"你疯了吗？"

"没有疯。我很冷静，也很坚决，既是白家人，就该嫁到白家去！爹爹，您去告诉白家吧，选个日子，把我嫁过去，我要捧着白元凯的灵牌成亲！"

"巧兰，巧兰，你考虑考虑吧！"韩夫人喊着说。

"不！我不用再考虑了，我已经下定了决心！"

韩老爷一直沉吟不语，这时，他忽然站起身来，深思地说："好吧！你既然如此坚决，我就成全了你，把你嫁到白家去！""老爷，"韩夫人焦灼地叫，"你也跟着她发昏吗？难道你就不顾全女儿的幸福。""她的幸福握在她自己手里,"韩老爷深沉地说,"谁知道怎样是幸福?怎样是不幸呢?我们就依了她吧!"

于是,这年腊月里,巧兰捧着白元凯的灵牌,行了婚礼,嫁进了白家。

五

这是洞房花烛夜。夜深了。陪嫁的丫头绣锦和紫烟都在隔壁的小偏房里睡了,巧兰仍迟迟不能成眠。供桌上的喜烛已烧掉了一半,烛光在窗隙吹进来的冷风下摇晃。喜烛后面,是白元凯的灵牌,墙上,挂着元凯的画像,那像画得并不十分好,在烛光下看来尤其虚幻。巧兰住的这组房子是"微雨轩",单独的六间房子,连丫鬟仆妇带巧兰一共只住着五个人,屋子大,人少,一切显得空荡荡的。窗外是竹林,风从竹梢中筛过,簌簌然,切切然,如怨,如诉。这不像洞房花烛夜,没有喜气,没有贺客,甚至没有新郎。风在哭,烛在哭,巧兰倚枕而坐,禁不住深深叹息,低低自语:"凯凯,凯凯!你泉下有知,必当助我!助我度过以后那些漫长的岁月!凯凯,凯凯,是你说过,要永远保护我,你何忍心,弃我而去?"像是在回答巧兰的问句,她忽然听到窗外有一声绵邈的叹息,低沉而悠长。巧兰惊跳了起来,背脊上陡地冒起一股凉气，骤然间，她想起了这是一个闹鬼的园子，窗外的声音，是人耶？鬼耶？她坐正了身子，为了壮胆，她大声地问：

"窗外是谁？"没有回答，窗外已寂无声响。丫头绣锦被巧兰惊醒了，从偏房里跑了过来，揉着惺忪的睡眼问：

"小姐，什么事？""哦，没……没什么，"巧兰说。窗外风声呜呜，竹叶响动，刚刚必然是风声，只因为这是闹鬼的房子，人容易发生错觉而已。别吓坏了丫鬟，她振作了一下，说："你去睡吧！"

丫头走了。巧兰倒在枕上，夜真的深了，该睡了。明晨还要早起，去拜见翁姑，她毕竟是个新妇呵！再深深叹息，把头倚在枕上，那枕头上簇新的锦缎熨帖着她的面颊，如此良夜，如何成眠？她辗转又辗转，翻腾又翻腾，叹息又叹息……想起以往，揣摩过多少次新婚的景况，幻想过多少次洞房的柔情，谁料竟是如此！她想着想着，不知不觉地，有些昏昏欲睡了。不知怎的，她骤然惊醒了，不知被什么惊醒，也不知为什么会惊醒，张开眼睛，桌上的烛火已烧完了。而窗外，月光染白了窗纸，在那窗纸上，却赫然有个像剪纸般的人影贴在那儿！她猛然坐起，那黑影摇晃了一下，倏然不见。她已惊出一身冷汗，定睛细瞧，窗纸上有树影，有花影，有竹影，何尝有什么人影呢？只是心神不宁，眼花缭乱而已。她重新倒回枕上，却再也睡不着了。就这样挨着，天渐渐地亮了，好一个新婚之夜！当黎明来临的时候，夜来的恐怖都与黑暗一起消失了。绣锦来帮她梳洗化妆，她故意问：

"夜里睡得好吗？""好呀！小姐。""没听到什么声音吗？"

"你指鬼吗？"绣锦笑着说，"张嫂说，她搬来快一年了，也没见到过鬼。"张嫂是白夫人拨给巧兰的仆妇。巧兰释然了，自己是多么疑神疑鬼呀！怪不得以前元凯要骂她胆小没出息呢！

拜见过了翁姑，吃完早餐，白夫人带着巧兰参观整个的寒松园。事实上，巧兰在童稚的时代，就已经参观过这个花园了，只是白夫人不知道而已。如今，园内的杂草都已除尽，花木已重新栽种，楼台亭阁，都经过细心的整理，窗棂与栏杆，也已修葺油漆过。只是那些浓密的大树，依旧暗沉沉地遮着天，许多不住人的院落，青苔依然厚重，整个园子，还是有股说不出来的神秘与阴森。

白家人丁零落，如今，白老爷和夫人住了正楼，巧兰住了微雨轩，元凯的哥哥元翔带着两个姨太太和儿子住在吟风馆，其他，像望星楼、卧云斋、梦仙居……都空着没人住。既无人住，就有点儿空荡荡的显得荒凉。最后，她们来到了落月轩的门口。巧兰惊奇地发现，那落月轩也整理过了，门口的杂草已除，门上的封条也拆掉了，那生锈的大锁，也已取下，但是，那厚重的门仍然关得密密的，不像别的院落那样开放。白夫人站住了，带着一点神秘的意味，对巧兰说：

"这是落月轩，我必须告诉你，这道门是一扇禁门，你决不能走进去。""闹鬼吗？"巧兰冲口而出地说。

"哦，你已经听说过了！"白夫人深深地看了她一眼。"是的，这儿闹鬼，或者你不信邪，但是，整理这园子的时候，我进去过一次，虽然是大白天，却寒风砭骨，让人毛骨悚然，所以，我们仍然把落月轩关闭着，不管是真有鬼，还是假有鬼，我们宁可避鬼神而远之，是不？"

"是的。"巧兰应着。"你最好也告诉你的丫头，千万别进去。我们刚搬来的时候，有个男工撞了进去，说是目睹一个吊死鬼悬在亭子里，吓得他病了好几个月。"

"哦，真的呀？"巧兰打了个寒噤。

"我们离开这儿吧！"白夫人拉了拉衣襟，"不知怎的，看了这扇门，就叫人心里发毛。"

她们离开了落月轩，向望星楼走去。白夫人仔细地看了看巧兰，不经心似的问："昨夜睡得好吗？""哦……是的，还好。"巧兰言不由衷地说。

"脸色不太好呢！"白夫人关怀地说，"等会儿我要吩咐厨房里给你做点好的吃，补补身子，年纪轻轻的，太瘦弱了。"

巧兰俯首不语。太瘦弱了！为谁憔悴呢？这又何尝是吃的东西能补的呢？"住在这儿，想吃什么，要用什么，都告诉我。"白夫人继续说，"再有……"她顿了顿。"万一夜里听到什么响动，或看到什么，别害怕。"巧兰受惊地抬起头来。

"您指什么，妈？"白夫人咬了咬嘴唇，欲言又止，犹疑了好一会儿，她终于还是说了出来："巧兰，你知道这个园子一向是闹鬼的。"

"不是说仅限于落月轩吗？"巧兰问。

"我只是说，落月轩的鬼闹得最凶而已。"白夫人有些自我矛盾地说，"我们搬来一年了，虽然没真撞着什么，可是，夜里总有些奇奇怪怪的声音，像脚步声啦，叹气声啦……偶尔，还会依稀恍惚地看到窗外有人影呢！"

"哦！"巧兰愣愣地应了一声，脑后的汗毛又直竖了起来，背脊上的凉意在蔓延。那么，昨晚自己的所见所闻并非幻觉了？那么，是真有人影和叹息声了？想想看，如果那个"鬼"有什么恶意的话……哦，天！她不自禁地打了个冷战。

"噢，巧兰，你也别害怕，"白夫人立即说，"我们在这儿都住了一年了，尽管有声音有人影，对我们也没什么影响，时间久了，习惯了，就见怪不怪了！我告诉你，只是要你心理上有个准备，听到什么，或看到什么，别理它，关紧门窗睡你自己的觉就好了。""哦，知道了。"巧兰说，有股好软弱好软弱的感觉。元凯说得不错，她是个没出息的胆小鬼！

白夫人悄悄地、研判地，又深思地打量了她一会儿。"巧兰，"她恳挚地说，"假如你在这儿住不惯，别勉强！……唉！苦命的孩子！我要和你说句心里的话，随时，你想回家的话，就可以回去！那个婚礼，不过是个儿戏而已。你还是个清清白白的大姑娘……"

"噢，妈，您怎么说这种话呢？"巧兰心里一急，眼泪就夺眶而出了，口不择言地说，"如果我心有二志，还嫁过来干吗？您认为那婚礼是儿戏，我却看成神圣的誓言，反正我这一生，是已嫁了元凯了，如再变节，天打雷劈！全寒松园的鬼，连元凯的鬼魂在内，都可以听到我的誓言，做我的见证！"

"哎呀，孩子，发这些誓做什么？"白夫人急急地说，一把用手蒙住了巧兰的嘴，一面四下里观望，好像那些鬼魂真在附近做证似的。好一会儿，白夫人放下了手，忍不住叹了口长气，紧握住了巧兰的手说："好姑娘，你这一番心，鬼神都该佑你！愿你有个好结果吧！"

好结果！未曾新婚，已然守寡，还能有什么好结果呢！难道还希望她改嫁吗？婆婆是神志不清了。巧兰苦笑了一下，心底的创痕又在流血了。

六

三个月过去了。这三个月对巧兰来说，并不平静。除了晨昏定省以外，她有许许多多漫长的、寂寞的时间，无论做做针线，读读书，写点诗词，或在园内散散步，都无法排遣内心那股浓重的忧郁和空虚。而最可怕的，是那些无眠的长夜，和那些困扰着她的寒松园的鬼魂！自新婚之夜以后，她又有好几次听到那种绵邈而深沉的叹息，也好几次看到窗外晃动的人影。有婆婆的警告在先，她不像第一次见到时那样恐惧了，可是，每当看到或听到，她依然会有毛骨悚然之感。一天晚上，她派遣紫烟去吟风馆向元翔的姨太太许姨娘借绣花样子，紫烟回来时竟吓得面无人色，连滚带翻地冲进门来，抖成一团地喊：

"有鬼！有鬼！有鬼！"

"怎么了？别叫！"巧兰说，用皮袄裹住她，叫绣锦取了一粒定神丹来给她吃，一面问，"你看见什么了？"

"一个鬼，从我们那竹林里跳出去！哦，哦，哦……"紫烟牙齿打着战，"只有僵尸是那样跳的，我知道，那样硬邦邦又轻飘飘的！""硬邦邦怎么还会轻飘飘？"巧兰叱责着说，"八成是你看走了眼，大概是园丁老高在采竹笋！"

"绝不是老高，老高的样子我认得清清楚楚，老高是个大个儿，这个鬼没那么高的身量，穿的衣裳也不像……"

"穿什么？"巧兰追问。

"一件轻飘飘的衣裳嘛！"紫烟把自己的身子缩成一团，陡地叫了起来，"对了，是件尸衣！一定是件尸衣！袖管那样飘呀飘的！"巧兰心底发凉，喉中直冒冷气，却不能不振作着说：

"别告诉人，紫烟！别人都没见着鬼，怎么偏偏你见着？说出去让人笑我们大惊小怪！而且，是不是鬼还不知道呢，说不定是哪一房的下人，今晚没月亮，天黑，你看不清，鬼故事又听多了！""我发誓看到了一个鬼！"紫烟不服气地说，"一个男鬼，一个僵尸，看到我之后，他就向落月轩的方向飘去了。"

"是'飘'过去的，还是'跳'过去的？"巧兰追问。

"这……我怎么知道？人家吓都吓死了，逃都来不及，还去看他呀！""你瞧！一会儿说飘，一会儿说跳，你自己也弄不清楚！"巧兰说，"好了，总之那鬼并没伤着你。好好地去睡一觉，明天就忘了。以后，咱们晚上别出房门就好了，去吧！"

紫烟很不服气地去了。巧兰嘴里说得漂亮，心里却嘀咕不已。她想起了所有元凯告诉过她的那些鬼故事，那些有关寒松园的鬼。是不是所有枉死的人都会变鬼呢？那么，元凯呢？他的鬼魂是不是也在这寒松园中飘荡？这样一想，她就无心睡觉了。走到元凯的遗像前面，她仰头看着那张画像，不知不觉地对那画像说："凯凯，如果你魂魄有知，为了我对你的这一片痴情，请来一见！"画像静悄悄地挂在墙上，四周寂无声响，哪儿有鬼？哪儿有魂？只有窗外风声，依然自顾自地筛动着竹梢，发出单调的声响。巧兰喟然长叹，多么傻气！竟会相信元凯的魂魄在她的身边！她走到床边去，卸妆就寝，一面低声地喃喃地念着："悠悠生死别经年，魂魄不曾来入梦！"

三个月就这样过去了。鬼魂的阴影困惑着巧兰，对元凯的思念萦绕着巧兰，寂寞与空虚笼罩着巧兰……但是，不管日子是艰难也罢，是痛苦也罢，总是那样一天天地过去了。三个月后，巧兰曾一度归宁，母亲捧着她消瘦的面颊，含泪说：

"怎么你越来越瘦了？在白家的日子不好过吗？"

"谁说的？我过得很好。公公婆婆都爱惜我，好吃的，好穿的，都先偏着我，我还有什么不满足呢？"

"但是……"韩夫人顿了顿，"你毕竟没个丈夫啊！"

"我有，"巧兰说，"只是他死了。"

"这种日子你还没有过够吗？"韩夫人深蹙着眉，不胜怜惜与唏嘘，"你婆婆来看过我好几次，她一直说，只要你回心转意，愿意改嫁，他们白家决不会怪你的！"

"呀！妈妈！"巧兰喊，"难道婆婆嫌我不好吗？想把我打发走吗？""别胡说！你婆婆是太疼你了，可怜你年纪轻轻地独守空房，你别冤枉你婆婆！""怎么？妈？你们还没有断绝要我改嫁的念头呀？必定要逼得我以死明志吗？""好了，好了，别说吧！都是你的命！"韩夫人嗟叹着住了口。在娘家住了十天，重回寒松园，巧兰心念更决，意志更坚。深夜，她站在元凯的遗像前面，许愿似的祝祷着：

"凯凯，凯凯，我们自幼一块儿长大，你知我心，我知你心，此心此情，天日可表！不管你父母说什么，也不管我父母说什么，我绝不改嫁！凯凯，凯凯，我生不能与你同衾，死当与你同椁，此心此情，唯你知我！"

话才说完，巧兰就听到窗外一声清清楚楚的叹息，那叹息声如此清楚，如此熟悉，使巧兰不能不认为有个相识的人在外面。毫无思想的余地，她就本能地转过身子，猛地冲到窗前，一把推开了那扇窗子，顿时间，一阵寒风扑面而入，砭骨浸肌，桌上的烛火被吹灭了。巧兰不自禁地跄踉了一下，再定睛细看，窗外仿佛有个影子，只那么一晃，就隐没到竹林里了。然后，只剩下竹影参差，花木依稀，星光暗淡，而晓月将沉。寒风阵阵袭来，如刀刺骨，她伫立久之，直到天边将白，曙光已现，才黯然地合上了窗子。把头倚在窗槛上，她低低地问："凯凯，凯凯，是你吗？是你的魂魄吗？如果不是你，何必吓我？如果是你，何不现形？"

没有人回答她的问话，天已经亮了。

从这一次开始，巧兰常常觉得元凯的魂魄在她的左右了，或者是一念之诚，感动天地了呢！她虽然从没见到元凯的身形，但她总会感觉到他的存在，尤其在深夜里。她不再怕那窗外的黑影和叹息声了，相反地，她竟期待着那黑影和叹息的出现，而固执地把它想象成元凯的鬼魂。多少次，她扑到窗前去捕捉那影子，又有多少次，她站在窗前，对外轻呼：

"凯凯，凯凯，我知道你在外面，为什么你不进来呢？为什么？"从没有人回答过她，她也从没有捉到过那个影子。但是，她深信，元凯的魂在那儿，在窗外，在她四周。他在暗中照顾着她，保护着她，像他生前所许诺过的。

就这样，转瞬间到了初夏的季节，微雨轩前的一片石榴花都盛开了。虽是初夏，天气仍然很凉，尤其夜里，风凉似水，正是"乍暖还寒"的季节。多变的天气，加上沉重的心情，打五月初起，巧兰就有些发烧咳嗽。这晚，夜已很深了，她仍然没有睡觉，敞着窗子，看到满窗月色，她感怀自伤，愁肠百结。坐在书桌前面，她情不自禁地提起笔来，无聊无绪地在自己的诗册上写下一阕词：

> 石榴花发尚伤春，草色带斜曛。芙蓉面瘦，蕙
> 兰心病，柳叶眉颦！
> 如年长昼虽难过，入夜更消魂。半窗淡月，三
> 声鸣鼓，一个愁人！

写完，她那样疲倦，那样凄凉，又那样孤独寂寞。风从窗外吹来，引起她一阵咳嗽。然后，她伏在桌上，累了，倦了，忘了自己衣衫单薄，忘了窗子未关而夜寒如水，她昏昏沉沉地睡着了。依稀仿佛，她在做梦，有个人影掩进了她的房间。依稀仿佛，有只手在轻抚着她的鬓发。依稀仿佛，有人帮她合上了那扇窗子。依稀仿佛，有件小袄轻轻地盖上了她的背脊。依稀仿佛，有人在阅读她的词句……依稀仿佛……依稀仿佛……依稀仿佛……她忽然醒了，睁开眼睛，桌上一灯如豆，室内什么人都没有，她坐正身子，一件小袄从她肩上滑落下去，她一惊，一把抓住那小袄，迅速回头观看，窗子已经关好了。那么，是真有人进来过了？那么，不是她的梦了？她哑着嗓子，急急地喊："绣锦！紫烟！"两个丫头匆匆地赶了进来，衣冠未整，云鬓半残，都睡梦迷糊的："什么事呀！小姐？""你们有谁刚刚进来过吗？"

"没有呀！小姐。""听到什么声音吗？""没有呀！小姐。"巧兰对桌上看去，一眼看到自己那本诗册，已被翻动过了，她拿了起来，打开一看，在自己那阕词的后面，却赫然发现了另一阕：

　　芳信无由觅彩鸾，人间天上见应难。瑶瑟暗紫珠泪满，不堪弹。
　　枕上彩云巫岫隔，楼头微雨杏花寒。谁在暮烟残照里，倚阑干。

词是新题上去的，墨迹淋漓，犹未干透，而那笔迹，巧兰是太熟悉了，把它磨成了粉，她也认得出来，那是白元凯的手迹！她一把将那诗册紧压在胸口，闭上眼睛，深深地喘了一口气，喃喃地说："他来过了！终于，他来过了！"

奔向窗前，她打开窗子，目光对那暗夜的花园里搜寻过去。泪珠沿着她的面颊滚落，紧抱着那本诗册，她对着那树木深深的花园大喊："来吧！凯凯！来吧！别抛弃我！别抛弃我！求求你！凯凯！"夜色沉沉，风声细细，花园中树影参差，竹影婆娑，那鬼，那魂，不知正游荡在何处。巧兰用袖子蒙住了脸，哭倒在窗子前面。

七

巧兰病了，病得十分厉害。

她以为她要死了，她不想活，只想速死。死了，她的魂就可以追随着元凯的魂了。那时，再也没有人来逼她改嫁，再也没有力量把她和他分开。她想死，求死，希望死，只有死能完成她的志愿。从早到晚，屋子里总有很多的人，母亲，婆婆，娘姨，丫头，仆妇……川流不息的，她们守着她，为她煎汤熬药，延医诊治。她发着高热，浑身滚烫，她的头无力地在枕上转侧。凯凯！凯凯！她不断地呼唤着。哦，你们这些人！这么多的人！你们使他不敢来了！走开吧，母亲！

走开吧，婆婆！让他进来吧！让他进来吧！你们都走开，让他进来吧！她不断地呓语着，不停地呼唤着：走开！你们，请你们都走开！让他进来吧！凯凯！凯凯！凯凯！

于是，有这样一晚，屋子里的人似乎都走空了。她昏昏迷迷地躺在床上。于是，她听到了他的声音，低沉地，怜惜地，痛楚地在呼唤着："巧巧！巧巧！""哦，是你，凯凯！"她模糊地应着，"你来了！你在哪里呢？""你看不到我的，巧巧。"

"是的，因为你是鬼魂，"她恍惚地说，"但是，我就快死了，那时，我就会看到你！"

"你不能死，巧巧。""我愿意死。""不，你不能！你要振作起来，你要好好地活着，为了我！巧巧！我不要你死！""但是你已经死了！""死亡并不好受，巧巧，死亡并不能使你和我相聚，鬼魂的世界是个荒凉的境界！不要来！巧巧！"

"你住在哪儿呢？""在落月轩，白家枉死的鬼魂都住在那儿。"

"我要去找你！""不！你不可以！你要活着！我要你活着！"他的声音变得迫促而急切，"听我的话！巧巧！听我的！""好，我听你。"她迷糊而依顺地说，"但是，活着又做什么呢？""改嫁！"那声音清清楚楚地说。

像个霹雳，她被震动了，从床上跳起来，她狂喊了一声：

"不！"她喊得那样响，母亲、婆婆、丫鬟、仆妇们都拥进了室内，母亲赶到床边，按住了她跃动着的身子，叫着说：

"怎么了，巧兰？怎么了？"

"哦！"她如大梦方醒，睁开眼睛来，满屋子的人，大家的眼睛都焦灼地瞪着她，哪儿有凯凯？哪儿有声音？她轻轻地吐出一口气，一头一身的冷汗。"哦，我做了一个梦，"她软弱地说，"一个梦。"母亲把手按在她的额上，惊喜地转过头去看着她的婆婆。

"烧退了呢！"母亲说，"大概不要紧了。"

她失望地把头转向了床里，泪水在面颊上泛滥。是的，烧退了，她将好起来，她知道。因为，他不许她死。

真的，她好了。一个月以后，她已经完全康复了，虽然依旧瘦骨支离，依然苍白憔悴，但是，却已远离了死亡的阴影。韩夫人搬回家去住了，在巧兰病中，她都一直住在白家照顾着巧兰。临走，她对白夫人沉重地说：

"看样子，巧兰心念之坚，已完全无法动摇，我也无可奈何了。她已嫁入白家，算你家的人了，一切你看着办吧！"

"唉！"白夫人叹着气，"我明白你的意思，放心，我疼巧兰像疼自己的女儿一样，我不会亏待她的！"

母亲走了，巧兰又恢复了以前的生活。所不同的，是她开始那样热衷地等待着白元凯的鬼魂。每晚，她在桌上准备好笔墨和诗册，要引诱他再来写点什么。深夜，她常凭窗而立，反复呼唤："凯凯！进来吧！凯凯！"

可是，那鬼魂不再出现了，似乎知道巧兰在等待着他，而故意回避了。巧兰的心为期待所涨满，又为失望所充溢，她就在期待与失望中徘徊挣扎。无聊的静日里，她常常捧着元凯留下的词，一遍又一遍地阅读观看，尽管其中的句子，她已背得滚瓜烂熟，但她依然乐此不疲。"芳信无由觅彩鸾，人间天上见应难"，他是明写人鬼远隔，无由相会了。"枕上片云巫岫隔，楼头微雨杏花寒！"他也了解她枕边的思念，和"微雨轩"中的寂寞？噢，凯凯，凯凯，知心如你，为何要人天永隔？她开始常常思索"人鬼"间的距离了，遍翻古来的笔记小说，人鬼联姻的佳话比比皆是。那么，古来的人鬼能够相聚，自己为何无法看到元凯的形态？是了，他是被烧死的，烧死的人已成灰烬，何来形体？但是，他却会写字题诗呵！

她迷失了，困惑了。终日，精神恍惚而神思不属。这样，已到了仲夏的季节。天气热了，巧兰喜欢在花园中散步，吸收那浓荫下的阴凉。一晚，她到正屋去和公婆请过安后，回到微雨轩来，走到那浓荫的小径上，看到几只流萤，在她身边的草丛里飞来飞去，闪闪烁烁的。又看到繁星满天，璀璨着，闪亮着。她不由自主地站住了。跟着她的是绣锦和紫烟，也都站住了。然后，她忽然闻到一阵茉莉花香，那样清清的、淡淡的一阵幽香，一直沁入她心脾，使她精神一爽。她忍不住问："哪个院子里种了茉莉花？"

"好像是望星楼。"绣锦说。

"咱们去采一点。"巧兰说着，向那方向走去。

"这么晚了，"紫烟说，"还是别去吧！"

"怕什么？"巧兰说，往那方向走去。

两个丫鬟只得跟着。那茉莉花的香味越来越重，吸引着巧兰，她不知不觉地往前走，到了望星楼，四下找寻，她看不到茉莉花，抬起头来，她正面对着落月轩的方向，霎时间，她浑身一凛，怔住了。远远地，似有似无地，她看到一盏灯笼，摇呀摇，晃呀晃地晃到落月轩门口，略一停顿，那扇禁门似乎开了，灯笼轻飘飘地晃了进去，门又阖了起来。她背脊挺直，四肢僵硬，回过头来，她问丫鬟们：

"你们看到什么吗？"两个丫头都俯身在找茉莉花，这时，才惊愕地站起身来说："没有呀，小姐。""哦，你们没有看到一盏灯笼，飘进落月轩里去吗？"

"啊呀，小姐！"紫烟惊呼着，她手里也有一盏灯笼，吓得差点掉到地下去，"你别吓唬我们，小姐，那落月轩根本没有人住呢！""哦，"巧兰怔忡了一下，"我们回去吧！"

回到了微雨轩，这晚，巧兰又失眠了。她不住地想着那茉莉花香，那灯笼，那落月轩，和那两扇禁门。依稀仿佛，她又记起一段似梦非梦的对白：

"你住在哪儿呢？""在落月轩，白家枉死的鬼魂都住在那儿。"

那么，元凯的魂魄是在那落月轩里吗？那么，那茉莉花香的引诱，那灯笼的显形，是要暗示她什么吗？是要告诉她什么吗？是要牵引她到某一个地方去吗？

她从床上坐了起来，拥衾独坐，侧耳倾听。夜深深，夜沉沉，暗夜的窗外，似乎包含着无穷的神秘。她倾听又倾听，于是，忽然间，她又听到了那悠长而绵邈的叹息，自她病后，她就没有听过这叹息声了！这像是最后的一道启示，在她的脑海中一闪，她迅速地，无声息地冲到了窗前，低声地，幽幽地说："我懂了！凯凯！我来了，凯凯！等我，凯凯！"

穿好了衣服，系好了腰带，没有惊动任何一个丫头佣妇，她拿着一盏灯笼，悄悄地，悄悄地溜出了卧房，再溜出了微雨轩。然后，她坚定地、轻快地、迅速地向那落月轩走去。

八

灯笼的光芒暗淡而昏黄，静幽幽地照着前面的小径，露水厚而重，濡湿了她的鞋子和衣襟，她疾步地走着，衣裾在碎石子的小径上擦过去，她走着，走着，走着……忽然，她站住了，在她身后，似乎有个奇怪的声音在跟踪着，她骤然回头，举起灯笼。哦，没有，除了苍松古槐的暗影以外，她看不到任何的东西。她继续向前走，那股茉莉花香又扑鼻而来了，她深吸了口气，加快了脚步。

在她身边的树丛里，忽然传来一声树枝的碎裂声，她吃了一惊，怯怯地回头张望。没有，依然什么都没有。那是一只猫，或是别的动物，这古园里多的是鸟类和松鼠。她振作了一下，低声自语："你不能害怕！你必须往前走！只有这样，你才能见到凯凯！"她继续走去，那茉莉花香越来越浓了，她走着，走着，然后，她终于停在落月轩那两扇禁门的前面。

举起了灯笼，她立即浑身一震，那两扇永远关闭的禁门，这时竟是半开的！这是她第一次看到这两扇门打开！她深吸了口气，这是个欢迎的征兆呵！咬咬嘴唇，闭闭眼睛，低语：

"凯凯，这是你安排的吗？谢谢你！凯凯！"

她走过去，勇敢地推开了那两扇禁门，立即，一股浓烈的茉莉花香环绕着她。她在灯笼的光芒下环顾四周：多么眩惑呵！这花园并非想象中的荒烟蔓草，断井颓垣，相反地，那小径边栽满了茉莉花，花圃里玫瑰盛开，而繁花似锦！这儿并不阴森，并不可怕，这是寒松园中的另一个世界！

"这是幻觉！"她自言自语，"这是凯凯变幻出来的景象，像笔记小说里所描写的！明天，你会发现这儿只有杂草和荒冢！"如果能和元凯相会，幻境又怎样呢？她宁愿和他相会于幻境中，总比连幻境都没有要好些！她走了进去，屋宇宽敞，楼台细致，但是，一切都暗沉沉的，无灯，无火，也无人影。她四面环顾着，凯凯，凯凯，你在哪里？凯凯！凯凯！你在哪里？没有人，没有凯凯，那些屋子的门窗都紧闭着，那么多房间，既无灯火，也无声响，她不知该从哪儿找起。凯凯，既是你引我来到这儿，你就该现形呵！凯凯，你在哪里？你在哪里？前面有个小亭子，是了，这就是吊死鬼的亭子！今晚星光璀璨，那亭子隐隐约约地在地上投下一个长长的黑影，亭子里的石桌石椅清清爽爽的，看不到什么吊死鬼。但，亭子前面，是棵大大的古槐，横生的枝丫，虬结着，伸展着，像一只巨大的魔手。她站立在亭子前面，一阵阴惨惨的风突然吹过，灯笼里的火焰摇晃着，她激灵灵地打了个冷战，寒意从心底直往外冒。哦，凯凯！凯凯！

"出来吧！凯凯！我知道你在这儿！你怎么忍心不见我呢，凯凯？"她低语着，"出来吧！凯凯，别吓我呵，你知道我是那么胆小的！"一声叹息，就在她身边，那样近，她倏然回顾，树影满地，风声凄切，凯凯，你在何处？

"凯凯，是你吗？"她轻问，怯意爬上了心头。

没有回答。"凯凯，你不愿见我吗？"

再一声叹息。她战栗地回顾，试着向那叹息的方向走过去。

"你躲在哪儿呢？凯凯？别捉弄我呵，凯凯！"

又没有声音了。

她向前移动着步子，缓慢地，机械化地，无意识地。恐惧和失望笼罩住了她，她觉得心神恍惚而头脑昏沉。不知不觉地，她已顺着小径绕过了房子的前面而走入了后园。没有凯凯，没有！她心底的失望在扩大、扩大、扩大……扩大到她每一根神经都觉得痛楚，那巨大的痛楚压迫着她，她开始感到一种极端的昏乱和绝望。于是，她又想起了病中那似梦非梦的对白："但是，活着又做什么呢？"

"改嫁！"是了！他不相信她！他不相信她会为他守一辈子！他知道在父母公婆的围攻下，在长期的寂寞与煎熬下，她会改嫁！她会吗？她会终于守不住吗？他在预言未来的事吗？她昏乱了，更加昏乱了。然后，她猛地收住了步子。

那口井正在她的面前！那口曾埋葬了两条性命的古井！栏杆已经腐朽，杂草长在四周，这是个荒凉的所在呵！她瞪视着那口井，心底有个小声音在对她呼叫着：

"跳下去，唯有一死，才能明志！跳下去！"

仰望天空，星光已经暗淡，环视四周，树木、亭台，都是一些暗幢幢的黑影,她手里那个灯笼的光显得更幽暗了。然后,一阵风来,那灯笼的火焰被扑灭了。她全身一震,抛掉了手里的灯笼,她仰天而呼:

"凯凯!让我证明给你看!证明我的心是永远不变的!凯凯,你既不现形,我只能以死相殉,天若有情,让我死后,能与你魂魄相依!"喊完,她心一横,闭上眼睛,就对那口井冲了过去。就在这时,比闪电还快,有个人影从旁边的树丛里斜蹿了出来,她正要跳,那人影伸出一只强而有力的手从她身后一把抱住了她的腰,一个声音痛楚地在她身后响了起来:

"巧巧,巧巧!你三番五次地寻死,逼得我非现形不可了!"

她惊喜若狂,凯凯,那是凯凯呵!

"凯凯,是你?真是你?"

她骤然回头,星光下,一切看得十分清楚,哪儿是凯凯?那是一张扭曲的、丑陋的、可怖的、遍是疤痕的鬼脸,正面对着她!她"啊!"地大声惊呼,顿时晕倒了过去。

时间不知道过去了多久,她醒来了。

是个噩梦吗?她不知道。睁开眼睛,满窗的阳光照射着屋子,她正躺在自己的床上,白夫人坐在她的身边,不胜愁苦,不胜担忧地看着她。"哦!"她软弱地说,"我怎么了?"

"你晕倒了。"白夫人说,神色惨淡,语气含糊,"我们在落月轩的古井旁边发现了你,你怎么跑到那闹鬼的地方去了呢?我不是告诉过你那儿不能去的吗?是不是撞着什么鬼了？"

　　巧兰凝视着白夫人，她内心那扇记忆的门在慢慢地打开，昨夜发生的一切在一点一滴地重现。茉莉花香，灯笼，禁门，落月轩，叹息声，古井，抱住她的手，凯凯的呼喊，和那张鬼脸！她回忆着，思索着，凝想着，终于，她咬紧牙，痛楚地闭上了眼睛，泪珠沿着眼角溢了出来，很快地流到枕上去。白夫人伸出手来，用罗帕轻轻地拭去了她的泪，忧愁而怜惜地说："你到底怎么了？巧兰？你被什么东西吓着了，是不是？别放在心上，那是个闹鬼的院子呀！"

　　"不！"巧兰好虚弱好虚弱地说。睁开眼睛来，她泪眼迷蒙地瞅着她的婆婆，唇边竟浮起一个似悲似喜的笑容，慢吞吞地，她说："我哭，不是因为被吓着了，是因为我现在才明白，我竟然那样傻！放在我面前的事实，我居然看不清楚，而去相信那些无稽的鬼话！"

　　"巧兰！你在说些什么？"白夫人惊惶地问。

　　"我明白了，我一切都明白了！一直到现在，我才想通了这所有的事情！我傻得像一块木头！"

　　"巧兰，我不懂你在说什么。"

　　"您懂的，妈，您完全懂！"巧兰从床上坐了起来，目光清亮而深湛地盯着白夫人，泪水仍然在她眼中闪亮，但是，她脸上却逐渐绽放出一份崭新的光彩来。她的声音提高了，带着几分压抑不住的激情。"您懂，公公懂，用人们懂，我父母也懂，被隐瞒的只有我和绣锦、紫烟而已！你们利用了落月轩那幢鬼屋，利用了我天生怕鬼的胆小症！事实上，那落月轩或许以前曾闹过鬼，但是，现在，那两扇禁门里关的不是鬼魂，却是我那可怜的、被烧坏了脸的丈夫！"

"啊！巧兰！"白夫人惊呼着。

"是吗？是吗？是吗？"巧兰激动地叫着，"你们千方百计地隐瞒我，欺骗我，包括凯凯在内！你们要我相信他已经死了！要我死了心好改嫁，因为他已不再英俊潇洒，你们就以为我会厌恶他！你们把我看得何等浅薄呀！"

"啊！巧兰！"白夫人再喊了一声。

"偏偏我不死心，偏偏我不肯改嫁，"巧兰继续说，语音激动而呼吸急促，"于是，你们让我嫁给一道灵牌，以为我会熬不过那寂寞的岁月而变节，是吗？是吗？"

"巧兰！"白夫人再叫，泪珠涌进了眼眶。

"你们设计好了一套完美的计谋，告诉我不能走进落月轩那两扇禁门，你们根本知道我以前来过寒松园，知道我怕那两扇禁门！"她一连串地喊，"但是，凯凯却不能忍耐不来见我，新婚之夜，我并不孤独，我的新郎始终就在窗外！这也是为什么我常听到叹息，为什么深夜里，有人潜进我的室内，帮我盖衣，题字留诗！那不是鬼魂！那是人，是活生生的人，是凯凯！对吗？对吗？对吗？"她声嘶力竭地追问着。

"哦，巧兰，我还能怎么说呢？"白夫人泪痕满面，语不成声，"这不是我们的意思，是元凯呀！当他发现自己被烧成那个样子，他就叫着求着要我们告诉你，他已经死了！他认为他再也配不上你，他自惭形秽，他怕毁了你，他苦苦地哀求我们，不要让你再见到他！要你另嫁一门好夫婿。巧兰，巧兰，像你这样的蕙质兰心，还不能了解他那份爱之深而惜之切的心情吗？""我了解，"巧兰的眼睛深幽幽的，像两潭无底的深水，"是他不了解我！不了解我的生命是系在他的生命上，而不是系在他的脸上！"她顿了顿，咬咬嘴唇，"现在，一切都明白了！那么，我病中所听到的声音并不是梦了？"

"是的，我们遣开了人，让他躲在你的床后，让他对你说话，你病了，他比你更难过呀！"

"那么，昨夜他始终跟在我身后了？所以，他能及时救了我！那盏引我进去的灯笼……哦！"她深深地吐出一口气来，"是送东西进去的丫鬟了？"

白夫人默然不语，静静地瞅着她。

"哦！"巧兰转动着眼珠，忽然，她所有的精神都回来了，集中了。也忽然，她才真正相信了摆在自己面前的事实！猛地掀开了棉被，她跳下床，眼睛闪着光，呼吸急促，喘着气说："妈呀，现在，还等什么呢？你们可以让我和我的丈夫见面了吗？""他不敢见你呀，昨夜，他已经把你吓晕了。"

"我不会再晕倒了！"巧兰说，"没有事情再可以让我晕倒了！只要他活着！""那么，去吧！去见他吧！"白夫人泪流满面，却不能自己地笑着，"但是，见他之前，你必须知道，他不止脸烧坏了，而且……""还跛了一条腿！""你怎么知道？""紫烟曾看到一个影子，'跳'出竹林，事实上，他只是跛着走出来的。""你还有勇气去见他吗？"白夫人问。

"他依然是凯凯，不是吗？"巧兰闪耀着满脸的光彩回答。

"是的，他依然是凯凯。"白夫人凝视着她的儿媳妇，慢慢地说，"他在落月轩的小书斋里，是一进门右手的第二间。他正等着我去把你的情形告诉他，他经常这样等我去告诉他你的消息。我想，或者，你愿意现在自己去告诉他？他一定已经等得很不耐烦了。"巧兰整了整衣裳，扶了扶鬓发，没有带任何一个丫鬟，她走出了微雨轩。坚定地，稳重地，她的步子踏实地踏在那小径上，走过去，走过去，走过去……穿过一重门，又一重门，绕过一个园子，又一个园子……依稀仿佛，她又回到了童年，凯凯牵着她的手，正走向那两扇禁门……

"怕什么？有我呢！我会保护你！"

谁说过的？凯凯！不是吗？她不会再怕了，这一生，她不会再怕什么了！有他呢！凯凯！

她加快了脚步，向前走，向前走……然后，她停在那两扇禁门前面。门阖着，门里关着的是什么呢？一个世界？一个爱的世界？她伸出手去，缓缓地，郑重地，兴奋地，却又严肃地推开了那两扇禁门。一阵茉莉花香包围着她，玫瑰盛开着，阳光满院，而繁花似锦。抬起头来，她对那右边第二间的小书斋望过去，在那窗前，有个孤独的人影正呆呆地盼着……

"一个好园子，我将把新房设在这落月轩里。"

巧兰模糊地想着，望着那窗前的人影。然后，毫不思索，毫不犹疑地，她喜悦而坚定地奔进了那两扇禁门。

一九七一年七月十日午后

于台北

全书完

写于『湮没的传奇』之后

　　很久以前，就想写一套以古老的中国为背景的小说。或者，由于我生长在一个对中国文学特别有兴趣的家庭里，父亲研究中国历史，母亲酷爱中国诗词，我耳濡目染，受了极深的影响，因此，从小我就喜欢诗词、戏曲、历代文人杂记、稗官野史和笔记小说。等到我开始写作生涯以后，对那些古老的记载就更感兴趣，总觉得在那久远的时代里，一定有许许多多根本失于记载的故事和传奇。于是，我臆造了好几个这类的故事，却因为害怕考据和查证的工作，又怕描绘自己所不了解的时代，所以，这套小说也就始终没有勇气提笔。去年秋天，我有机会去了一趟欧洲，站在英伦的古堡前，站在罗马的废墟里，站在庞贝古城以及西班牙那世纪初的古教堂中，我禁不住油然生起一股"怀古之幽情"，我所怀之古，不限于欧洲，我更怀念自己那有五千年历史的祖国。因此，回国后，当很多朋友问我："周游了一趟世界，你是不是想写一些以西洋为背景的小说呢？"我却回答说："不！完全相反，我要写一套纯以中国为背景的小说！"

于是，今年春天，我开始着手写"湮没的传奇"。这套小说一共六篇，从《白狐》开始，到《禁门》为止，包括狐、鬼、侠义，以及儿女之情的种种故事，整整写了半年。其中遭遇到许多考证方面的困难，写来十分艰苦，虽再三查证，但错误瑕疵，恐怕仍然在所难免。好在只是小说，愿读者们能够多多谅解。"湮没的传奇"在皇冠杂志上连载了七个月，连载期间，我收到许多读者来信，因写作繁忙，未能一一作复，在此特别致歉。还有一些读者，来信询问这些"传奇"是否取材自古人的笔记。在这儿，我要特别声明，这六个故事，都完全出于我的臆造，并无任何根据，也无史料可查。但是，在那久远的时代里，谁能保证没有这些类似的故事，被湮没在时间那无形的轮迹中了呢？

琼瑶

一九七一年八月十四日

（京权）图字：01-2025-0195

图书在版编目（CIP）数据

白狐 / 琼瑶著 . -- 北京：作家出版社，2025.1.
（琼瑶作品大全集）. -- ISBN 978-7-5212-3236-3

Ⅰ. I247.7

中国国家版本馆 CIP 数据核字第 2025SR0153 号

白狐（琼瑶作品大全集）

作　　者：琼　瑶
责任编辑：赵文文　夏宁竹
装帧设计：楼角视觉　纸方程·于文妍
责任印制：李大庆　金志宏
出版发行：作家出版社有限公司
社　　址：北京农展馆南里 10 号　　邮　　编：100125
电话传真：86-10-65067186（发行中心）
　　　　　86-10-65004079（总编室）
E-mail: zuojia@zuojia.net.cn
http://www.zuojiachubanshe.com
印　　刷：河北京平诚乾印刷有限公司
成品尺寸：142×210
字　　数：165 千
印　　张：8.375
版　　次：2025 年 1 月第 1 版
印　　次：2025 年 1 月第 1 次印刷
ISBN 978-7-5212-3236-3
定　　价：2754.00 元（全 71 册）

品 琼 瑶 经 典

忆 匆 匆 那 年

琼瑶作品大全集